카프네

카프네

Cafuné
Akiko Abe

카프네

아베 아키코 장편소설
이소담 옮김

Cafuné

은행나무

Cafuné

차례

일러두기

*   본문의 주는 모두 옮긴이의 것으로, 괄호 안에 글씨를 줄여 표기했습니다.

1장

1

죽은 남동생의 전 연인은 벌써 19분째 지각이었다.

4월 초 토요일, 오후 1시가 다 된 시각. 도쿄 하치오지역 북쪽 출구 카페는 붐볐다. 안쪽 소파 자리에서는 찰싹 붙어 앉은 젊은 남녀가 크림과 베리가 듬뿍 올라간 팬케이크를 즐겼고, 그 대각선 건너편에서는 중년 여성 일행이 오늘의 런치인 하치오지 나폴리탄 파스타와 햄버그 세트를 먹으며 쉴 새 없이 웃었고, 아담한 2인용 테이블에서는 우아한 노부부가 커피를 마시고 있었다.

가오루코가 안내받은 안쪽 창가 자리는 해가 잘 들어서 허브티 수면에 빛 알갱이가 반짝였다. 곧 더워져 라임그린색 블라우스 위에 걸쳤던 감색 재킷을 벗었다. 가지런히 개켜 짐 바구니 안의 가방 위에 겹쳐 놓고 테이블에 둔 스마트폰을 집어 들었다. 메시지 앱을 열었다. 역시 '조금 늦습니다' 같은 연락은 없었다.

'지금 어디쯤이에요? 무슨 일 있으면 연락해주세요.'

평소라면 문장 끝에 인상을 부드럽게 할 클로버나 꽃 같은 이모티콘을 추가하는데, 그녀에게 메시지를 보낼 때는 한 번도 쓴 적 없다. 상대방이 일절 그런 것을 쓰지 않아서 이쪽도 필요 최소한의 문장만 보내게 됐다.

"아."

지금 보낸 메시지에 읽었다는 알림이 떴다. 9개월 전에 한 번 만났을 뿐인 상대인데, 그녀의 모습은 기억에 생생히 남아 있다. 호리호리한 장신에 어딘지 뻔뻔하게 느껴지는 자세, 그리고 날카로운 눈빛.

5초를 기다리고 10초를 기다리고 30초를 기다렸다. 액정 화면 상단의 시계가 1분 지났다. 눈썹이 점점 위로 솟구쳤다.

왜 아무런 답이 없지, 오노데라 세쓰나.

메시지를 볼 수 있다면 사고를 당한 것은 아니다. 그렇다면 왜 19분, 아니 벌써 20분이나 늦는지는 설명해야 하지 않는가. 나였다면 그렇게 한다. 40년간 인생에서 지각한 적은 단 한 번도 없지만 틀림없이 그럴 거다.

짜증이 나서 펌프스 굽으로 바닥을 걸어찬 그 순간, 아기가 울기 시작했다.

놀라서 옆 테이블을 보자, 친구와 런치 세트를 먹던 젊은 엄마가 테이블 옆에 세워둔 유아차에서 작은 아기를 안아 올렸다. 통통하고 동그란 얼굴은 아직 남아인지 여아인지 알 수 없었다. 껍질 벗긴 백도처럼 매끈한 뺨이 눈물로 젖은 것을 보자, 자신이 터무니없이 끔찍한 인간 같아서 가오루코는 고개를 숙였다.

아직 이십대로 보이는 젊은 엄마와 친구는 다정한 목소리로 아기를 얼렀다. 의식하지 않으려고 할수록 아기 목소리가 귀에 또렷이 박혔다.

가오루코는 지켜보는 걸 들키지 않게끔 엄마 품에서 보호받는 아기를 슬쩍 살폈다.

평소처럼 저 아기를 납치할 방법을 생각했다. 지금은 보는 눈이 많다. 아기를 빼앗아 도망치는 것은 어렵다. 밖으로 나가기 전에 붙잡힌다.

이렇게 하면 어떨까? 먼저 젊은 엄마에게 상냥하게 말을 건다.

"제가 잠깐 봐드릴까요?"

상대는 분명 당황한 기색으로 이쪽을 보겠지. 그래도 자기보다 한참 연상의 여자가 미소를 지으며 두 손을 내밀면, 아직 엄마 경력이 짧아 보이는 그녀는 아기를 머뭇머뭇 건넨다. 가오루코가 익숙한 손길로 아기를 보듬고 다정하게 흔들며 한두 마디 노래하듯이 달래면 어쩜 신기하기도 하지, 아기는 울음을 뚝 그치고 사랑스러운 소리를 내며 웃기까지 한다.

존경과 선망의 눈빛을 보내는 엄마에게 가오루코는 성모 같은 미소를 짓고, 아기를 품에 안고 느릿느릿 문으로 향한다. 너무도 자연스럽게 행동해서 아무도 의심하지 않는다. 아기에게 바람을 쏘이려는 듯이 밖으로 나가면 때마침 카페 앞 갓길에 택시가 서 있다. 가오루코는 우아하게 손을 들어 신호하고, 뒷문이 열린 택시에 차분히 탄다. 이제 간단하다. 자택 아파트의 주소를 알린 뒤, 돈은 스커트 주머니에 있는 스마트폰으로 결제하면 된다.

거기까지 망상했을 때, 아기 울음소리는 이미 그쳐 있었다. 언제나 망상 다음에 찾아오는 공허한 기분을 허브티로 얼버무리며 가오루코는 눈이 동그란 아기를 바라보았다. 내게서 나올 리 없는 모유를 저 아이에게 먹이는 모습, 잠이 부족한 눈을 비비며 밤에 우는 아기를 어르는 모습을 상상한다. 이윽고 젖먹이는 서고 걷고 말하는 유아가 되고, 그 손을 잡고 어린이집에 가는 날, 운동회에서 달리는 아이를 열성적으로 응원하는 날, 초등학교 입학식에서 눈물을 흘리는 날이 영화처럼 머릿속을 흐른다. 초등학교에 보내고 나서도 분명 초반에는 걱정되어서 점심시간에 살피러 갈 것이다. 그러다가 어느 날 아이에게 들켜서 "엄마, 그만 좀 해"라고 성가시다는 핀잔을 듣는다.

"첫째 때는 애가 울 때마다 그렇게 허둥거리더니 이제는 침착하네."

"익숙해졌어. 익숙해지지 않으면 도저히 못 버티거든."

놀라서 망상 영화의 상영이 끝났다. 초보인 줄 알았는데 사실은 경력직이었던 젊은 엄마의, 둘이나 낳았다는 아랫배 부근을 응시하는데 시선 구석에 그림자가 드리웠다.

"늦어서 죄송합니다."

어디 작업 현장 같은 데서 일하는 건가?

북유럽풍 인테리어가 고급스러운 카페에서 테이블 앞에 나타난 여자는 아주 튀었다. 블루데님 작업복에 투박한 블랙 컴뱃 부츠. 머리는 높은 위치에 둥글게 만두처럼 묶었고, 자그마한 역삼각형 얼굴에는 화장기가 없다. 전투기 정비사가 일을 마치고 기지에서 훌쩍 나온 듯한 분위기였다.

학창 시절 체육 성적이 좋았겠다 싶은 날렵한 동작으로 맞은편 의자에 앉은 그녀는 메뉴를 보지도 않고 물을 갖다주러 온 여성 점원에게 말했다.

"밀크티 부탁합니다."

"주문 받았습니다."

가오루코는 마시던 찻잔이 거의 빈 것을 깨달았다. 허브티를 더 시킬까 하다 그만뒀다. 이제는 굳이 카페인을 신경 쓸 필요도, 몸이 차가워지지 않게 따듯한 것만 마실 필요도 없다.

"저는 아이스커피 한 잔이요."

"네, 알겠습니다."

웃는 얼굴로 돌아가는 여성 점원의 뒷모습에서 테이블 맞은편으로 시선을 돌리자, 20분을 지각한 상대는 의자 등받이에 기댄 채, 심지어 팔짱을 끼고 있었다. 미안해하기는커녕 뭐람, 이렇게 거만한 태도는.

"오랜만이네요, 오노데라 씨. 바쁠 텐데 불러내서 죄송해요."

"그러게요. 이후에 일정이 있으니 30분 이내로 해주시면 좋겠습니다."

연락도 없이 늦은 것을 비꼬는 의도였는데, 마치 상대가 억지로 시간을 빼앗았다는 듯한 답변이 돌아왔다. 물론 내가 만나달라고 부탁한 건 맞지만 좀 다르게 말할 수 있는 거 아닌가.

잔뜩 불쾌해졌는데, 오노데라 세쓰나가 팔짱을 낀 채 입을 열었다.

"하루히코는 왜 죽은 거죠?"

카페에 흐르던 클래식이 재즈로 바뀌었다. 밝은 반주에 맞춰 바이올린의 특유의 달짝지근한 음색이 쾌활하게 울려퍼졌다.

마치 하루히코 같은 곡이다.

"심부전이었어요. 너무 갑작스러워서."

"그건 사인이 아니죠. 인간은 죽을 때면 누구나 심장이 멈추니까 심부전이 됩니다."

따지는 것 같은 말투여서 주춤했고, 그 반동으로 울컥 화가 났다.

"이봐요, 그런 식으로 꼬치꼬치 캐묻기 전에 애도의 말이라도 한마디하는 게 예의 아닌가요?"

"그건 누나분의 연락을 처음 받았을 때 메시지로 말씀드렸을 텐데요."

"아, 그랬나? 그럼 미안해요. 하지만 앞으로 당신과 가까운 사람이 나처럼 갑작스럽게 가족을 잃는다면, 직접 만났을 때도 마음을 담아 한 번 더 말하는 게 좋아요. 당신에게 1그램이라도 배려하는 마음이 있다면"

그때 여성 점원이 "밀크티와 아이스커피입니다" 하고 주문한 음료를 가지고 왔다. 가오루코 앞에 먼저 아이스커피를 놓았는데, 외모만 보고도 가오루코가 훨씬 연상인 줄 알았을 것이다.

"세쓰나 씨, 나랑 동갑이고 생일도 같아. 재미있지."

세쓰나를 하치오지의 난요다이에 있는 부모님 댁에 데리고 왔을 때, 하루히코는 쾌활히 웃으며 그렇게 말했다. 세쓰나와 대화를 나누며 눈에 띄게 기분이 언짢아졌던 부모님도 하루히코가 웃은 순간 표정이 부드러워졌고, 가오루코도 "대단한 우연이네, 남 같지 않다" 하고 의욕적으로 맞장구를 쳤다. 하루히코에게는 사람 마음을 누그러뜨리는 힘이 있었다. 곁에 있기만 해도 행복한 기분이 드는 신비로운 분위기가.

가오루코는 마음을 진정하려고 아이스커피에 우유와 시럽을 넣고 빨대로 한 모금 마셨다. 상대는 열두 살이나 어리다. 내가 어른스럽게 대해야 한다.

"연락했을 때도 말했는데, 하루히코는 생전에 유언장을 작성했어요. 그 아이가 남긴 주식과 예금 같은 재산을 부모님과 나를 포함한 상속인에게 어떻게 분배할지가 적혀 있죠. 오노데라 씨, 당신도 하루히코가 지정한 상속인이에요."

오노데라 세쓰나는 말이 없었다.

"당신은 하루히코의 배우자도 친족도 아니어서 정확히는 상속인이 아니라 수유자라고 하지만요. 나는 하루히코에게서 유언 집행자로 지명받았어요. 나는 법무국에서 일해서 이런 일에 다소 지식도 있으니 최대한 당신이 번거롭지 않게 진행할 생각이에요. 다만 아무래도 당신에게도 확인받아야 하는 사항이 이것저것 있으니 다시 일정을 잡아서 같이……."

"필요 없습니다."

뺨을 후려치듯 날카롭고 빠른 한마디였다.

"필요 없다뇨?"

"받을 이유가 없으니까요. 상속이니 뭐니 귀찮고."

"귀찮다니, 당신, 말을 왜 그렇게 해요!"

으앙, 하고 우는 소리가 들렸다. 움찔해서 옆 테이블을 보니 젊은 엄마가 아기를 유아차에서 안아 들고 다정한 목소리로 말을 걸며 얼렀다. 그러나 아기는 점점 더 소리 높여 울기만 했다. 갑작스러운 큰 소리에 놀라 무섭다는 듯 호소했다.

엄마는 친구에게 눈짓하더니 아기를 유아차에 눕히고 자리에서 일어났다. 엄마 일행과 유아차가 지나갈 때, 가오루코는 아이스커피의 물방울이 맺힌 잔에 시선을 고정하고 숨을 죽였다.

"놀라게 해서 죄송합니다."

진지한 목소리에 놀라서 고개를 들었다. 엄마가 세쓰나에게 공손하게 손을 저어 보이고, 가오루코에게도 미안하다는 듯 고개를 살짝 숙이고 나갔다.

몇 초간 조용해졌던 카페에 명랑한 소란이 되돌아왔다. 중년 여성의 히스테릭한 목소리도, 아기의 울음소리도 전부 없었던 것처럼 경쾌한 바이올린 재즈가 어울리는 봄날의 토요일이 복구된다.

가오루코는 짐 바구니에서 가방을 집어 들어 항상 가지고 다니는 다이어리를 폈다.

"유산상속은 항목별로 기한이 정해져 있어요. 우선은 석 달 이내에 빚과 재산을 전부 상속할지, 아니면 상속받을 재산 범위 내에서 빚을 변제할 책임을 지는 한정승인을 할지, 아예 상속 포기를 할지 결정해서 가정법원에 신청해야 해요. 뭐, 하루히코에게 빚은 없었으니까 당신은 하루히코가 남긴 재산을 그대로 받기만 하면 돼요. 가능하면 당장이라도 신청 절차를 진행하고 싶은데, 공교롭게도 지금은 나도 여러모로 바쁜 상황이라 가능하면 4월 중순에 다시 시간을 내줄 수 있을까요?"

"혼자 멋대로 진행하지 마시죠."

"걱정하지 말아요. 당신은 내가 시키는 대로 서류에 이름을 쓰고 도장을 찍기만 하면 그만이야. 상속세도 낼 필요가 없어요."

"그런 문제가 아니라 정말 진심으로 필요 없어요. 저는 포기할 테니까 앞으로 가족분들 좋을 대로 하세요."

가오루코는 점점 초조해지는 마음을 진정하려고 복식호흡을 했다.

"오노데라 씨. 혹시 제대로 이해하지 못한 것 같아서 한 번 더 말할게요. 하루히코가 죽었어요. 아직 스물아홉 살인데. 하루히코는 일부러 유언장을 준비해서, 오노데라 씨에게 자기 재산을 나눠주겠다는 의사를 남겼어요. 그러니까 이건 당신을 위한 하루히코의 인생 마지막 진심이라고 해도 좋아요. 그걸 필요 없다고 하다니, 실례지만 당신, 몸속에 모스그린이나 코발트블루 색깔 피가 흐르는 거 아니에요?"

"그 두 가지 색 중에서는 모스그린 쪽이 좋네요."

"장난치지 말고!"

"피 색깔 같은 터무니없는 소리를 먼저 꺼낸 건 누나분이잖아요. 저도 한 번 더 말하겠는데요, 유산 같은 걸 받을 이유가 없습니다. 이미 들어서 아실 것 같은데요. 저와 하루히코는 이제 아무 관계도 없습니다."

갑자기, 지금 세쓰나처럼 테이블 맞은편에 앉아 있던 하루히코가 생각났다. 양복 재킷을 벗고 종이 앞치마를 한 그 모습은 2주 전쯤인 3월 14일, 스물아홉 살 생일 축하 기념으로 고깃집에 데리고 갔을 때였다.

하루히코가 좋아하는 새끼보를 구워주며 그 사람이랑은 잘 지내니, 하고 뻔한 화제를 꺼내 물어보았다. 결혼 계획 같은 것을 포함한 뉘앙스로. 김치를 넣어 새빨개진 냉면을 먹으며 하루히코는 눈을 가늘게 뜨고서 웃었다.

"세쓰나 씨랑은 헤어졌어."

놀랐다. 부모님에게는 평판이 아주 별로였던 오노데라 세쓰나였지만, 두 사람 사이가 워낙 돈독해 보였고 누나로서 하루히코의 행복이 제일이니 있는 힘껏 응원해야겠다고 생각했었다.

"어쩌다가? 우리에게 소개한 건 결혼을 생각해서였잖아?"

"으음."

"설마 그 사람이 바람을 피웠다거나?"

"아니야. 세쓰나 씨는 따로 좋아하는 사람이 생기면 그렇게 됐으니 지금 당장 헤어지자고 확실하게 말할 사람이니까."

"그렇게 됐으니 헤어지자고 하디?"

"아니, 그건 아니고."

눈썹이 치켜올라간 누나에게 곤란한 듯 웃으며 두 손을 저은 하루히코는 "설명하기 어려운데" 하고 말을 이었다.

"나도 최선을 다해서 하고 싶은 일이 있고 세쓰나 씨도 최대한 즐겁고 자유롭게 살길 바라거든. 그러니까 이게 제일 좋다고 생각했어."

납득이 가진 않았으나, 원래부터 남다른 면이 있는 남동생이니 그 이상 추궁하지 않았다.

"하지만 너, 그 사람을 좋아하는 것 같았는데."

"지금도 그래. 세쓰나 씨가 누구보다도 행복해지면 좋겠어."

봄바람처럼 웃은 남동생은 "귀 따갑게 잔소리하실 테니까 아버지랑 엄마한테는 아직 말 안 했어. 가오루코 씨(하루히코는 누나인 가오루코를 일반적으로 '씨'라고 번역되는 존칭 '상(さん)'을 붙여

서 부른다. 남매의 나이 차이가 많이 나고 하루히코의 친근감과 성격을 표현한 방식으로 존중해 원문대로 '가오루코 씨'로 옮겼다), 기회가 생기면 부모님께 적당히 말해줄래?" 하고 귀찮은 일을 약삭빠르게 누나에게 떠맡기고 빨간 냉면을 맛있게 먹었다.

하루히코가 혼자 살던 아파트에서 숨을 거둔 것은 그날 밤이었다.

사람 하나가 죽었을 때 생기는 잡무는 방대하다. 게다가 하루히코는 사인이 확실하지 않은 상태로 급사했기에 경찰 조사나 하루히코가 다니던 회사에 설명도 해야 해서 훨씬 일이 컸다. 슬퍼할 여유도 없이 분주하게 며칠이 바람처럼 지나갔을 무렵, 도쿄 법무국에서 통지가 왔다. 하루히코가 생전에 유언장을 법무국에 맡겼고, 사망 시 그것을 전달할 상대 및 유언 집행자로 가오루코를 지명했다는 사실을 알리는 통지였다.

지요다구에 위치한 도쿄 법무국에서 남동생의 자필증서 유언장을 열람하며 부모님과 자신 이외에 오노데라 세쓰나의 이름이 있는 것을 봤을 때, 일단은 놀란 게 먼저였고 다음으로 마음이 괴로워졌다. 적어도 하루히코에게 그녀는 관계를 청산한 뒤에도 여전히 맘속에 남은 존재였던 것이다.

조금 더 해주고 싶었던 것도, 제대로 전했어야 했다고 생각하는 말도, 자꾸만 솟구쳐서 눈물이 멈추지 않았다. 최소한 하루히코의 마지막 소원은 이뤄주고 싶었다. 오로지 그 마음으로 고령의 부모님을 대신해 번잡한 절차를 해결하고, 가장 사랑하던 아들을 잃고 텅 빈 껍질 같아진 두 분의 상태를 살피러 본가에 들르는 한편 오노데라 세쓰나와 연락할 방법을 찾았다.

단서는 하루히코의 유품인 스마트폰 정도였지만, 당연하게도 비밀번호로 잠겨 있었다. 제조사의 고객 지원 서비스에 문의해보았으나, 유족이어도 잠금 해제를 해줄 수는 없다고 정중히 설명했다. 하기야 사용자의 개인정보를 쉽사리 공개할 수는 없겠지. 그래서 다음으로 디지털 유품 전문업자에게 상담했다. 스마트폰 설정을 초기화해 데이터를 열람할 수 있다고 하는데, 그러려면 20만 엔 정도의 비용이 들고 심지어 몇 개월이나 걸린다고 한다. 요금은 그렇다 쳐도 시간을 그렇게 들일 수는 없다. 난감하던 차에 문득 생각났다. 하루히코를 발견한 회사 동료다. 하루히코와 친했던 친구라고 했으니 사귀던 상대에 관해서도 알지 않을까? 서둘러 그에게 연락하자 '개인 연락처는 모르지만 일하는 곳이라면 안다'라는 답을 받았다. 얼마나 안도했는지 폐가 찌부러질 정도로 한숨이 나왔다.

'카프네'라는 가사 대행 서비스 회사에 바로 연락을 넣었다. 신원을 밝히고 전화번호와 메일 주소, 근무처를 알리며 오노데라 세쓰나 씨가 연락해주기를 바란다, 최대한 서둘러 부탁한다는 전언을 남겼다. 세쓰나에게서 메시지가 온 것은 다음 날이었다. 하루히코의 죽음을 알린 뒤 용건을 전하며 직접 만나고 싶다는 뜻을 밝히고, 그녀에게서 답이 오기를 기다려 일정을 조정하여 드디어 대면하게 된 날이 오늘. 갖은 고생 끝에 지금 이렇게 하루히코의 유언을 전했다.

그걸 이 여자는.

"당신 너무 냉정한 거 아니야? 당신보고 딱히 뭘 내놓으라는 게 아니잖아, 그냥 하루히코가 남긴 것을 받아달라고 부탁하는 거야. 그런데 왜 그렇게까지 싫어하는데? 당신은 손해 볼 게 하나도 없잖아."

"손해의 문제가 아니라 받을 이유가 없으니 받기 싫다고 말하는 것뿐이에요. 선물을 주면 반드시 받아야 하나요? 그렇지는 않죠. 받을지 말지는 제가 정해도 돼요."

"응, 그래, 그거야 그렇지. 하지만 그 아이는 당신에게 선물을 남기고 싶어 했어. 그게 인생의 마지막 바람이었어. 그러니 잠자코 받아줘도 되잖아, 그게 살아 있는 인간의 책임 아니겠어? 애써 남기고 간 마음을 이렇게 무시한 걸 알면 그 아이가 얼마나 슬퍼할지."

"죽은 인간은 슬퍼하지 않아요."

붉은 피가 흐르는 인간이라곤 생각할 수 없는 냉담한 목소리였다.

의자 다리가 바닥을 긁는 난폭한 소리에 가오루코는 자기가 벌떡 일어난 것을 알았다. 위장에서 위액 대신 마그마가 들끓는 것 같았다. 뭐든 잡히는 대로 부수고 싶었다. 예를 들어 이 나뭇결무늬 테이블. 혹은 오노데라 세쓰나가 아직 손가락도 한 번 대지 않은 밀크티가 담긴 꽃무늬 잔. 아니면 지금 당장 카페

주방으로 쳐들어가 식기를 모조리 바닥에 내동댕이치고 싶다.

최근 한동안 숨죽였던 분노가 발작해서 심장이 빨리 뛰었다. 몸을 조금 흔들기만 해도 폭발할 것 같았다. 안 돼, 진정해.

"……당신을, 이해 못 하겠어. 어떻게 하루히코를 이렇게까지 무시할 수 있어? 헤어졌어도 전에는 서로 사랑해서 함께했을 거 아냐?"

"그건 지금 상관없지 않나요. 과거에 어땠든 저와 그 사람은 합의해서 관계를 마무리했어요. 근데 이제 와서 인생의 마지막 소원이니 뭐니 하는 이유로 되짚기 싫어요. 그것뿐이에요."

가오루코는 상대가 우뚝 서서 내려다봐도 눈썹 하나 꿈틀하지 않는 여자를 응시했다. 이 여자는 하루히코에게도 이렇게 무정한 눈빛을 보낸 적이 있었을까. 어쩌면 마지막으로 만난 그날 밤, 하루히코는 누나에게 걱정 끼치지 않으려고 무리해서 웃었을 뿐이고 사실은 깊은 상처를 받은 상태였던 거 아닐까. 이 여자 때문에.

"혹시 하루히코가 죽은 거, 당신이 원인인 거 아니야? 그렇지? 당신 때문에 하루히코가……"

시야가 빙글, 크게 흔들렸다.

엇, 하고 소리를 낸 찰나, 시야가 TV 속 모래 폭풍처럼 자잘한 흑백 화면으로 점차 침식되었다. 어, 이거 왜 이래? 못된 장난질을 당한 기분으로 무릎이 꺾였고 의식이 끊어졌다.

2

"구급차를……!"

"아니, 잠시만요. 눈 뜰 것 같아요."

번쩍 눈을 뜨자 젊은 여성 점원과 세쓰나가 얼굴을 들여다보고 있었다. "손님, 괜찮으세요?" 하고 묻는 점원은 가오루코도 주춤할 정도로 당황한 티가 났는데, 세쓰나는 냉담한 무표정이었다. 붙임성을 엄마 배에 두고 왔나 보다. 그건 그렇고 얼굴이 가깝다 싶었는데 곧 자신이 세쓰나의 품에 안겨 있다는 것을 알아차렸다.

"뭐, 뭐야."

"쓰러지셨어요. 머리는 부딪치지 않아서 다행이지만요. 의식은 또렷한 것 같으니, 구급차는 괜찮겠어요. 죄송한데 택시를 불러주실 수 있을까요?"

네, 하고 점원이 종종걸음 쳐서 홀 안쪽으로 갔다. 가오루코는 허둥거리며 일어나려 했으나, 곧바로 현기증이 덮쳤다. 주저앉을 뻔하자 세쓰나가 부축했다.

"택시가 올 때까지 누워 있는 게 좋지 않겠어요?"

"아니에요, 괜찮으니까."

"손님, 마침 지나가는 택시가 있어서 잡아뒀어요."

점원에게 고개를 끄덕인 세쓰나가 테이블 구석에 놓인 계산서를 집으려고 해서, 가오루코는 거의 덤벼들듯 사수했다.

"됐어요, 보자고 한 건 나니까."

"그러실래요? 그럼 잘 먹었습니다. 소란스럽게 해서 죄송합니다."

주변 테이블의 손님에게 살짝 고개를 숙이고, 세쓰나는 가오루코의 어깨를 부축해 계산대로 갔다. 가오루코는 가방을 꼭 끌어안고 다리를 움직였다. 최대한 고개를 숙이지 않으려 했으나 뺨이 불에 덴 듯이 뜨거웠다.

밖으로 나오자 카페 바로 앞에 택시가 비상등을 깜박이며 서 있었다. 뒷좌석에 타자, 이어서 세쓰나가 따라 타는 바람에 놀랐다.

"잠깐, 왜 당신까지."

"지금 막 쓰러진 사람을 혼자 둘 수 없잖아요. 자주 다니는 병원이 근처에 있나요? 오늘은 토요일이니 혹시 문을 닫았다면 이 근처 내과라도."

"괜찮아요, 병원은 무슨."

"잠깐이었지만 쓰러졌잖아요. 제대로 검사받는 편이 좋겠는데요."

"괜찮다니까, 정말로!"

택시 기사에게 아파트 주소를 빠르게 말했다. 여기에서 차로 15분 정도 걸린다.

택시가 달리기 시작하자, 세쓰나가 스마트폰을 꺼내 통화를 시작했다.

"도키 씨? 잠깐 일이 생겨서 낮 2시에 있는 오이카와 씨 댁 방문, 한 시간 늦춰주면 좋겠어요. ……네, 죄송하다고 말씀드려줄래요? 고마워요."

가오루코는 창밖 풍경에 집중해 그녀의 목소리를 듣지 않으려 했으나 '한 시간 늦춰주면 좋겠어요' 대목에서 깜짝 놀라 남동생의 전 여자 친구의 팔뚝을 붙잡았다.

"나는 정말로 괜찮으니까 가요. 일은 절대로 지각하면 안 되지. 약속을 어기면 당신 신용에 문제가 생겨요."

"신용은 회복할 수 있지만 건강은 그러지 못해요. 이럴 때 중간에서 조정해주는 분이 있으니 괜찮습니다."

오노데라 세쓰나는 더 이상 대화할 생각이 없다는 듯 팔짱을 끼고 눈을 감았다. 뷰러라곤 한 번도 써본 적 없는 것처럼 곧은 속눈썹이 눈 밑에 은은한 그림자를 만들었다. 화장기가 없는데도 피부가 고와서 가슴이 불타는 듯한 선망과 질투를 느꼈다.

피부만이 아니다. 분명 이 사람은 난소도 자궁도 아직 한참 젊겠지.

죽은 남동생의 전 여자 친구에 관해서 가오루코는 자세히 모른다. 아는 것은 하루히코와 생년월일이 같다는 것, 요리 관련한 일을 한다는 것 정도다.

하루히코가 "아버지와 엄마께 사귀는 사람을 소개하고 싶으니까 가오루코 씨도 와줄래?"라고 연락한 것은 몸이 녹을 듯이 더웠던 작년 7월이었다. 갑작스러운 말에 놀라면서도 당연히 가겠다고 대답한 가오루코는 남편 기미타카와 함께 난요다이에 있는 본가를 찾아갔다.

"요리 관련한 일을 한다던데 어느 가게에서 일하니?"

세쓰나에게 질문 공세를 퍼부은 것은 엄마였다. 아버지와 결혼해서 퇴직할 때까지 지방 방송국 아나운서로 일한 엄마는 육십대 중반인 나이가 믿어지지 않게 젊어 보였고, 그날 세쓰나에게 보인 미소는 화사함을 넘어 위압감까지 감돌았다.

"특정 가게에서 일하는 건 아닙니다. 의뢰를 받은 집을 찾아가 이용자분의 요청에 따라 요리를 만듭니다."

세쓰나의 대답을 들은 엄마는 미간을 살짝 찌푸리며 '의아함'의 표본 같은 표정을 지었다.

"꼭 가정부 같네."

"세세하게는 다르지만 하는 일은 비슷합니다."

엄마는 미간에 계곡처럼 깊은 주름을 잡고, 테이블 옆에 앉은 아버지에게 눈짓을 보냈다.

나잇살이 붙으며 더 근엄해 보이는 아버지는 손님을 앞에 두고 그런 표정을 짓지 말라는 눈빛으로 엄마를 타이르고, 세쓰나에게 관대한 미소를 지었다.

"요즘 젊은 사람들은 일하는 방식이 워낙 다양하고, 또 요리를 잘하는 면은 아주 훌륭하군. 하루히코는 이 사람이 내내 뒤

치다꺼리를 한 탓에 집안일은 도무지 못 해서, 그런 일을 잘하는 사람이 돌봐준다면 안심이야."

"나도 빨래랑 청소쯤은 해요."

"그래도 그런 일은 여자가 역시 더 잘하니까."

"성별은 관계없다고 생각합니다. 잘하는 건 여자여서가 아니라, 시행착오를 겪으며 고민하고 실천을 반복하면서 잘하게 된 것뿐이에요. 남자도 마찬가지로 하면 똑같이 할 수 있을 겁니다."

이 말을 조금 더 우호적으로 말했다면 인상도 달라졌겠지만, 오노데라 세쓰나는 날카로운 눈초리에 정색한 얼굴이었고 어조도 담담했다. 마흔 살 이상 나이 차이가 나는 아버지를 앞에 두고 전혀 기죽지 않는 면은 대범한 것을 넘어 뻔뻔해 보일 정도였다. 아버지의 얼굴에서 미소가 사라져서 가오루코는 조마조마했다. 아버지는 정년퇴직할 때까지 회사에서 인사 부장으로 일하며 여성의 채용과 출산휴가 이후의 복귀를 관리했다. 그래서 일하는 여성에게 이해심이 있으나, 도리를 모르는 건 싫어한다고 했다.

"아버님, 고다 로한(《오층탑》《환담·관화담》 등을 쓴 근대 일본의 작가)을 좋아하시죠. 로한도 집안일에 정통했다고 합니다."

시원시원한 언변으로 끼어든 것은 가오루코 옆에 앉은 기미타카였다.

"로한은 전처가 먼저 죽은 뒤 재혼했는데, 후처가 영 집안일에 소질이 없었나 봅니다. 그래서 로한이 딸 고다 아야에게 집안일을 가르쳤는데, 로한이 총채로 먼지 터는 솜씨가 대단했다는 글을 후에 고다 아야가 남겼어요. 문호라도 집안일을 한다 싶어 놀랐어요."

"음, 로한은 사람을 매우 치밀하게 묘사하니까. 일상적인 생활을 소상히 알고 있었기에 그럴 수 있었겠지."

평소 기미타카를 마음에 들어 하는 아버지는 너그러운 미소를 되찾고 세쓰나를 바라보았다.

"오노데라 씨가 만든 요리를 먹어보고 싶군. 하루히코에게도 만들어주겠지?"

"그러네. 프로의 요리, 나도 꼭 먹어보고 싶어."

아버지에 이어 강력한 미소를 들이미는 엄마까지 거들어서 가오루코는 위장 부근이 무거워졌다. 오노데라 세쓰나의 태도는 연인의 부모님께 인사하러 온 사람으로서 문제가 있다고 가오루코도 생각했다. 그러나 그 일을 생업으로 삼은 프로에게, 아들의 연인이라고 해서 무상으로 기술을 제공하라는 것은 문제가 있다.

"엄마, 초밥을 시켰다고 했잖아요? 슬슬 도착할 텐데 다른 요리는 필요 없죠."

"술안주 정도면 돼. 아버지도 기미타카도 술을 마실 테니 술과 어울리는 걸 뭔가 부탁할 수 있을까? 오노데라 씨."

"상관은 없으나 3천 엔을 받겠습니다."

이때 아버지와 엄마의 얼굴을 두고, 훗날 하루히코는 "총 맞은 비둘기 같은 표정이란 게 바로 그런 거겠지”라고 재미있어 하며 말했다.

“응? 무슨 소리야? 3천 엔?”

“그게 제 시급이어서요. 원래는 교통비도 받는데 인사드리러 온 상황이니 이번에는 받지 않겠습니다.”

아버지도 엄마도 말문이 막혔는데, 엄마 쪽의 회복이 빨랐다. 다만 철벽같은 미소를 잃고 물어뜯을 듯한 표정이었다.

“우리에게서 돈을 받을 속셈이야?”

“프로의 요리를 먹고 싶다고 지금 어머님이 말씀하지 않으셨나요?”

“그랬지. 하지만 그거랑 돈이 무슨 상관일까? 보통 이럴 때 돈을 받으려고 생각하는 인간은 없어. 너, 사람이 조금 이상하구나?”

“어떤 점이 이상할까요? 저는 대가를 받아 그에 상응하는 일을 하는 것이 프로라고 생각합니다만.”

“그런 문제가 아니라……! 너는 우리에게 하루히코와 사귀는 걸 인정받으러 온 거 아니니. 그렇다면 당치도 않은 소리는 작작 하고 조금쯤은 우리 마음에 들 행동을 해야 마땅하지! 원래는 우리가 부탁하기 전에 네가 먼저 나서서 움직였어야 해. 그게 상식이라는 거야!”

“그 점에서 저와 어머님의 상식이 다르네요. 저는 애초에 프로 요리사에게 공짜로 휴일 근무를 시킬 생각을 하지 않아서요.”

태연자약하게 대답한 오노데라 세쓰나는 예법에 맞게 반듯한 손동작으로 엄마가 내준 차를 마시고, "옥로네요, 맛있어요"라고 아무 일도 없었다는 듯이 감상을 말했다. 아버지와 엄마는 할 말을 잃고 경악을 넘어 허무한 표정을 지었다. 가오루코도 어찌할 바를 몰랐는데, 직업상 끼어들어야 할 때와 그러지 말아야 할 때를 읽어내는 능력이 뛰어난 기미타카는 조용히 이쑤시개로 가른 양갱을 입에 넣고 있었다.

밝은 목소리로 웃은 것은 하루히코였다.

"어때요, 멋있죠?"

눈가에 주름이 잡히게 웃으며 남동생은 가오루코와 기미타카를 향해 고개를 살짝 까딱였다. 멋있다니, 너 정말. 기가 막힌 가오루코 옆에서 기미타카는 말없이 싱긋 웃어 장인과 장모에게도 처남에게도 무난한 대응을 했다.

그 타이밍에 현관 초인종이 울리고 엄마가 시킨 6인분 초밥이 도착해서 다행이었다.

가오루코는 "자, 먹어요! 초밥이 말라비틀어지는 것처럼 슬픈 일도 없잖아요!" 하고 최대한 밝은 미소를 지으며 말하고, 엄마가 준비해놓은 맑은장국 냄비를 가스불에 올렸다. 곧 남동생도 여자 친구도 부엌으로 왔다. 하루히코는 식기장에서 간장 종지와 젓가락을 꺼냈고, 오노데라 세쓰나는 사발을 꺼내며 "저기" 하고 하루히코를 향해 말했다.

"간장 종지, 한 사람당 두 개씩 꺼내. 그쪽에 고급 간장 컬렉

션이 있으니까 연간장과 진간장, 두 개 다 가지고 가자. 도미 같은 흰 살 생선은 연간장이 잘 어울리고, 참치 같은 붉은 살 생선은 진간장이나 다마리 간장(일본에서 일반적으로 쓰는 진간장보다 콩 함량이 높아 농도가 진한 간장)이 어울려."

"오, 그렇게 나눠서 쓰는구나? 간장은 전부 다 똑같은 줄 알았어."

"전혀 달라. 간장은 콩이 만드는 예술품이야."

사이가 좋구나, 하고 생각하며 맑은 나물 장국이 잘 데워지는지 지켜보는데 등 뒤에서 기척을 느꼈다. 숨을 죽이며 돌아보자, 눈 화장 때문에 눈빛의 박력이 지나치게 강렬한 오노데라 세쓰나였다. 이때는 정비사 같은 차림이 아니라 심플한 까만 원피스를 입었는데 그녀가 서서 장국에 빤히 시선을 주고 있었다.

"양하가 있나요? 다져서 넣으면 잘 어울릴 것 같은데요."

"……야채 칸에 있을지도. 살펴봐줄래요?"

그날 나눈 대화는 이게 전부였다.

설마 9개월 뒤, 남동생의 유언장 문제로 다시 그녀와 만날 줄은 꿈에도 몰랐다.

"도착했어요."

어깨를 흔드는 손길에 번쩍 눈을 떴다. 뺨을 적신 미지근한 물을 훔치며 창밖을 보자, 정말로 하치오지 미나미노의 자택 아파트 앞이었다. 가오루코는 스마트폰을 꺼내 택시 요금을 계산했다.

"저기, 이제 정말 괜찮으니까 그만 가요. 일이 있잖아?"

"스스로는 모르는 것 같은데 지금 안색이 너무 안 좋아요. 가다가 쓰러질까 봐 마음에 걸리니까 집까지 배웅할게요."

입구에서 돌려보낼 생각이었으나 오노데라 세쓰나는 들은 척도 안 했다. 상대를 생각해서 하는 말인 만큼 강하게 거절할 수도 없어서 가오루코는 무거운 걸음으로 엘리베이터까지 가 키 큰 여자와 같이 탔다.

"여기야."

엘리베이터 홀의 좌우로 뻗은 내부 복도에서 왼쪽으로 꺾어, 같은 간격으로 이어진 감색 현관문을 몇 개쯤 지나면 끝에서 두 번째 집. 이곳이 결혼한 이후로 쭉 살아온 집이다.

"보다시피 아무렇지 않으니까 오노데라 씨, 얼른 돌아가. 지금 가면 아마 일에도 늦지 않을 거야. 미안해, 폐를 끼쳐서."

티 내지 않고 현관문을 등으로 사수하며 가오루코는 미소를 지었다. 뺨이 조금 경련했을지도 모른다. 오노데라 세쓰나는 짙은 초콜릿색 눈으로 물끄러미 이쪽을 바라보았다. 왠지 점검받는 기분이 드는 시선이어서 겨드랑이에 식은땀이 났는데, 그녀는 예의 담담한 어조로 말했다.

"괜찮아진 거면 다행이에요. 피곤해 보이시니 푹 쉬세요."

"응, 그렇게 할게. 정말 고마웠어."

"몸 잘 살피세요."

의외로 멀쩡하게 위로의 말을 남기고, 오노데라 세쓰나는 발걸음을 돌렸다. 그녀의 등이 멀어지자 굳어졌던 온몸에서 단숨에 힘이 빠졌다. 가오루코는 두통을 견디며 가방에서 열쇠를 꺼냈다. 최근 몸 상태가 좋지 않다. 손을 씻고 입을 헹구고 소파에 누워야겠다. 눕기 위해서는 약간 손이 가야 하지만. 한숨을 쉬며 유아차도 수월하게 지날 만큼 폭이 넓은 현관문을 연 그때였다.

"죄송합니다, 화장실 좀 쓸게요."

기겁할 만큼 가까이에서 목소리가 들려 뒤를 돌아보자, 떠난 줄 알았던 세쓰나가 바로 등 뒤에 있었다. 가오루코는 반사적으로 문을 닫으려고 했으나 잽싸게 팔을 뻗은 세쓰나가 문을 붙잡았다. 애 대체 뭐야, 완력이 엄청난데?

"화장실이라면 1층 로비에도 있어! 거기 쓰면 돼!"

"이제 한계라 1층까지 못 가요."

"멀쩡한 표정이면서 뭐가 한계야!"

"실례합니다."

필사적으로 붙잡은 문이 괴력으로 억지로 열린 순간, 내장이 오그라드는 기분이었다.

기미타카와 같이 살려고 고른 2LDK(방 두 개와 거실·식사 공간·부엌을 갖춘 집 구조를 일컫는 용어)는, 현관문을 열면 거실의 널찍한 창문에서 들어오는 자연광이 안쪽 마룻바닥에 떨어진다.

볕이 잘 드는 점이 우아하게 열리는 현관문만큼이나 마음에 들었다. 기미타카와 함께할 이 집에 가족이 늘면, 분명 이 빛이 그 아이를 건강하게 키워주리라 믿었다.

그러나 지금, 청아한 빛이 비치는 현관 안쪽에는 벽을 따라 대량의 쓰레기봉투와 택배 상자가 쌓여 있다. 이 아파트는 1층에 쓰레기 수거장이 있어서 주민은 24시간 이용할 수 있다. 언제든 버릴 수 있으니 쉬는 날 한꺼번에 정리하면 된다고 나중으로 미루다가 쓰레기봉투에 점령되었다. 혼자 이걸 다 옮긴다는 생각만으로 진절머리가 나고, 다른 주민과 마주쳐서 쓰레기를 쌓아뒀다는 걸 들키면 어쩌나 생각하면 두려웠다. 그렇게 매일 생활 쓰레기는 늘어가고, 대화할 상대도 없는 밤이면 자기도 모르게 인터넷 쇼핑몰에 접속해 눈에 들어오는 것을 사게 된다. 막상 물건이 도착하면 상자를 여는 것도 귀찮아서 방치한다.

그런 방종함의 증거를 목격한 그녀는 뭐라고 말할까. 가오루코는 불에 덴 듯이 뜨거워진 얼굴을 숙이고 바짝 긴장했다. 이윽고 비올라 연주처럼 나직한 목소리가 들렸다.

"화장실, 저쪽 문인가요?"

고개를 들자 세쓰나는 현관 바로 앞에 있는 작은 창문 달린 문을 가리키고 있었다. 가오루코가 살짝 고개를 끄덕이자, 세쓰나는 투박한 부츠를 벗고 안으로 들어왔다. 가득 쌓인 쓰레기봉투도, 뜯은 것과 안 뜯은 것이 뒤섞여 방치된 택배 상자도,

바닥에 떨어진 솜먼지도, 아무것도 보이지 않는다는 듯이 걸음을 옮겨 문 너머로 사라졌다.

몇 초간 넋을 놓았던 가오루코는 펌프스가 뒤집히거나 말거나 벗어 던지고 거실로 달려갔다.

초대할 생각은 전혀 없었는데 집에 들이고 말았다. 심지어 쓰러졌을 때 도와준 사람이니 빚도 있다. 그러니 차 정도는 대접해야 한다. 무엇보다 일단 여기를, 타인을 들여도 될 만한 공간으로 복구해야 한다.

바닥이며 소파며 할 것 없이 널브러진 옷가지를 두 팔 한가득 그러모아 옆방 침실에 던져 넣고, 좌식 테이블 위를 점령한 잡지와 음식 포장 용기와 과자 빈 봉지를 분리배출 따위 무시하고 쓰레기통에 던져 넣었다. 그래도 여전히 더러웠다. 가오루코로서는 여기에 남을 들이느니 죽음을 선택하고 싶을 정도로 더러웠지만, 거실을 치우고만 있을 수는 없었다. 부엌으로 달려가 전기포트에 물을 받아 스위치를 누르고, 고무장갑을 낄 여유도 없이 싱크대를 가득 채운 지저분한 접시와 컵을 씻었다. 아아, 음식물 쓰레기 망에도 찌꺼기가 잔뜩 끼어 있다. 저 사람이 이걸 본다면 죽어버릴 테다. 그래, 웨지우드 찻잔도 준비해야 한다. 평소 쓰는 싸구려 머그잔을 손님에게 낼 수 없다.

벌써 전기포트가 보글보글 소리를 내기 시작했다. 그런데 며칠째 방치된 것인지 모를 접시에 들러붙은 소스가 말라비틀어져서 도무지 떨어지지 않았다. 지저분한 컵도 접시도 여전히 싱크대에 넘쳐난다. 그때 느닷없이 실이 뚝 끊어지는 것처럼 손에서 힘이 빠지더니 거품 묻은 스펀지와 함께 접시를 와르르 떨어뜨렸다.

허무하다.

갑자기 그런 단어가 머릿속에 새하얗게 떠오르자, 더는 무리였다. 가오루코는 거품 묻은 두 손을 수술 중인 의사처럼 허공에 띄운 채 털썩 쭈그려 앉았다. 코앞에는, 싱크대 아래 서랍에 흡착판으로 달아놓은 행주 걸이가 있었다. 오랫동안 방치한 체크무늬 행주에서 냄새가 폴폴 났다. 그러나 여기서 고개를 돌리는 것조차 못 하겠다. 더는 1밀리미터도 못 움직이겠다.

얼마나 지났을까, 발소리가 다가왔다.

"몸, 안 좋으세요?"

머리 위에서 들린 목소리는 걱정하는 것치고는 너무 무뚝뚝했다. 그래도 뱃속 깊숙이 뭔가가 꿈틀거리는 느낌에 가오루코는 화석이 된 몸을 억지로 일으켰다. 분명 인간을 마지막까지 일으켜 세우는 것은 용기도 희망도 꿈도 아니라 허세다.

"괜찮아요. 잠깐 기다려요, 지금 차를⋯⋯."

"차는 됐어요. 그보다 누나분, 점심은 드셨어요? 아까 카페에서도 음료만 시키시던데."

점심은 먹지 않았다. 점심은커녕 아침도. 그러나 말할 기력조차 없어서 가만히 있자, 세쓰나가 "냉장고 좀 봐도 될까요?"라고 물었다. 대답을 듣기도 전에 남동생의 전 여자 친구는 거리낌 없이 모든 칸을 열어 안을 차분히 살폈다.

"여기 있는 재료들, 마음대로 써도 될까요?"

야채 칸에서 토마토를 꺼내며 세쓰나가 한 질문의 의미를 몇 초 지나서야 이해했다.

"……네가 요리하겠다고?"

뭐가 뭔지 모르겠다. 대체 그래야 할 필요가 어디 있는가. 게다가 대화 흐름으로 보아 세쓰나가 요리하려는 이유는 분명 가오루코를 위해서였다.

"그렇게 신경 쓰지 않아도 돼. 그보다 너는 네 일에……."

"제가 배가 고파서요. 누나분은 저기 앉아서 기다리세요."

부엌에서 쫓겨나 조금 전 죽을힘을 다해 정리한 거실 소파에 덩그러니 앉았다. 소파 등받이에는 여전히 출근용 재킷이 여러 벌 걸려 있고, 좋아하는 담청색 소파 커버에는 비스킷 부스러기가 떨어져 있었다. 매달 어두운 갈색으로 염색하는 머리카락도 여기저기 눈에 띄었다. 가오루코는 테이프 클리너를 가져오려고 몸을 일으켰다가 금방 소파로 쓰러졌다. 이제 더는 못 해.

이미 세쓰나에게 구제할 도리 없는 추태를 보였고, 어차피 조금 있으면 저 사람은 돌아갈 테고, 그러면 다시 혼자 남는다. 여기에는 아무도 돌아오지 않고 하루히코가 떠난 지금, 자신을 만나러 오는 인간 따위 이 세상에 없다. 그렇다면 얼마나 어수선하든 지저분하든 아무 상관 없지 않은가.

어느새 깜박 잠들었나 보다. 최근 들어 밤에 침대에 누워도 머릿속에 꿀벌 떼가 날아다니는 것처럼 온갖 생각에 잠겨서 좀처럼 잠들지 못했고, 간신히 잠들어도 몇 번이나 깨는 나날이 이어졌다.

아주 좋은 냄새가 코를 간질여서 수면 위로 떠오르는 것처럼 깨어났다.

"다 됐어요."

붙임성 없는 목소리에 눈을 뜨자 세쓰나가 좌식 테이블에 쟁반을 내려놓았다. 가오루코는 꼴사납게 잠든 모습을 보인 충격에 창백해져서 벌떡 일어나, 틀림없이 까치집이 됐을 머리카락을 정리했다. 세쓰나는 가오루코가 기미타카와 커플로 썼던 북유럽풍 그림이 그려진 사발 두 개와 젓가락을 테이블에 놓았다.

그러고는 테이블의 맞은편, 벌써 며칠이나 청소기를 돌리지 않은 진보라색 러그에 주저하는 기색 없이 앉았다. 자세가 아름답다고 생각했다. 이 사람이 유난히 박력 넘치는 이유는 자세가 좋기 때문이다.

"이 소면, 포장도 안 뜯은 채 보관되어 있던데 소비 기한이 지났어요."

"남편 본가에서 종종 보내줘. 그런데 딱히 먹을 일이 없어서……."

"고급품인데 아깝네요. 다 먹기 어렵다면 아직 기한이 지나지 않은 건 푸드 뱅크에 기부하시면 어때요? 잘 먹겠습니다."

"잘 먹겠습니다……."

우아하게 손을 모으는 세쓰나에 이끌려 가오루코도 오랫동안 입에 담지 않은 말을 중얼거렸다. 따뜻한 김이 나는 사발을 손에 쥐었는데, 걸쭉한 유백색 액체 속에 가느다란 소면이 잠겨 있었다. 무구한 설원 같은 흰색 위를 빻은 깨의 은은한 갈색과 깍둑썰기한 토마토의 빨간색이 장식했다.

"예쁘다."

그 말이 불쑥 나왔다. 태어나서 지금 처음으로 색을 감지한 것처럼 사발의 색채가 아름다워 보였다.

"그런가요."

세쓰나는 무뚝뚝하게 대답하고 아무렇지 않게 면을 먹었다.

가오루코도 뭘로 만들었는지 모르겠지만 아주 맛깔스러운 냄새가 나는 국물을 가만히 한 모금 마셨다.

"맛있어."

너무도 부드럽고 풍부한 감칠맛이 입안 가득 퍼지고 몸 깊은 곳까지 촉촉이 스며들었다. 다정한 맛이라는 표현은 영 수상쩍은 느낌이어서 싫어하는데, 달리 형용할 말이 떠오르지 않았다. 몸 안쪽부터 위로해주는 맛이었다.

"이거…… 두유?"

"두유와 콩소메요. 참치 통조림도 있어서 썼어요. 양파를 다지고 토마토와 참치를 볶아 두유와 콩소메로 한소끔 끓이고,

삶은 소면에 부으면 끝이에요. 저는 소면을 따뜻하게 먹는 걸 좋아해서요."

가오루코는 소면은 차가운 가다랑어 포 육수에 찍어 먹는 방식으로만 먹어보았다. 어려서부터 집에서 먹은 소면 요리는 늘 그랬고, 어른이 된 뒤에도 다르게 먹어보려고 생각하지 않았다. 소면을 싫어하지 않지만 맛이 단조로워서 항상 금방 질리기에 선물받은 소면도 마른 식자재를 보관하는 곳에 넣어둔 채 매번 잊곤 했다. 두유와 소면이라니, 같이 먹어볼 생각은 해본 적도 없다.

"그러고 보니 무첨가 두유도 많이 사두셨던데 그것도 소비 기한이 다가오니 빨리 쓰는 게 좋겠어요."

그랬다. 냉장고에 마시다 넣어두고 소비 기한이 이미 지난 것이 한 팩, 상온 보존한 것도 세 팩이 있을 것이다. 콩에 함유된 아이소플라본이 여성호르몬과 구조가 비슷하다는 것을 알고 콩 냄새에 진저리를 치면서도 매일 마셨었다. 그것도 연초부터는 빼먹기 일쑤였고 하루히코가 죽은 뒤로는 완전히 관뒀다.

"수프를 넉넉히 만들어뒀으니 나중에 좋아하는 방식으로 드세요. 밥을 넣어서 리소토로 먹어도 좋고 노릇하게 구운 빵을 넣어서 먹어도 맛있어요. 또 궁금한 게 있는데, 냉장고에 들어 있는 대량의……."

세쓰나가 말을 뚝 멈추더니 눈을 크게 떴다.

"……왜 그러세요?"

아무 말도 나오지 않아서 가오루코는 눈물이 뚝뚝 넘쳐흐르는 눈가를 손으로 덮었다.

다정한 맛이 아플 정도로 스며들어서, 눈물을 멈출 수 없었다.

"이 집 명의는 당신 앞으로 변경해뒀어. 계속 살고 싶다면 그래도 좋고, 나가고 싶으면 팔아서 미래를 위해 저축하면 좋겠어. 이외에도 할 수 있는 만큼 보상은 할게. 이건 내 문제이지 당신 잘못은 없어. 하지만 이제 당신과 부부로 지낼 수 없다는 것은 알아줘."

기미타카가 이미 작성한 이혼 신고서를 테이블에 내려놓은 것은 작년 11월 8일 밤이었다. 날짜는 틀림없다. 개기월식과 천왕성 엄폐가 동시에 일어난다고 제법 화제가 된 날이었다. 가오루코도 기미타카와 함께 세기의 천체 쇼를 즐기려고 퇴근길에 프랑스식 과자점에서 기미타카가 좋아하는 몽블랑을 사왔다. 저녁을 먹은 뒤, 홍차를 우리고 케이크를 준비하는 중에 "가오루코, 할 말이 있어"라고 기미타카가 말을 꺼냈다.

인간은 엄청난 충격을 받으면 호흡과 고동 이외에 모든 것이 정지한다는 것을 기미타카가 이혼 신고서로 보이는 A3 크기의 서류를 꺼냈을 때 알았다.

징조 같은 것은 아무것도 없었다. 있었더라도 가오루코에게는 일절 보이지 않았다. 그러고 보면 최근 몇 개월, 기미타카는 "일이 바빠서"라며 아침 일찍 출근하고 한밤중에 돌아오는 생활을 해왔지만, 결혼 초기부터 남편은 바빴기에 전혀 의심하지 않았다. 부부 관계, 육체적인 의미에서의 그것은 벌써 1년 넘게 없었지만 주말에 외출할 때는 종종 손을 잡고 걷기도 했다. 사이는 좋았을 것이다. 그렇다고 생각했다. 적어도 가오루코는.

"잠깐만, 뭐라고? 갑자기 뭐야? 무슨 소리를 하는 거야. 이제 곧 월식과 천왕성 엄폐가 동시에 일어난다는데? 442년 만의 기적적인 이벤트여서 당신이랑 느긋하게 보고 싶어서 케이크도 사 왔는데, 이혼이라니 도대체 무슨 말이야."

"정말 미안해. 다시 말하는데 내 잘못이야. 당신이 혼란스러운 것도 당연해. 당신이 진정하고 받아들일 때까지 충분히 기다릴게. 다만 나로서는 이제 번복할 수 없는 사실이라는 걸 부디 알아주면 좋겠어. 가능하면 이혼 조정은 하기 싫어. 서로 얼마나 불쾌한 시간을 보내야 하는지 잘 아니까. 절대로 당신에게 상처를 주고 싶은 건 아니야."

기미타카의 말은 배려 있고 눈빛도 다정했다. 다만 그것은 검객이 발버둥 치는 졸개에게 더는 대항하지 말라고 설득하는 것과 같았다.

그야말로 마른하늘에 날벼락. 기습적인 이혼 요청이지만 짚이는 바는 있었다.

서른여섯 살에 기미타카와 결혼했고 반년 지나도 아이가 생기지 않아 불임 치료를 시작했다. 네 번의 인공수정이 불발로 끝난 다음에 체외수정 단계로 들어갔으나 결국 마흔 살이 넘어서도 임신하지 못했다. 미래가 보이지 않아 초조해서 걸핏하면 불안정해졌고, 감정적인 태도를 보인 것도 한두 번이 아니다. 그러나 기미타카는 아내가 분노하든 오열하든 절대로 이성을 잃지 않고, 직장에서 매일 이렇게 상담자의 고민에 귀를 기울이나 보다 싶은 성실한 태도로 달랬다.

"나는 아이를 원해서 가오루코와 결혼한 게 아니야. 생기지 않아도 후회는 없고, 우리 둘이 살아가는 것만으로 좋아."

그러나 기미타카는 시내 법률사무소에서 근무하며 오랜 세월 아동 인권을 위해 일했고 아이를 좋아했다. 그런데도 "괴롭다면 치료도 쉬었으면 해. 당신 몸과 마음이 중요해"라고까지 말해주는 남편이기에 더욱더 그의 아이를 원했고, 임신하지 못하는 상황이 비참했다. 그런 말을 쉽게 하지 마, 당신은 몰라, 시간이 얼마 남지 않은 걸 남자인 당신은 몰라, 하고 울며 기미타카를 타박했다. 변호사라는 직업상 웬만해서 감정이 흔들리지 않는 기미타카도 내심 상처받고 피폐해졌을지도 모른다. 분명 그랬겠지.

다만 아무리 자업자득이라도 곧장 알겠다고 이혼을 받아들일 수는 없었다. 헤어지기 싫었다. 다시 시작하고 싶었다. 당신과 살고 싶어, 당신을 사랑해. 물불 가리지 않는 절절한 애원에 기미타카는 다정하게 끄덕이며, 따뜻한 목소리로 "고마워, 가오루코"라고 말했다. 그러나 마지막에는 "그래도 미안해, 이제 되돌릴 수는 없어"라고 흔들리지 않는 결론을 반복했다. 남편이 얼마나 강경한 인간인지 이혼 위기를 통해 처음으로 알았다.

결국 새해를 맞이하는 것과 동시에 호적을 정리했다. 본가에 새해 인사를 드릴 때까지는 기다려달라고 애원하자 "알았어"라고 진지하게 대답한 기미타카는, 양쪽 본가에 새해 인사를 마치고 돌아온 그날 저녁에 하치오지 시청에 가서 이혼 신고서를 제출했다. 기미타카는 다정하지만 무른 사람이 아니다.

이혼한 사실을 한동안 아무에게도 말하지 못했다. 그러나 계속 입 다물고 있을 수도 없다. 일이 바쁜 시기가 오기 전에 가오루코는 최대한 담담히 직장에 이혼을 알리고, 난요다이 본가에 가서 부모님에게도 보고했다.

아버지와 엄마는 먼저 놀랐고, 다음으로 딸이 추태를 보인 것처럼 괴로운 표정을 짓더니 마지막에는 어쩔 수 없다는 듯이 한숨을 쉬었다. 신기했다. 피도 이어지지 않은 새빨간 타인인 아버지와 엄마는 나이를 먹으면서 표정 변화가 닮아간다.

"어쩔 수 없지…… 아이가 생겼다면 달랐겠지만."

아버지의 혼잣말을 들었을 때, 얼음으로 만든 송곳이 뱃속 깊은 곳을 찌른 것만 같았다.

물론 불임 치료는 실패의 연속이었으나, 아직 불가능하다고 결론이 난 것은 아니었다. 그 가능성을 잘라낸 것은 내가 아니다. 기미타카가. 그렇게 협조적이고 다정했으면서 언제 그랬냐는 듯이 일방적으로 그 사람이. 나는 줄곧 노력했고 앞으로도 노력할 생각이었는데 어째서 내 잘못이라는 듯이 말하지.

목까지 말이 차올랐으나 주먹을 움켜쥐며 삼켰다. 아버지도 엄마도 분명 똑바로 받아들이지 못하고 억지를 부린다고만 받아들일 것이다.

평생 노력을 신조로 삼고 살았다. 물을 무서워했던 초등학생 때는 매일 밤 세면대에 얼굴을 담가 공포를 극복했고, 중학생 때는 달리기가 느린 것이 속상해서 비가 오나 눈이 오나 매일 아침 계속 달리다가 육상부에 스카우트되기도 했다. 대학 입시도, 취직도, 스스로 정한 목표는 반드시 노력으로 이뤄냈다. 특별히 아름답지도 않고 특별히 사랑받은 적도 없는 자신이지만 포기하지 않고 자기 힘으로 인생을 일궈온 것은 자랑이었다.

그러나 기미타카와 이혼하고 생명이라는 신비한 영역으로 가는 길이 막혔을 때, 조금씩 톱니바퀴가 어긋나기 시작했다. 어떻게 해도 노력이 통하지 않는다는 처음 겪는 사태에 좌절하고 혼란스러워져서 온갖 떼를 쓰고 몸부림치고, 그래도 어쩌지 못해 충격을 받은 끝에 자신을 잃어, 다치게 하면 안 될 것을 다치게 했다는 사실조차 깨닫지 못했다.

깨달았을 때는 손안이 텅 비어 있었다.

*

"여러모로 힘드셨네요."

세쓰나가 테이블 건너편에서 티슈 케이스를 밀어주며 말했다. 가오루코는 티슈를 여러 장 뽑아 눈가를 눌렀다.

"놀랄 정도로 마음이 담기지 않은 말, 고마워……."

"죄송해요. 다정한 성격이 못 돼서. 기미타카 씨라면 하루히코네 본가에서 식사했을 때 누나분 옆에 앉았던 분이죠? 고다로한 얘기를 꺼내서 저와 하루히코네 부모님의 배틀을 멋지게 진정해줬던."

"배틀이라는 자각은 있었구나? 알고서 싸움을 건 거였네?"

"박식하고 분위기를 잘 파악하는 분이라고 생각했어요. 본심을 잘 드러내지 않는 면이 하루히코랑 조금 닮았다고요. 그런데 생각 이상으로 노련하네요. '이혼 조정은 하기 싫어'라니 강력한 선제공격, 역시 변호사다 싶은."

"재밌어하지 마."

"그런데 누나분도 너무 순순히 받아들인 거 아니에요? 말을 들어보니 기미타카 씨는 상대가 알아차리지 못하게 차곡차곡 이혼 준비를 했던 것 같은데요. 여자 문제가 있는지 좀 더 파헤쳐도 좋았을 텐데. 꼭 여자라고 할 순 없지만."

"기미타카는 그런 사람이 아니야."

"부부라고 해서 상대방을 100퍼센트 아는 건 무리잖아요? 별개의 머리와 별개의 몸을 가진 이상 완벽하게 이해하는 건 인간으로서 불가능해요."

"그래도 기미타카는 아무튼 아니야, 아무것도 없었어."

목소리가 거칠어지자 세쓰나가 알아차렸다는 표정을 지었

다. 가오루코는 고개를 숙였다.

여자가 있지 않을까. 이혼하자는 말을 들었을 때 제일 먼저 그걸 의심했다.

기미타카와 헤어지는 것은 죽어도 싫었고, 누가 기미타카를 빼앗아 가는 것이라면 하늘이 무너져도 용서할 수 없었다. 그러니 어떻게든 연초까지 이혼을 유예해 기미타카에게 의심스러운 흔적이 없는지, 그게 아니더라도 수상한 점이 없는지 탐정에게 조사를 의뢰했다.

그러나 기미타카는 어디까지나 결백해서 부정이 의심되는 정황은 전혀 나오지 않았다.

탐정의 보고를 받았을 때, 자신이 더러운 걸레가 된 기분이었다. 차라리 여자가 있는 편이 나았다. 그랬다면 그렇게 구정물을 뒤집어쓴 것처럼 비참한 기분은 겪지 않아도 됐을 것이다.

고개를 숙이고 코를 훌쩍이자, 연속해서 티슈를 뽑는 소리가 들렸다. 눈앞에 내밀어진 티슈 뭉치를 가오루코는 눈가에 댔다. 눈가 피부가 따끔따끔했다.

"가오루코 씨, 안색이 안 좋은데? 지쳤어?"

그렇게 묻던 남동생의 얼굴이 불현듯 생각났다.

하루히코에게는 이혼했다고 도저히 말할 수 없었다. 꽤 나이 차이가 나는 남동생은 태평스러워 보여도 남의 감정에 예민했다. 털어놓으면 분명 자기까지 슬픈 표정을 하고 걱정한다. 그걸 알기에 말할 수 없었다. 기미타카가 없는 집에 돌아가기 싫어서 퇴근길에 자주 하루히코를 불러내 초밥, 이탈리아 요리, 사누키 우동, 불고기 등 이런저런 음식을 먹으러 다녔다. 하루히코는 뭘 먹어도 "맛있다"라고 말하며 최고로 밝게 웃어주었고, 그 미소를 볼 때만은 뭘 먹어도 맛있다고 생각하지 못하게 된 식사의 고통이 조금은 수그러졌다.

기미타카와 헤어졌을 때 생가죽이 벗겨지는 듯한 통증을 맛보았다. 불임 치료를 이어가면서 느꼈던, 인간으로서도 여자로서도 나는 무가치하다는 감각이 한층 더 강해졌다. 아침은 희망이 아니라 절망으로 시작되었고, 밤에 잘 때면 앞으로 내 앞에는 막다른 골목뿐이라는 불안감에 비명을 지르고 싶었다.

그래도 그런 것도 전부 하루히코와 보내는 한때가 달래주었다. 이제 분명 엄마가 될 일은 없을 테고 기미타카의 아내도 아니게 됐다. 그러나 아직 하루히코의 누나로 있는 것은 허용된다. 멋진 누나여야만 한다. 다시 한번 일어나자. 나는 불굴의 노력으로 인생을 개척한 가오루코니까. 언제나 살아 있는 것이 멋지다는 듯 웃는 하루히코가 그렇게 생각할 수 있게 해준다.

그런 남동생이 갑자기 자신보다 먼저 떠날 줄은 상상도 못했다.

3

"하루히코 얘기, 해도 될까요? 괴로우면 안 할게요."

세쓰나가 차분하게 말을 꺼낸 것은 몇 분이 지나서였다. 자신이 진정할 때까지 기다린 것을 알고 가오루코는 호흡을 가다듬으며 "괜찮아, 해" 하고 고개를 끄덕였다.

"하루히코가 죽은 상황은 어땠나요?"

남동생의 집을 낯선 사람들이 묵묵히 오가던 그날의 광경이 머릿속을 스쳤다.

떠올리는 것도, 말로 하는 것도 각오가 필요하다. 가오루코는 배에 힘을 주고 숨을 들이쉬었다.

"하루히코는 회사 근처에 아파트를 빌려서 살았잖아. 신주쿠에. 거기에서 숨을 거뒀어. 무단결근 같은 건 한 적 없는 하루히코가 연락도 없이 회사를 쉬어서, 회사 친구인 미나토 군이 이상하다고 생각해서 여벌 열쇠로 집에 들어갔더니 침대에서 싸늘하게 식어 있었대. 바로 구급차를 불렀지만 그 자리에서 사망을 확인했어."

"정말로 침대에서 죽었나요?"

화살을 쏘듯 날카로운 질문이었다.

"……무슨 뜻이야?"

"아까 카페에서 저한테 했던 말, 기억하세요? 하루히코가 죽은 원인이 저일지도 모른다고 말했죠. '당신 때문에 하루히코는'이라고요."

움찔했다. 그렇게 말했던가? 그때는 흥분했던 탓인지 기억이 모호했다.

“미안해. 그냥 분풀이였어, 잊어줘.”

“정말로요? 하루히코가 저 때문에 죽었다고 생각할 만한, 그런 방식으로 죽은 것 아닌가요?”

“목을 매달지 않았냐고 묻고 싶은 거야? 아니야. 나도 그 아이 집에 가서 직접 눈으로 봤어. 하루히코는 편안한 옷을 입고 침대에 누워 있었어. 베갯머리에는 충전 중인 스마트폰과 읽던 책이 있었으니까 정말로, 목욕하고 누워서…… 그대로 시간이 멈춘 것 같았어. 괴로워하거나 버둥거린 흔적도 없었다더라. 자다가 숨을 거둔 것 같다고 했어.”

지금도 선명하게 기억한다. 거리 여기저기 벚꽃이 피기 시작한 3월 15일, 아직 하늘에 밝은 빛이 남은 수요일 저녁 무렵이었다. 경찰 연락을 받은 가오루코는 그저 혼란스러워하며 직장에서 동생이 사는 아파트로 달려갔다.

하루히코가 살던 집은 1LDK였다. 현관을 열면 세 평이 넘는 부엌 겸 식사 공간, 안쪽에 두 평쯤 되는 방이 연결된 세로로 길쭉한 설계로, 하루히코는 안쪽 방을 침실로 썼다. 가오루코가 숨을 몰아쉬며 집으로 들어갔을 때, 식사 공간과 침실 사이 칸막이 문은 떼어져 있었고 점퍼 차림의 경찰 관계자 여러 명이 안에 있었다. 현관문 앞에 우뚝 서 있자, 양복을 입은 중년 남성이 “가족분이십니까?” 하고 말을 걸었다.

신주쿠 경찰서에서 왔다는 형사는 의아할 정도로 부드러운 어조와 정중한 단어를 써서 하루히코에 관해 물었다. 생전의 건강 상태, 병원 이력, 처방받은 약 등. 그 외에도 다양한 질문을 받았으나 가오루코는 계속 고개를 저었다. 하루히코는 매년 회사에서 건강검진을 받았으나 문제가 있다는 얘기는 없었고, 전날 밤 하루히코의 생일을 축하하려고 같이 밥을 먹었을 때도 상태가 나빠 보이지 않았다고.

"그렇다면 동생분이 뭔가 고민이 있는 것 같지는 않았나요?"

가오루코는 순간 멈칫했고, 질문의 의도를 이해하고 말을 잃었다. "만약을 위해 확인하는 것뿐입니다" 하고 중년 형사가 조심스러운 표정으로 말했다.

적어도 가오루코가 보기에 하루히코가 뭔가 괴로워하거나 고민하는 것 같지는 않았다. 전날 밤에는 김치 듬뿍 냉면을 맛있게 먹었고, 무엇보다 환하게 웃었다. 하루히코의 미소는 보는 사람을 아주아주 행복하게 해준다. 게다가 어려서부터 습득력이 좋고 달리기도 빠르고 악기 연주도 춤도 축구도 뭐든 잘했고. 그런 불필요한 말까지 쏟아낸 것을 알아차리고 "죄송합니다" 하고 사과하자, 형사는 다정하게 고개를 젓고 계속 말하라고 했다.

하루히코는 대학을 졸업하고 제약 회사에 연구직으로 취직했다. 타고나길 문과 체질인 가오루코는 남동생이 하는 일을 '세상에 도움이 되는 약을 만든다' 정도로 이해할 뿐이었지만, 적어도 직장 선배들에게 신임받고 후배가 잘 따르는 연구원이라는 것만큼은 남동생의 이런저런 말들을 통해 알고 있었다.

무단결근한 남동생을 걱정해서 찾아온 친한 동료도 있다. 자살이라니 도저히 상상할 수 없다. 가오루코가 말을 마치자, 형사가 고개를 끄덕이고 위로하듯 말했다.

"방 상태를 보면 특별히 이상한 점은 없었고, 안타까운 일이지만 젊은 분의 돌연사도 사실은 제법 많습니다."

그 후 형사는 검시를 위해 하루히코의 시신을 맡겠다면서 가오루코에게는 장의사에게 연락하라고 권했다. 몇 분 뒤, 얼굴이 창백해진 아버지가 도착해 형사들과 격한 목소리로 뭐라고 말했지만 내용은 이미 기억하지 못한다.

검안으로도 하루히코의 사인이 명확하지 않아 해부도 하게 됐다. 도쿄 분쿄구 감찰의무원이라는 곳에서 해부를 시행했고, 가오루코는 아버지와 함께 대기실에서 기다렸다. 엄마는 말도 제대로 못 할 정도로 충격이 커서 대신 가오루코가 휴가를 받아 아버지와 같이 갔다. 그러나 해부를 해도 결국 하루히코가 왜 죽었는지 명확히 알 수 없었다. 담당자의 소견을 듣고 시체검안서를 받았으나 사인에는 '원인 불명 내인사(內因死)'라고 적혀 있었다.

다만 명확한 사인을 알 수 없어도 하루히코의 죽음에 사건성은 없다고 판단했고 자살을 의심할 흔적도 발견하지 못했다. 하루히코는 그냥 정말로, 돌연 숨을 거두고 말았다. 그러니 가오루코는 남동생의 죽음을 남에게 말할 때면 '심부전'을 방편으로 삼았다.

설명을 듣는 동안 털이 풍성한 러그에 단정히 앉은 세쓰나는 가오루코를 바라본 채 한 번도 시선을 피하지 않았다. 방심하거나 부드러운 분위기라곤 일절 풍기지 않는 모습에서 가오루코는 문득 초등학교 때 썼던 조각칼을 연상했다. 역삼각형 모양의 칼로 나무를 깎으면 예리한 조각칼 자국이 또렷하게 남았다. 그 흔적을 손가락으로 더듬던 감촉과 그녀가 이상하게 이어졌다.

"마음에 걸리는 건 유언장이네요."

세쓰나가 말했다.

"왜 그런 걸 남겼을까요. 자기가 죽을 줄 안 것처럼."

"너, 유언장과 유서를 혼동하나 본데? 유서는 죽으려고 결심한 사람이 이유를 적어 남기는 거지만, 유언장은 자기 사후를 대비해 남은 재산을 어떻게 하고 싶은지 법적 효력을 지닌 방법으로 명시해두는 거야. 젊고 건강해도 유언장을 작성해둬서 손해 볼 것 없고, 실제로 그렇게 하는 사람이 많아."

"하지만 그건 자기가 죽은 뒤 진흙탕 같은 상속 쟁탈전이 벌어질지 모르는 부자나 가족과 불화가 있어서 재산을 누구에게 남길지 확실하게 정해두고 싶은 사람이 하지 않나요? 아니면 아주 고령이거나 병이 있어서 죽음을 예감한 사람. 아직 이십 대에 건강한데 유언장을 쓰는 사람이 정말로 있나요?"

가오루코는 입술을 일그러뜨렸다. 정말로 있는지 묻는다면 "있기야 있겠지만 쌍둥이 정도로 드물겠지"라고 대답할 수

밖에 없다. 유언장은 역시 연배 있는 사람이 많이 작성하고, 그 비율도 10퍼센트에 미치지 못하는 것이 현실이다.

"레이와(2019년을 원년으로 하는 일본의 연호) 2년, 즉 2020년 7월 10일에 상속법이 개정되었어. 유언장 보관법이 시행되면서 법무국의 자필증서 유언장 보관 제도가 시작됐지."

"……지금 어려운 얘기 하시려는 거죠? 그런 거 별로인데요."

"하나도 어렵지 않아. 그 전까지는 변호사에게 맡기거나 공증소에 맡기거나 자기가 직접 보관하는 것이 주류였던 유언장을 법무국에 간편하게 맡길 수 있게 됐다는 거야. 전에 말했던 것 같은데, 나는 법무국 하치오지 지국에서 일해서 해당 제도가 개시되면서 유언장 접수 업무가 추가됐어. 그래서 우리 집에 하루히코를 불러서 기미타카와 셋이 밥 먹을 때, 그런 얘기를 꺼낸 적이 있어. 너도 유언장을 작성하면 어떻겠냐고 농담삼아 말했지. 마침 하루히코가 친구 권유로 산 주식으로 큰돈을 벌었던 때였거든."

"아아…… 의리로 열 장만 산 복권이 백만 엔에 당첨된 적이 있었죠. 금전욕도 물욕도 일절 없는데 왠지 돈이 척척 들어오는 사람이었어요."

"맞아. 돈이 궁핍하지 않은 별자리를 타고난 왕자님이지."

유언장의 존재를 알게 된 후 정산한 하루히코의 유산은 나이에 비해 상당한 금액이었다. 예금이나 주식 등을 합쳐 약 3천만 엔. 그중 천만 엔은 인도주의 의료 단체에 기부하고 남은 자산을 부모님, 가오루코, 세쓰나에게 3분의 1씩 나누고 싶다는 내용이 적혀 있었다.

실상은 어땠는지 모른다. 그러나 하루히코가 유언장을 작성한 것은 전에 가오루코가 했던 말이 머릿속에 남아 있어서가 아니었을까.

"유언장을 언제 작성했는지 알 수 있나요?"

"응, 자필증서 유언장에는 작성일을 명시해야 하거든. 3월 14일, 그 아이의 스물아홉 번째 생일."

하루히코가 유언장을 맡긴 곳은 도쿄 법무국 본국이었다. 그날 가오루코는 하루히코에게 저녁을 먹자고 했었으니, 그는 누나와 만나기 전에 유언장 보관 절차를 진행했을 것이다. 그리고 가오루코와 헤어진 그날 밤에 죽었다.

"그나저나 너도 그날이 생일이었지? 하루히코에게 뭔가 연락이라도……"

문득 생각이 나서 물으며 고개를 들자, 세쓰나가 묘한 표정을 짓고 있었다.

뭔가에 굉장히 놀란 동시에 뭔가를 깊이 이해했다는 듯한 표정이었다.

"왜 그래?"

"뭐가요?"

되물은 그녀는 이미 원래의 무뚝뚝한 표정으로 돌아왔다. 그러나 이쪽도 일부러 그러는 줄 모를 만큼 멍청하지 않다.

"지금 뭔가 짐작이 간다는 표정이었잖아. 뭔가 있으면 알려 줘. 나는 하루히코의 누나야. 알 권리가 있어."

"아무것도 없어요. 그 사람에 관해서는 저보다 누나분이 더 잘 아실 텐데요."

세쓰나는 이걸로 이 이야기는 끝이라는 듯이 테이블에서 빈 사발 두 개를 겹쳤다.

"누나분의 말투가 마음에 걸려서 혹시 싶었을 뿐인데 아니라면 됐어요. 저는 슬슬 가봐야 하니 이쯤에서 실례할게요."

자리에서 일어난 세쓰나를 가오루코도 바짝 쫓아갔다.

"오늘 밤에라도 다시 연락할게. 그러니까 다음에 시간을 내 줘. 너는 귀찮다고 했지만 하루히코는 네가 유산을 받아주길 바랐어. 어쩌다가 헤어졌는지 나는 모르지만, 유산을 받는 정도라면 문제없지 않아?"

"말씀드렸죠. 저는 받을 이유가 없고 받을 생각도 없어요. 가족분이 필요 없으시면 어디 기부라도 하시죠."

"너 정말……!"

"그리고 이혼한 데다 남동생까지 떠나서 괴로운 건 이해하지만, 술로 도망치는 건 그만두시는 게 좋아요."

숨을 죽인 가오루코를 세쓰나가 눈썹 하나 꿈틀하지 않고 바라보았다.

"부엌 쓰레기봉투에 가득 차 있는 츄하이 롱(소주에 탄산과 과즙을 섞은 일본 주류. 롱 사이즈는 500밀리리터). 냉장고에도 열 캔

넘게 있던데 밤마다 드세요? 하루에 몇 캔씩?"

"그게 너랑 무슨 상관이야."

"그런 술은 의외로 도수가 높아요. 쓰레기봉투에 든 빈 캔, 도수 9도짜리만 가득하던데요. 맛있으니까 자꾸 마시게 되는데 롱을 한 캔 마시면 보드카 반 잔을 마시는 거랑 알코올 섭취량은 같아지니까요. 최근 저런 술 때문에 알코올의존증이 되는 여성이 늘었다는 뉴스, 본 적 없으세요?"

"내가 의존증이라는 소리야? 아니거든!"

"일을 마치고 집에 올 때까지 냉장고의 술을 마시겠다는 생각만 하지는 않나요? 집에 와서 손을 씻자마자 제일 먼저 캔을 따지는 않나요?"

움찔했지만 절대로 이 여자에게 들키기 싫었다. 세쓰나는 작업복 주머니에서 스마트폰을 꺼내 엄지로 화면을 건드렸다. 디로롱, 전자음이 들렸다. 소파 구석에 던져놓은 가오루코의 가방에서.

스마트폰을 꺼내자 메시지가 와 있었다. 내용은 인터넷 사이트 링크뿐이다.

"그거 해보세요."

표범처럼 대담한 몸놀림으로 남동생의 전 여자 친구가 나간 뒤, 가오루코는 지금 막 받은 링크를 클릭했다.

'알코올의존증 자가 진단'이라는 페이지가 떴다.

2장

1

도쿄 법무국이 관할하는 하치오지 지국은 하치오지역에서 버스로 5, 6분 거리다. 그러나 가오루코는 건강을 위해 매일 아침 역에서 직장까지 걸어가는 것이 일과였다. 봄 여름 가을 겨울, 비가 오나 눈이 오나, 흉악한 꽃가루가 날리는 날에도.

히가시호샤센 아이로드(도쿄 하치오지역의 북쪽에서 동쪽으로 뻗어 나가는 거리. 상점가가 형성되어 유동 인구가 많다)를 따라 걷다 보면 세월이 느껴지는 육교가 보인다. 육교를 건너 맞은편에 하치오지 세무서와 간이 재판소가 인접한 7층짜리 하치오지 지방합동청사 건물이 있는데, 이 청사의 1, 2층이 가오루코의 직장인 하치오지 지국이다. 참고로 청사 3층은 하치오지 노동청, 4층은 하치오지 검찰청이다.

하치오지 지국 1층은 등기 관련 업무를, 2층은 공탁, 호적, 인권, 유언장 관리를 담당하는 부서다. 가오루코는 2층에서 공탁관으로 일한다. 공탁이란, 아주 간단하게 설명하면 금전이 얽힌 교섭이 결렬된 경우 법무관이 쌍방 사이에서 분쟁 해결을 지원하는 제도다. 예를 들어 교통사고가 생겼을 때, 피해자에게 손해배상금을 주려고 하는데 피해자 쪽이 '그 정도 금액으로 납득할 수 없다'라며 수취를 거부한다고 해보자. 이때 준비한 금액이 법으로 정해진 요건을 충족했다면, 사고를 일으킨 자는 법무국에 배상금을 맡겨 피해자에게 배상을 달성할 수 있다. 이외에 유산상속과 급여 분쟁과 선거에도 공탁이 관여하는데, 한 가지 엄격히 정해진 바는 민법과 상법, 회사법, 민사 소송법 및 공직 선거법 등의 법령으로 규정된 요건을 충족하지 못하면 공탁은 인정되지 않는다는 점이다. 상담자의 의뢰를 받아 그 공탁이 성립하는지를 방대한 법령에 대조하며 심사하고, 수리 가부를 판단하는 것이 가오루코의 일이다.

"잘 알겠습니다, 상담 내용을 다시 확인하겠습니다. 사토 님이 소유한 빌딩의 임차인과 월세 인상 문제가 절충되지 않아, 임차인이 작년 11월부터 올해 2월까지 월세를 공탁했다. 이 공탁금을 사토 님이 수취할 수 있는가, 수취하게 되면 향후 월세 인상에 지장이 생기는가. 이상으로 틀림없을까요?"

전화 너머에서 나직한 대답이 들렸다. 하치오지 시내에 빌딩을 소유하고 있다는 상담자는 일흔세 살인 아버지와 비슷한 나이였다. 가오루코는 말 속도가 빨라지지 말 것과 명확한 발음을 유의하며 이어 설명했다.

“사토 님의 경우, 임차인이 공탁한 돈을 수취하셔도 사토 님이 청구하신 인상분의 채권이 소멸하지는 않습니다. 단, 사토 님이 하치오지 지국에 공탁금 청구를 하실 경우, 청구서에 ‘다만 채권액 일부에 해당한다’와 같이 어디까지나 본래 받는 금액의 일부로서 수취한다는 의사를 명기하셔야 합니다.”

상담자는 이어서 임차인 측이 공탁한 4개월분의 월세를 3개월분의 월세로 수취하고 싶다고 했다. 즉 임차인이 하치오지 지국에 맡긴 돈을 손해배상금 포함 월세 3개월분으로 취급해 남은 1개월분을 새롭게 요구하는 것이 가능하냐는 것이다. “아니요” 하고 가오루코는 대답했다.

“임차인은 사토 님이 수취를 거부한 4개월분 집세로서 공탁했습니다. 사토 님이 그 공탁금을 수취하려면 인상분에 미치지 못하더라도 임차인은 4개월분 금액을 제대로 냈다고 인정할 필요가 있습니다. 가령 지금 말씀하신 조건으로 공탁금을 청구하시면, 저희가 심사를 거쳐 기각하게 됩니다.”

그러자 상담자는 코로나 여파와 전기 요금 인상으로 어려워 월세 인상을 수락하지 않으면 피해가 상당하다고 짜증 어린 목소리가 말했다. 가오루코는 “네”, “그럼요, 물론이죠” 하고 맞장구를 치며 법률에 따라 상담자가 할 수 있는 일과 할 수 없는 일을 최대한 이해하기 쉽게 설명했다. 몇 분 뒤, 상담자는 간신히 받아들였다.

“오늘 상담은 노미야가 담당했습니다. 궁금하신 점이 더 있으시면 편하게 상담해주세요.”

상대가 전화를 끊은 것을 확인하고 가오루코도 수화기를 내려놓았다. 옆에 의자를 놓고 대화를 듣던 후배가 긴장을 토하는 것처럼 한숨을 쉬었다.

“이번 사례의 주요 안건은 채권자가 공탁금 환급 청구를 할 때 일부 보류 의사표시가 필요한 점이야. 또 하나, 월세 인상에 쉽게 응하지 않는다는 이유로 공탁금을 손해금으로 수취하거나 임차인 측에 무단으로 4개월분 월세를 3개월분으로 취급할 수 없다는 점이지.”

“네.”

“보류 의사표시 없이 수락하면 채무자가 면책될 우려가 있으므로 청구서에 제대로 그 취지를 명기할 필요가 있다, 이건 알고 있지? 또 중요한 건 공탁금의 본질이 변질되는 상황은 있어서는 안 된다는 거야. 가령 방금 상담자의 ‘4개월분 월세에 상당하는 공탁금을 손해금 포함 3개월분 월세로 받고 싶다’라는 청구를 인정하면, 임차인의 변제를 달성하지 못하는 데다 우리 법무국이 기탁 계약을 일방적으로 변경한 것이 돼. 이건 절대로 안 돼. 그러니 만약 그런 식의 지급 청구를 하면 기각된다고 답변했어. 여기까지 괜찮아?”

며칠 전에 1층에서 이동해 온, 가오루코보다 열다섯 살 어린 그녀는 눈썹을 내려뜨리고 “대충은요” 하고 대답했다. 법무국이라고 통틀어 말해도 다루는 업무는 색연필 세트처럼 다양하게 갈린다. 해본 적 없는 분야를 처음부터 배워야 하는 어려움과 압박감은 가오루코도 경험했기에 후배에게 최대한 다정한 미소를 지었다.

"스기모토 씨, 항상 메모하면서 듣네. 매번 알려주고 나면 잘 해내니까 복습하는 거지? 정말 대단해. 괜찮다면 이거, 오사카 법무국이 낸 사례집인데 참 알기 쉽고, OCR표 기재 예시도 많이 실려 있으니까 읽어봐. 돌려주는 건 언제든 괜찮아."

"네, 고맙습니다."

포스트잇이 잔뜩이라 빈말로도 깨끗하다고 할 수 없는 사례집을 후배가 웃으며 받아서, 가오루코도 덩달아 미소를 지었다. 그녀가 이동해 온 첫날, 스마트폰으로 메모를 시작했을 때는 조금 놀랐으나 노력가 타입이다. 최근 열심히 하는 청년을 보면 눈부시다고 느끼는 것은 스스로가 늙었다는 감각이 강해졌기 때문이겠지.

정오가 되어 45분간 점심 휴식에 들어갔다. 식사하러 외출하는 직원들이 수다를 떨며 사무실을 나갔다. 가오루코는 가방에서 꺼낸 스틱형 영양식을 먹으며 다음에 심사할 공탁서를 살폈다. 인명 사고를 낸 상담자가 금액에 불복해 배상금 수취를 거부한 피해자에게 배상금 공탁을 신청했다. 그러나 집중하려고 해도 금방 의식이 붕 떴다.

몇 달 전까지는 가오루코도 점심을 먹으러 가는 여자 직원들 무리에 있었다. 거의 한나절을 보내는 좁은 세계에서 양호

한 인간관계를 구축하는 것이 얼마나 중요한지 고등학교를 졸업하기까지 사무치도록 배웠고, 불임 치료를 시작한 뒤로 어쩔 수 없이 평일에 휴가를 써야 했기에 일을 도와주는 동료들에게 감사와 배려를 잊지 않았다.

그러나 해가 바뀌자마자 기미타카와 이혼한 뒤로, 돌연 격렬한 분노가 발작처럼 덮쳐왔다. 이제 자신에게 남은 것은 일뿐이다. 그때부터 직무를 완벽하게 수행하려고 할 때, 누군가의 실수로 일정에 조금이라도 영향이 생기면 뇌혈관이 파열하는 건 아닌가 싶게 분노했다. 실수한 상대에게 거세게 따지고 들어 근무 시간에 말다툼을 벌인 것도 한두 번이 아니었다. 신뢰 관계는 쌓을 때는 노력과 시간이 필요한데 무너지는 것은 너무도 간단하고 한순간이다. 지금은 업무상 필요가 없는 한, 동료와 대화하는 일이 거의 사라졌다.

사람이 줄어들어 텅 빈 사무실에서 가오루코는 창밖을 바라보았다. 부드러운 바람이 나뭇가지를 흔들 때마다 비취색 나뭇잎 위로 빛 알갱이가 반짝였다. 분명 눈 깜박할 사이에 사라질 봄의 색채를 바라보며 아침부터 둔통이 느껴지는 복부에 손을 댔다.

4년 전 체외수정 치료를 시작한 후로 난자 채취를 여섯 번 경험했다. 배란 유도제를 써서 수술로 채취한 난자는 총 오십 개 이상이다. 여자로서 수명을 당겨써서 완전히 말라비틀어진 심경이었는데, 난소에는 아직 난자가 남아서 주기에 따라 배출되고 생명이 깃드는 일 없이 수명이 다해 태아의 침대가 되어야 했을 자궁 내막과 함께 흘러나온다. 가오루코는 한숨을 쉬며 화장실에 가려고 일어났다.

배가 고팠다. 그러나 아무것도 먹기 싫었다.

술을 마시고 싶다. 탄산이 기분 좋게 목을 술술 넘어가는 냉장고 속 그것을.

엄마에게서 전화가 온 것은 저녁 7시를 넘어 미나미노역을 막 빠져나왔을 때였다.

액정 화면에 표시된 '노미야 사쿠라코'라는 이름을 가오루코는 뜻밖이라는 기분으로 바라보았다. 엄마는 하루히코에게는 목소리가 듣고 싶어서 자주 전화를 걸었던 모양인데, 가오루코에게 용건이 있을 때는 메시지로 처리할 때가 많다. 무슨 일인가 싶었는데, 4월 5일이라는 날짜가 전광판 문자처럼 머릿속을 흘러갔다.

"아."

생일이다. 까맣게 잊었는데 오늘로 마흔한 살이 됐다.

가오루코는 쏜살같이 지나가는 인파를 방해하지 않게 쇼핑몰 앞 나무 쪽으로 달려가 스마트폰을 귀에 댔다.

"여보세요, 엄마?"

"가오루코."

그 첫 마디로 기분이 나쁜 것을 알아챘다. 그것도 매우 나쁘다.

"무슨 일 있어요?"

"그 사람 일, 어떻게 됐니? 네가 통 연락을 안 해서."

급사한 하루히코가 유언장을 남긴 사실을 알고 부모님은 놀랐다. 심지어 하루히코가 세쓰나에게도 유산을 남긴 것을 알았을 때, 엄마는 "대체 왜?" 하고 태어나서 처음으로 아들에게 배신당한 듯이 충격을 받았다. 엄마는 세쓰나를 좋게 보지 않아서 두 사람이 헤어진 것 같다는 가오루코의 말에 "역시 걔는 하루히코와 어울리지 않았어"라며 기뻐했었다.

"얘기가 늦어져서 미안해요. 사실은 오노데라 씨, 상속을 포기하겠다고 해요. 그래서 조금 더 대화해서 어떻게든 마음을 바꾸게 하려고……."

"뭐 하러? 본인이 필요 없다고 하면 됐잖아, 포기하라고 해."

기분 탓일까, 엄마의 말투가 밝아졌다.

"결혼을 전제로 사귀었더라도 결국 결혼하지 않았으니까 그 사람은 하루히코와도 우리와도 생판 남이야. 유산을 받을 입장이 못 되는 걸 걔도 잘 알고 있겠지. 생각보다 상식이 있었네."

"엄마, 이건 입장이나 상식과 상관없는 이야기예요. 하루히코가 그러길 바랐다면 나는 그대로 해주고 싶어요."

이것만큼은 무슨 일이 있어도 양보할 수 없다. 목소리에 힘을 줬다.

"하루히코와 그 사람은 결혼도 하지 않은 타인이었기에 하루히코가 일부러 유언장을 썼다고 생각해요. 그게 혈연도 혼인 관계도 아닌 그 사람에게 법적으로 인정받는 형태로 재산을 남기는 유일한 방법이니까. 하루히코는 나를 집행자로 지정했어요. 나는 하루히코의 희망을 대행할 책임이 있어요. 부탁이니까 조금만 기다려줘요. 그 사람을 잘 설득할 테니까.”

엄마는 하루히코를 사랑했다. 분명 엄마라면 하루히코를 구하기 위해 자기 목숨도 내놓고도 남겠다고 생각할 정도로. 그렇기에 하루히코의 바람을 존중하고 싶은 마음을 엄마도 이해할 줄 알았다.

“너의 그런 면, 정말 답답하다.”

나직한 목소리였다. 잘못 들었나 싶어 “어?” 하고 되물었다.

“예전부터 차가 한 대도 안 다니는데 건널목 신호가 파란불로 바뀔 때까지 가만히 기다리고, 하굣길에 10엔짜리 동전을 주우면 일부러 몇 킬로미터나 걸어서 파출소에 가져다주고…… 강직한 면이 장점이라고 생각하지만, 딱딱하고 고지식해서 부담스럽다고 할까, 같이 있으면 숨이 턱 막혀.”

감정 반응이 따라가지 못해 말이 나오지 않았다.

“기미타카도 그런 면에 지친 것 아니겠니. 매일 남의 고민을 해결하고 곤란한 사람을 위해 싸우는 일을 하잖아? 집에 와서는 그저 다정하고 여유롭게 감싸주기를 바라지 않았을까.”

“……나도 기미타카가 의지할 수 있도록 노력했다고 생각하는데.”

"그러니까 그런 면 말이야. 열심인 건 알겠는데, 좀 더 너글너글하게, 여자답고 귀여운 면이 있으면 좋았겠다고 엄마로서 생각해. 그런 식으로 잘 키우지 못한 점은 미안하구나."

……그거 내가 실패작이라는 뜻이에요?

아무튼 됐다, 하고 엄마가 한숨을 섞어 말했다.

"유산 문제는 네게 맡겼으니까. 그래도 그 사람은 역시 우리와는 남이니 엄마가 생각하기에 하루히코가 나에게 남긴 금액보다 그 사람이 많이 받는 건 이상해. 그런 점도 잘 생각해보렴. 하루히코의 사십구재까지는 확실히 해결해다오."

전화가 끊기고 감정 없는 신호음이 귓가에 흘렀다.

통화한 시간은 고작 몇 분이었는데 어스레하던 하늘은 완전히 밤의 색으로 물들어 가로등 불빛이 지면을 주황색으로 비췄다. 아스팔트에 자신의 그림자가 새까맣게 드리웠다. 가오루코는 스마트폰을 가방에 넣었다.

고등학생이 되던 무렵에는 이미 알고 있었다. 엄마에게는 딸의 이상향이 있으나 자신은 그 이상과는 거리가 멀다. 아름다운 엄마와 용모가 닮지 않았고, 너무 강직해서 귀염성이 없다는 소리는 엄마뿐 아니라 다른 어른들에게도 수없이 들었다. 사람들에게 사랑받고 싶은 마음은 당연히 있었기에 달라지려고 노력했다. 그러나 결국 귀염성 있게 군다는 게 대체 뭔지 알 수 없어서, 공연히 엄마 얼굴에 실망만 서리게 했을 뿐이다.

그런 점에서 가오루코보다 12년 뒤에 태어난 하루히코는 엄마의 이상향에 생명을 불어넣은 듯한 존재였겠지. 활발하고 스스럼없고, 아무리 얼어붙은 마음이라도 따뜻하게 녹이는 미소를 지닌 남동생을 엄마는 무척 애지중지했다. 엄마뿐 아니라 아버지도 그랬다. 뭘 해도 평균 이상의 결과를 내는 하루히코를 늘 자랑스러운 눈빛으로 지켜보았다. 아버지가 집에 초대한 친구에게 항상 아들을 원했다고 말하는 것을 들었을 때, 아버지에게 자신은 그다지 필요한 존재가 아니었음을 알았다.

역 앞 길거리에는 귀가하는 사람들이 오갔고, 발랄한 소란과 무수한 발소리가 잡다한 음악을 연주했다. 가오루코도 봄 코트 주머니에 손을 찔러 넣고 버스 정류장을 향해 걸었다.

신경 쓰지 말자. 엄마는 그저 솔직할 뿐이고 악의는 없다. 어른이니까 그 정도는 너그럽게 받아들여야 한다. 하루히코가 죽은 뒤, 울고불고 끼니도 제대로 챙기지 않아 병원에서 링거를 맞았던 엄마가 회복했으니 기뻐할 일이다. 그것이 마흔한 살 먹은 딸의 주변머리인 법이다.

생일 축하한다는 말 한마디 없어도 딱히 우울할 필요는 없다. 대단한 일도 아니고 처음도 아니다.

사랑스러운 남자애를 사이에 두고 손을 잡은 젊은 부부가 바로 옆을 지나갔다. 가족의 행복한 미소를 본 순간, 갑자기 뱃속에서 뭔가가 맹렬하게 치밀어서 가오루코는 발길을 돌렸다. 진군하듯 펌프스 굽 소리를 내며 지나왔던 쇼핑몰로 향했다.

1층 식품 매장에 들어가 제일 먼저 디저트 코너에서 딸기 생크림 케이크 두 조각이 든 팩을 바구니에 담았다. 그 옆의 바스크 치즈 케이크도, 생초콜릿 에클레어도 주저하지 않고 바구니에 쓸어 담았다. 다음으로 간편 식품 코너에서 닭 연골 튀김, 메추리알 튀김, 김이 둘린 떡 튀김을 담았다. 다음으로 과자 코너에서 콩소메 맛 감자칩과 완두콩 스낵, 초콜릿을 담았다. 그래, 그걸 잊으면 큰일 나지. 급하게 아이스크림 코너로 향해 하겐다즈 바닐라와 말차를 담았다. 칼로리가 뭔 상관이야, 당분은 또 뭔데, 트랜스 지방 따위 내가 알 바야. 오늘 나는 생일이니까 최강이야. 남편에게 버림받고 자식을 낳을 예정도 없는 여자는 세상 무서울 게 없다.

멋없이 뚱뚱해진 에코백을 들고 집에 돌아와 비누로 30초간 손을 씻은 가오루코는 성큼성큼 부엌으로 가 냉장고를 열었다. 내내 이게 너무너무 마시고 싶어서 머리를 떠나지 않았다. 문 안쪽 선반에 가지런히 놓인 츄하이 롱 중에서 좋아하는 얼린 귤 맛을 꺼내 그 자리에서 땄다. 단번에 쭉 들이켜려고 입술에 댄 그 순간이었다.

'음주 방식에 다소 문제가 있습니다. 자기 자신을 위해 음주 습관과 건강을 돌이켜보면 어떨까요?'

빨간색 배경에 하얗게 처리된 문장이 머릿속에 선명하게 표시되어 자기도 모르게 캔에서 입술을 뗐다.

며칠 전 세쓰나가 해보라고 보낸 것은 WHO(세계보건기구)

가 만든 AUDIT라는 알코올의존증 자가 진단 테스트였다. 나는 이 정도까진 아니라고 화를 내면서도 혹시나 하는 불안함도 있어서 망설이다가 테스트를 해봤다. 그 결과가 방금 떠오른 문장이다. '음주 방식에 다소 문제가 있습니다. 자기 자신을 위해 음주 습관과 건강을 돌이켜보면 어떨까요?'

"오노데라 세쓰나."

모처럼 기대하던 시간이 방해받아 저주하는 마음으로 이름을 읊조렸다. 그러고 보니 오늘 아침에도 '유산 문제로 할 말이 있으니 시간 될 때 연락해줘요'라고 메시지를 보냈는데 아직도 답이 없다. 이 녀석, 새파랗게 어린 것이.

아니, 무슨 상관이람. 오늘은 생일이니까 즐거운 생각만 하자. 모처럼 벌인 파티가 조용하면 쓸쓸하니 TV를 켰다. "정부는 저출생 대책을 위한 방침을 발표해 부모 중 한쪽이 육아휴직을 사용할 시, 월급을 100퍼센트 보장하는 안건을……" 하고 여성 아나운서가 아름다운 발음으로 말했다. 즉각 전원을 끄고 리모컨을 TV 화면에 던졌다. 파멸적인 소리가 울리고 리모컨에서 건전지가 튀어나와 바닥을 굴렀다. 가오루코는 츄하이롱을 3분의 1 이상 단번에 삼키고 생일의 단골 멜로디를 흥얼거리며 장바구니에서 꺼낸 전리품을 테이블에 늘어놓았다.

뭐부터 먹을까. 메추리알이냐, 튀긴 떡이냐, 아니면 아이스크림으로 시작해버릴까? 즐거운 기분으로 생각했는데 지방과 당분 덩어리인 라인업을 보자 '내일 아침에 십중팔구 명치가 쓰리겠지, 아직 수요일인데' 하고 제정신이 들어 허둥지둥 츄하이를 마셨다. 역시 생일이라면 케이크다, 케이크부터 가자. 빨간 딸기가 올라간 생크림 케이크란 어쩜 이리 귀여울까? 두 개 다 먹어주겠어, 전부 내 거야.

그래, 기념이니 노리다케의 제비꽃 접시로 먹자. 그렇게 생각하고 케이크 팩을 들고 부엌으로 가려고 했을 때, 높은 초인종 소리가 울려 퍼졌다.

살짝 취한 탓일까, 평소라면 놀랄 이유가 없을 텐데 화들짝해서 케이크 팩을 떨어뜨렸다.

앗, 하고 소리를 내며 쪼그려 앉았는데, 바닥에 내동댕이쳐진 케이크가 투명 팩 안에서 쓰러져 있었다. 눈물이 솟구쳤다. 그러나 입술을 악물고 바로 일어났다. 울면 안 돼, 어른이잖아.

"누구세요."

"안녕하세요, 하야부사 운송입니다. 택배입니다."

모니터에 아직 학생처럼 풋풋함이 묻어나는 청년이 비쳤다. 길에서 종종 보는 화사한 비타민 색상의 택배 회사 유니폼을 입었다.

가오루코는 미간을 찌푸리고 산뜻하게 웃는 청년을 살폈다. 요 며칠간 인터넷 쇼핑을 하지 않아서 짐작 가는 택배가 없었다. 조금 전 엄마의 태도로 보아 부모님이 생일 선물을 보낼 리도 없다. 택배라고 주장한 청년은 지극히 선해 보여서 남을 속일 인간 같지 않지만, 사기꾼의 눈은 맑다고 미스터리 소설에서 읽은 적이 있다.

"죄송합니다만, 보낸 사람 이름을 알려주실래요?"

"네? 알겠습니다, 어디……."

청년은 모니터에 비치지 않는 손 쪽을 내려다봤다.

"노무라 하루히코 님이 보냈습니다."

심장이 가슴 안에서 공처럼 튀어 오르는 기분이었다.

"정말요? 정말 그렇게 적혀 있어요?"

"엇, 네…… 제가 한자를 자세하게는 모르는데요, 유밍(일본의 싱어송라이터인 마쓰토야 유미의 애칭)의 노래 '봄이여 오라'의 봄 춘(春)에 〈슬램덩크〉 작가 이노우에 다케히코와 같은 선비 언(彦)입니다만."

"보낸 사람 전화번호, 읽어주실 수 있나요?"

"네, 그럼 읽을게요."

청년이 낭랑한 목소리로 가오루코가 기억하는 그대로인 열한 자리 숫자를 정확하게 읽었다.

"남동생은……."

죽었어요, 라는 말을 삼키고 가오루코는 아파트 입구를 여는 버튼을 눌렀다. 이게 뭐야, 관자놀이에 펄떡이는 고동을 느끼며 생각했다. 뭐야, 이거, 대체 뭔데, 라고 생각하는 사이, 이번에는 현관 초인종 소리가 났다.

"안녕하세요, 하야부사 운송입니다. 야간 지정 택배(밤 시간에 받도록 지정한 택배)를 가지고 왔습니다."

문을 연 가오루코에게 힘차게 인사한 청년이 자그마한 흰 상자를 내밀었다.

전표 품목란에 '장식품'이라고 인쇄되었다. 상자 측면에 고후 지방의 유명 주얼리 브랜드의 로고가 보였다. 가오루코가 발송인란에 '노미야 하루히코'라고 쓴 손 글씨를 응시하는데, 청년이 "저기, 죄송합니다" 하고 말을 걸었다.

"문을 잡아주실 수 있을까요? 택배가 하나 더 있어서요."

"하나 더."

"네. 꽤 크고 무거워서요, 현관 안으로 옮기겠습니다."

발끝을 샌들에 찔러 넣고 문을 잡은 가오루코는 청년이 카트에 실어 운반한 것을 보고 놀랐다.

그 택배 상자는 높이가 7, 80센티미터, 폭도 60센티미터나 되어 시각적인 충격이 상당했다. 작고 하얀 상자와 마찬가지로 업자 직배송인지 상자 측면에 '도쿄 플랜트'라고 인쇄되어 있다. 청년은 "으랏차!" 하는 소리와 함께 무게가 제법 나가 보이는 상자를 안아 마룻바닥에 신중히 내려놓았다. 그리고 가오루코의 사인을 받고 "감사합니다!"라고 인사하고 떠났다.

"……어떻게 된 거지?"

기미타카가 나간 뒤로 혼잣말이 늘었다. 가만히 있다간 그대로 10년이라도 서 있을 것 같아서 가오루코는 갑자기 도착한 코끼리와 병아리처럼 크기가 다른 상자 두 개 중 먼저 작은 상자를 열었다.

안에는 들새 둥지처럼 완충재가 깔렸고, 중심에는 알처럼 하얗고 자그마한 상자가 놓였다. 작은 상자에는 진녹색 새틴 리본이 묶여 있었다. 그리고 상자 곁에 있는 하얀 카드.

'가오루코 씨, 생일 축하해.'

어디 하나 모난 구석 없이 반듯한 남동생의 글씨였다.

콧속에 차오르는 열기를 어떻게든 참았다. 하루히코는 매년 반드시 선물을 줬다. 설령 부모님이 딸의 생일을 잊어도, 남동생만큼은 항상 멋진 선물을 줬다. 금색과 은색 색종이로 만든 메달. 공원에서 몇 시간에 걸쳐 찾은 네잎클로버. 야시장에서 산 빨간 금붕어 귀걸이. 취직해서 첫 월급을 받았을 때는 평소 신세 지는 것에 대한 보답이라며 가오루코가 좋아하는 이탈리안 레스토랑에 데리고 갔다. 불임 치료가 전혀 결실을 보지 못한다고 털어놓았을 때는 아침부터 야구 연습장, 동물원, 수족관, 브라질 정통 주짓수 체험 등 가오루코가 지칠 때까지 끌고 다니다가 맛있는 라멘을 사줬다.

가오루코는 멈출 줄 모르는 눈물을 정신없이 훔치며 완충재로 싸인 하얗고 작은 상자를 꺼냈다. 리본을 풀어 안을 보자, 까만 벨벳으로 된 보석 케이스가 있었다.

신중하게 뚜껑을 열자 귀걸이 한 쌍이 반짝였다.

반짝거리는 진녹색 보석이 기품 있는 금속 귀걸이에 붙어 있었다. 순간 숨 쉬는 것도 잊고 넋을 잃었다. 굵직한 에메랄드는 숲속 비경의 나뭇잎에서 떨어진 것만 같았다.

　4월생인 가오루코의 탄생석은 다이아몬드지만, 예전부터 다이아몬드보다 5월 탄생석인 에메랄드가 좋았다. 고급스러운 진녹색에 왠지 모르게 마음이 끌렸다. 한 달만 늦게 태어났다면 에메랄드가 탄생석이었다고 하루히코에게 투덜댄 기억이 있다. 그게 언제였더라? 기억 속 앳된 하루히코의 얼굴로 미루어보아 가오루코가 대학생 시절이었을지도 모른다. 하루히코는 싱글벙글 웃으며 듣고 있었다.

　"이거 얼마짜리지? 미쳤나 봐, 대체 왜……."

　대체 왜.

　이때까지 남동생 생일은 반드시 같이 축하하고 선물을 줬다. 하루히코 역시 매번 웃으며 가오루코에게 직접 선물을 줬다.

　이런 식으로 택배를 보낸 적은 없다. 손수 쓴 카드를 같이 보낸 것을 보면 본인이 직접 날짜를 지정해서 준비했으리라.

　대체 어떻게 된 거지, 제대로 짚어봐야 하는데 사고가 엉클어져서 제대로 돌아가지 않았다. 초조하고 점점 불안감이 부풀어서 눈물만 넘쳐흘렀다. 가오루코는 흐느낌을 필사적으로 참으며 택배 청년이 운반해준 또 다른 거대한 상자의 테이프를 뜯었다.

　바깥 상자를 열자, 보충재에 감싼 큼직한 화분이 들어 있었다.

　거칠거칠한 질감의 테라코타 화분은 가오루코가 두 팔로 간신히 안을 정도의 크기와 무게였다. 까만 흙에 심어진 식물은 두툼한 잎이 몇 겹으로 겹쳐져 사방으로 뻗은 형태가 알로에와 비슷했다. 다만 알로에처럼 뾰족한 가시는 없고, 잎사귀에 같은 간격으로 작은 돌기만 나 있었다. 파인애플 줄기 윗부분이 화분에서 불쑥 나온 것처럼 보이기도 했다. 화분에 걸쳐진 빨간 리본 사이에 하얀 카드가 끼워져 있었다.

'이건 세쓰나 씨한테 전해줘.'

둥글둥글한 손 글씨에 눈물이 순식간에 멈췄다.

이게 뭐야? 대체 무슨 일이 벌어진 거야.

죽은 남동생에게서 온 두 개의 선물에 법무국을 찾아가 자필증서 유언장을 열람했을 때의 기억이 겹쳐서 머릿속이 혼란스러웠다. 하루히코, 하루히코, 하루히코. 아무리 생각해보려고 해도 그 이상 나아가지 못해 가오루코는 울며 테이블로 가 미지근해진 츄하이를 단숨에 들이켰다. 지금은 아무튼 의식을 흐물흐물 녹이고 싶었다. 더는 상처받기 싫다. 무서워하기 싫다. 혼자 남겨지기 싫다. 그러나 자신은 진작에 외톨이였다.

흐느끼며 부엌으로 가 츄하이를 새로 한 캔 더 냉장고에서 꺼내 차가운 술을 삼켰다. 탄산 때문에 사레가 들리는 바람에 눈물이 더 나와서, 콜록거리고 눈가를 훔치며 또 술을 마셨다. 어디선가 높다란 소리가 났다. 전자음 멜로디였다. 그게 스마트폰 벨 소리라는 걸 이해하기까지 10초가 걸렸다.

테이블 위에서 감자칩 봉지와 초콜릿 상자와 간편 식품 팩에 파묻힌 스마트폰 액정 화면이 빛나고 있었다. 전화를 건 상대의 이름이 떴다.

'오노데라 세쓰나'

대체 뭔데, 하고 나직하게 따졌다.

2

"술 냄새."

가오루코가 현관문을 열자마자 세쓰나가 얼굴을 찌푸리며 말했다. 역시 오늘도 투박한 블랙 컴뱃 부츠를 신었고, 정비사 같은 작업복을 입었다. 단, 오늘은 카키색에 산뜻한 질감의 소재였다.

"몇 캔이나 마셨어요?"

"……딱 두 캔밖에 안 마셨어."

"500밀리리터짜리 캔이겠죠. 충분히 많은 양이에요. 게다가 눈빛이랑 발걸음이 이렇게 불안불안한 거 보니 술에 센 편도 아닌 것 같고. 인생 끝내고 싶지 않으면 당장 끊는 게 좋겠어요."

자신보다 젊고 예쁜 여자의 냉담한 눈초리에 심장이 곧장 찌부러지고 말았다.

"오늘은 내 생일이야!"

"놀라라…… 갑자기 큰 소리 내지 마세요."

"아침부터 배는 아프고 남편한테 이혼당해 혼자고 엄마한테 답답하다는 소리나 듣고, 경사스러울 것도 기쁠 것도 없는 마흔한 살 생일이라고! 케이크도 엉망진창이고 하루히코도 죽었지만, 오늘만큼은 괴롭고 불안한 생각 안 하고 기분 좋게 자고 싶어! 그게 그렇게 안 될 일이야? 술도 내가 열심히 일해서 받은 월급으로 샀고, 세금도 꼬박꼬박 낸단 말이야!"

질린다는 표정인 세쓰나를 보고 지금 내가 지리멸렬한 소리를 하고 있구나 싶었다. 이건 내가 아니다. 불굴의 노력으로 인생을 개척한 훌륭한 사회인이 아니다. 또 눈물이 흘러서 가오루코는 개처럼 신음하며 얼굴을 감쌌다.

"아니, 굳이 울 것까지야."

"케이크가 엉망진창이 됐단 말이야……!"

"아까부터 계속 그러는데, 케이크가 어떻게 됐다는 거예요?"

세쓰나가 달래려는 듯이 어조를 누그러뜨려서 가오루코는 코를 훌쩍이며 거실과 테이블 사이의 유리문을 열었다. 세쓰나는 바닥에 떨어진 케이크 팩을 보고 상황을 짐작한 듯했다.

"엉망진창이라도 팩 안에 들었잖아요. 먹는 데는 문제없어요."

주워 든 팩을 보여주었지만, 크림 장식이 비참하게 무너지고 자랑스럽게 반짝이던 딸기도 굴러떨어져서, 중상을 입은 것처럼 스펀지가 노출된 케이크가 지금 자기 모습인 것만 같아 가오루코는 또 훌쩍였다. 세쓰나가 난처한 듯 한숨을 쉬었다.

"앉아서 기다리세요. 여기 초콜릿과 냉장고에 있는 거, 제가 좀 마음대로 쓸게요."

가오루코는 시키는 대로 의자에 앉아 티슈로 코를 풀었다. 너무 울어서 미간 사이에 통증을 느꼈다. 테이블 위에 흐트러진, 손대지 않은 음식과 과자를 멍하니 바라보았다. 먹고 싶은 것을 닥치는 대로 바구니에 담았는데, 이젠 어떤 것도 먹고 싶지 않았다. 여기 있는 음식들뿐 아니라 아무것도 먹기 싫다. 술이라면 그래도 들어갈 것 같다. 다음 캔은 달콤한 복숭아 맛이 좋겠어.

그러나 부엌에 가기도 전에 세쓰나가 돌아왔다.

"드세요."

눈앞에 놓인 것은 믿을 수 없게도 파르페였다.

볼록하고 반들반들한 곡선을 그리는 맥주잔은 기미타카를 아끼는 법률사무소 상사가 결혼 선물로 보내준 것이다. 맥주잔 바닥에는 얇게 썬 빨간 딸기가 깔려 있고, 다음으로 새하얀 크림과 주사위 모양으로 자른 연노란색 스펀지케이크가 번갈아 배치됐다. 위층에는 비취색과 유백색, 두 가지 색의 아이스크림이 아름다운 색 대비를 이루며 담겼고, 그 위를 다시 스펀지케이크와 크림이 덮었다. 하이라이트는 파르페의 꼭대기였다. 여왕처럼 장식된 새빨간 딸기와 그 옆에 자그맣게 피어난 연홍색 장미 세 송이. 반투명 유리로 만든 것처럼 너무도 사랑스러운 장미였다. 어떻게 만든 거지? 얼굴을 가까이하고 살펴보니 놀랍게도 사과였다. 지난번에 사놓고 껍질을 깎기가 귀찮아서 냉장고에 방치한 사과가 있는데, 설마 그걸로 만들었나? 이 섬세한 걸 이렇게 순식간에?

"너…… 마법사 같다."

"귀여운 말씀을 하시네요."

아마도 처음으로 웃은 세쓰나가 가오루코의 손 옆에 종이 냅킨을 깔고 은색 스푼을 놓았다. 종이 냅킨 같은 게 있었나 싶어 자세히 살피자 요리 중에 손을 닦거나 튀김 밑에 깔 때 쓰는 키친타월이었다. 종 모양으로 예쁘게 접어서 자세히 보지 않으면 모른다.

"녹기 전에 드세요."

세쓰나의 말에 스푼을 쥐었다.

꼭대기에 올라간 딸기는 마지막 즐거움을 위해 남겨두고, 하얀 크림과 스펀지케이크가 이루는 완만한 언덕에 살짝 스푼을 넣었다. 수맥을 찾은 것처럼 농염한 초콜릿 소스가 쏟아져 나와 가슴이 뛰었다. 그래, 이 파르페를 본 순간부터 계속 두근거렸다. 초콜릿 소스가 묻은 크림과 스펀지케이크를 입에 넣었다. 달콤하다. 술 이외에는 전부 싫다고 생각했는데, 풍성한 단맛이 입안에 퍼진 순간, 몸 안의 세포가 되살아난 듯한 느낌이 들었다. 계속, 계속, 하고 스푼이 멈추지 않았다. 우유 냄새가 나는 바닐라 아이스크림과 시원한 말차 아이스크림이 입안에서 같이 녹았다. 달콤새큼한 딸기가 초콜릿과 크림과 어우러져 입안 가득 황홀한 맛이 퍼졌다.

"맛있다……."

"그래요? 아까 그 케이크와 냉장고 안에 있던 하겐다즈랑 초콜릿을 녹인 즉석 초콜릿 소스로 만든 간단 파르페지만요."

"이거 장미, 사과로 한 거, 어떻게 만들었어?"

"사과를 껍질째 썰고 설탕을 뿌려서 전자레인지로 2분쯤 돌려요. 그러면 흐물흐물해지니까 그걸 세 장씩 엇갈리게 겹쳐서 말죠."

그렇게 간단한 작업으로 이토록 아름다운 것을 만들 수 있다니 가오루코는 믿을 수 없었다. 애당초 나는 이런 음식을 만들겠다는 발상 자체가 불가능하다. 프로구나, 하고 새삼스럽게 생각했다.

파르페를 마지막으로 먹은 것은 언제였는지 생각도 나지 않는 옛날이다. 불임 치료를 할 때 '당분을 과도 섭취하면 호르몬 균형이 흐트러져서 배란 장애로 이어진다'라는 기사를 읽은 이래로 단것을 자중했다. 간식은 물론이고 음료에 설탕이나 우유도 넣지 않았다. 아이를 얻기 위해 발원하듯 그때까지 해왔던 것, 좋아했던 것을 하나씩 버렸다.

매혹적인 달콤한 파르페를 먹는데, 하늘에서 계시가 내려온 것처럼 생각났다.

"파르페는 프랑스어로 '완전한'이라는 의미야."

"그렇게 사소한 지식에 정통한 점, 남매가 똑같네요."

무뚝뚝한 얼굴로 대꾸해서, 상대도 이미 아는 얘기를 했다 싶어 부끄러웠다. 하긴 그렇다, 그녀는 프로 요리사니까. 그렇지만 꼭 말하고 싶었다.

조금 전까지만 해도 마음이 찢어질 것 같았는데 파르페를 한 입 먹자 조각조각 부서지던 마음의 윤곽이 회복되었다. 이 것은 나를 나로 되돌려주는 완벽한 음식이다.

세쓰나는 "아이스크림을 먹어서 몸이 차가워졌으니까 따뜻한 것도 드세요"라며 차를 내주었다. 어떻게 찾았는지, 내내 보관만 했던 웨지우드의 라즈베리 무늬 컵이었다. 사랑스러운 컵에 넉넉하게 채워진 밝은 주황빛 차는 임신을 시도할 때 자주 마신 루이보스 차였다.

초조하고 불안감에 쫓겼던 그날들이 생각날까 봐 두려웠지만, 따뜻한 김이 나는 루이보스 차를 가만히 입에 머금자 그것은 아무런 죄 없는 그저 향기 그윽한 차였다.

잔 바닥의 딸기 한 조각까지 다 먹은 가오루코는 손을 모았다.

"잘 먹었습니다."

이 집에서 아무와도 대화하지 않은 채 식사하게 된 후로 이렇게 합장을 하지도, 잘 먹었다는 말을 입에 담지도 않았다. 그러나 지금은 자연스럽게 음식과 만든 사람에게 감사를 표하고 싶었다.

"정말 맛있었어. 저기…… 꼴사나운 모습을 보여서 미안해."

"됐어요. 취한 건 통화할 때부터 알았으니까."

테이블 맞은편에 앉은 세쓰나가 뜯어두었던 투명 팩에서 메추리알 튀김을 집어 입에 넣었다. 거실 벽에 걸린 앤티크 시계를 보니 벌써 밤 8시가 가까웠다. 애는 아직 저녁을 먹지 않았을까, 하고 아주 조금 술이 깬 머리로 생각했다.

조금 전에 전화를 건 세쓰나는 "메시지를 봤습니다만, 몇 번이나 말하는데 유산은 필요 없습니다"라고 예의 퉁명스럽기 그지없는 어조로 말했다. 오늘은 상처가 되는 말을 한마디도 듣고 싶지 않았기에 바쁘니까 나중에 연락하겠다고 일방적으로 전화를 끊었다. 그로부터 10분쯤 지났을 무렵 초인종이 울렸다. 모니터를 보자 무뚝뚝한 얼굴로 팔짱을 낀 세쓰나가 있었다.

이상한 사람이다.

가오루코였다면 전화가 끊긴 것에 화만 내고 끝이었을 것이다. 그러나 그녀는 여기에 찾아왔고, 퉁명스러운 건 여전하지만 마음을 채워주는 파르페까지 만들어주었다. 카페에서 만난 날 피도 눈물도 없는 소리를 하면서도 쓰러진 가오루코를 여기까지 데려다주고 따뜻한 두유 소면을 만들어준 것처럼.

"오노데라 씨. 일 끝나고 피곤할 텐데 정말 고마워."

자세를 바르게 하고 고개를 숙이자, 떡 튀김의 팩을 뜯으려던 세쓰나가 놀랐는지 손을 멈췄다.

"……아니에요. 유산 얘기는 그만하라고 불평하러 왔을 뿐이니까."

"미안한데 이쪽으로 잠깐 와줄래? 보여주고 싶은 게 있어."

가오루코는 세쓰나를 현관으로 데리고 가 아까 도착한 커다란 상자를 보여주었다. 손 글씨가 적힌 하얀 카드를 건네자, 그녀의 눈이 휘둥그레졌다.

"이거, 하루히코 글씨잖아요."

"오늘이 내 생일인데, 아까 하루히코 이름으로 선물이 도착했어. 네 앞으로 이 상자도 같이."

안을 확인하라고 손짓하자, 세쓰나는 택배 상자를 들여다보고 커다란 테라코타 화분을 번쩍 안아 들었다. 역시 완력이 대단하다. 설명서가 같이 있었는지 얇은 종이를 펼친 그녀는 가오루코보다 얼마간 낮은 목소리로 읽었다.

"아가베 베네수엘라. 용설란으로도 불리며 중남미가 원산지. 꽃말은 섬세함, 고상한 귀부인."

"흠…… 너보다는 나한테 어울리는 꽃말이네."

"꽃이 필 때까지 30년에서 50년쯤 걸려서 한 세기에 한 번 피는 기적의 꽃, 센추리 플라워라고도 불린다."

"30년에서 50년? 하루히코는 왜 이 식물을 샀을까?"

"그러고 보니 작년에 사이타마 식물원에서 용설란이 기적적으로 개화했다고 뉴스가 나서 같이 보러 간 적이 있었어요.

그때 유난히 감동했었는데. 그 사람, 동물이랑 식물은 다 좋아했거든요. 하지만 나는 생일도 뭣도 아닌데.”

양아치처럼 쪼그려 앉아 아가베 베네수엘라를 향해 중얼거리는 세쓰나를 가오루코는 알 수 없는 심정으로 바라보았다. 유산은 필요 없다고 퇴짜 놓는 싸늘한 태도로 보아 그녀는 이제 하루히코에게 관심이 일절 없는 줄 알았다. 그러나 마지막에 조용히 중얼거린 한마디에는 친구에게 말을 거는 듯한 온도가 있었다.

“이게 누나분께 준 선물인가요?”

세쓰나는 일어나더니 가오루코가 두 손으로 안은 벨벳 보석 케이스에 시선을 줬다. 가오루코는 살짝 고개를 끄덕이고 작은 보석 케이스를 꼭 움켜쥐었다.

“내가 좋아하는 에메랄드 귀걸이. 30만 엔 가까이 할 거야.”

“그 사람, 매년 그런 선물을 줬어요? 무서운 금전 감각이네요.”

“아니야.”

목소리가 커지고 떨렸다. 그뿐 아니라 손가락도 몸도. 춥지도 않은데 떨렸다.

“내 생일 선물은 1만 엔 이내를 엄수하고 돈은 장래를 위해 저금하라고 늘 당부했어. 누나 선물에 이런 낭비를 하라는 교육, 하루히코는 받은 적 없어. 그래서 이상해.”

누름돌을 얹어 단단히 닫아둔 뚜껑이 열리려는 듯한 감각이

급속히 덮쳐왔다. 뚜껑 너머에 있는 것이 두려워 몸이 움츠러
들었다.

"애초에 택배로 도착한 것도 이상해. 우리는 생일이면 반드
시 만나서 축하하고 선물도 직접 줬어. 계속, 계속 그래왔어.
그런데 왜? 왜 올해만 선물을 미리 보냈지? 언제 준비했을까?
왜 이런……."

마치 누나의 생일에는 이미 자기가 없을 줄 알고 있었던 것
처럼.

매달리는 마음으로 작업복 소매를 붙잡자, 세쓰나가 놀란
듯 몸을 뒤로 물렸다.

"헤어진 뒤에도 이런 선물을 보낸다는 건 하루히코가 너를
진심으로 좋아했다는 뜻이지. 너도 헤어지기 전까지는 하루
히코를 좋아했을 거잖아? 하루히코한테서 무슨 말 못 들었어?
뭐든 좋아. 고민이라거나 괴로워하던 일, 하루히코가 너한테
만 말한 거 없어?"

"갑자기 왜 이러세요? 아무것도 못 들었어요."

"정말? 부탁이야, 잘 생각해봐. 무슨 일이 있었던 거 아니야?
너만 아는 뭔가가. 이거 분명 이상하잖아. 유언장도 이상했는
데……!"

무거운 소리를 내며 뚜껑이 완전히 열렸다. 이제 외면할 수
없어졌다.

하루히코가 급사하고 해부와 장례식 준비, 회사 연락 등에

쫓길 때 도쿄 법무국에서 서류가 도착했다. 남동생이 자필증서 유언장을 남겼다는 문장을 읽었을 때, 뭔가에 관통된 느낌과 함께 '어째서' 하고 생각했다. 평소 유언장 관련한 일을 하기도 했고, 유언장을 남긴 것 자체는 별로 특별한 일이 아니라고 세쓰나에게 말했으면서 솔직히 그때는 충격을 받았다. 대체 왜, 하고.

아버지와 엄마도 그랬다. 하루히코가 유언장을 남겼다고 말하자, 두 분도 말문이 막혔는지 한동안 침묵했다. 아버지가 "왜 그런 걸"이라고 말하다가 이어질 말을 꺼내기 두려운지 도중에 입을 다물었다.

'정말로 침대에서 죽었나요?'

세쓰나가 그렇게 물었을 때, 아무렇지 않은 척했으나 심장이 찔린 기분이었다. 하루히코만큼은 그랬을 리 없다고, 가족들이 필사적으로 지우려고 했던 의심을 그녀의 한마디가 파고들었다.

물론 하루히코는 침대에서 발견됐다. 해부까지 해도 의심스러운 점은 전혀 없었다. 하루히코의 죽음에 사건성은 없다고 판단되었고, 자살 가능성을 시사하는 것도 발견되지 않았다. '원인 불명 내인사', 그것이 하루히코의 죽음에 붙은 이름이다.

그런데도 그 유언장이 '설마'를 생각하게 한다.

이어서 오늘 도착한 선물 두 개로 의혹과 부정 사이에서 흔들리던 저울이 단숨에 기울어졌다.

"그럼, 하루히코는, 설마 스스로……."

"진정하세요. 유서와 유언장은 전혀 다르잖아요? 그렇게 말씀하신 건 누나분이시잖아요."

그랬다. 유서는 사후를 위해 남기는 메시지지만, 유언장은 자신이 떠난 뒤에 법적 효력을 발휘시키기 위한 확고한 의사 표명이다.

그렇지만.

"유언장에는 자기가 남기고 가는 사람들 이름을 써."

눈물이 넘쳐흘러 세쓰나의 얼굴이 흐릿해졌다.

"그 사람들보다 먼저 자기가 죽는 미래를 생각하며 작성해. 그 아이는 그런 마음으로 부모님과 나와 네 이름을 썼어."

이 세상에서 가장 가까운 존재라고까지 생각했던 남동생을 지금은 전혀 모르겠다.

하루히코. 도대체 무슨 생각이었니. 너, 왜 죽은 거야.

얼굴을 보며 묻고 싶은데 이제 남동생은 없다. 1,000도를 넘는 고온에 태워져 뼈와 재가 됐고, 지금은 난요다이 부모님 댁의 하얀 불단에 놓여 있다. 엄마가 매일 봉안함을 보며 운다고 아버지는 전화로 말했다. 눈물로 쉬어버린 목소리로.

불안하고 두려워서, 그저 가슴이 무너질 만큼 하루히코가 돌아오기를 바라며 보석 케이스를 가슴에 끌어안고 오열했다. 숨도 제대로 쉬어지지 않아 딸꾹질하는데 등에 세쓰나의 손이 닿았다. "일단 앉을까요"라고 해서, 발을 끌며 걸어가 거실 소파에 앉았다.

너무 울어서 묵직한 두통을 느꼈다. 얼마나 지났을까, 눈앞에 석양 같은 주황빛 차가 담긴 컵이 나타났다. 고개를 들자, 무표정한 세쓰나가 머그잔을 더 가까이 들이밀었다.

"루이보스 차에 사과 간 것과 벌꿀을 넣었어요. 진정될 거예요."

멍한 정신으로 머그잔을 받아 호호 불고 차를 가만히 머금었다. 사과 향이 훅 코를 지나갔다. 벌꿀의 부드러운 단맛이 날카롭게 선 신경을 달랬다. 대단하다 싶었다. 인간은 이렇게 큰 충격을 받고 나서도 맛있다고 느끼는구나. 그리고 그 순간, 몸 안의 세포가 되살아난다.

"아름답네요."

"응?" 하고 뒤집힌 목소리로 물으며 가오루코는 자기 뺨에 손을 댔다.

하루히코는 화려한 엄마를 닮아 번듯한 이목구비를 가졌으나 가오루코는 아버지를 닮아 광대뼈가 두드러지고 홑꺼풀이다. 스스로가 아름다운 외모가 아니라는 것은 일찌감치 자각했다.

그렇게 동요하는 마흔한 살 여자를 두고, 세쓰나는 팔짱을 낀 채 거실과 이어진 부엌을 둘러보았다.

"구석구석 잘 정돈됐네요. 전에 왔을 때는 썩어 문드러진 숲이 되기 일보 직전이었지만"

"그 정도로 심하진 않았어, 무례하다."

"부엌도 쓰기 편하게 정리됐고, 싱크대 물때도 잘 제거했고요. 청소 전문업자한테 맡긴 거예요?"

"아니, 내가 했어. 청소는 싫어하지 않아서."

반강제로 세쓰나를 집에 들인 다음 날, 일요일을 온종일 투자해 집을 철저하게 청소했다. 엉망이 된 집 상태를 남에게 들켜버린 수치심이 어디 두고 보자는 의욕의 기폭제가 됐다. 그때까지는 1층 쓰레기 수거장에 쓰레기를 버리러 가는 것조차 힘들었는데, 막상 시작했더니 청소에 푹 빠져서 저녁 무렵에는 집이 거의 원상태로 돌아왔다. 지금 당장 손님을 초대해도 문제없을 정도가 된 집을 둘러보며 오랜만에 상쾌한 기분을 느꼈다.

"직접 하셨어요? 놀랍네요. 청소 유단자네요, 가오루코 씨."

감탄한 듯한 세쓰나의 말에 가오루코는 왠지 모르게 놀랐고 왜 그렇게 놀랐는지 생각하다가 깨달았다.

이름을 불렀다. '누나분'이 아니라 하루히코가 부르던 것처럼 '가오루코 씨'라고.

"좀 도와주실 수 있을까요?"

"……응?"

세쓰나가 박력 넘치는 눈빛을 뿜으며 바라보았다.

"부모님 댁을 찾아뵀을 때도 말씀드렸는데, 저는 가사 대행 서비스 회사에서 일해요. 청소를 해달라거나 요리를 만들어달라는 의뢰를 받아 집을 방문해 요청에 맞게 돕는 일이죠. 저는 요리를 전문으로 합니다만."

"응······."

"그리고 우리 회사는 가사 대행 이외에 매주 토요일 '티켓'이라는 활동을 해요. 1년 이상 우리 서비스를 이용한 고객에게 두 시간 무료로 가사 대행을 이용할 수 있는 티켓을 배부하죠. 다만 그 티켓은 자기 자신을 위해 쓸 수 없어요. 아는 사람 중에 우리 가사 대행 서비스가 필요한 사람에게 티켓을 줘야 해요. 예를 들어 혼자서 아이를 키우는 사람이나 아픈 가족을 돌보는 사람이나 몸이 아프거나 마음이 아파서 요양 중인 사람, 그래서 매일매일 집안일까지는 챙기기 어려운 사람들이 대상이에요. 티켓을 받아 우리에게 가사 대행을 희망한디고 연락하는 사람이 있으면, 우리가 식자재를 가지고 찾아가서 음식을 만들고 집을 청소해요. 시작한 지 아직 1년 정도 된 활동인데 만성적인 일손 부족이라서요. 그러니 도와주실 수 있나요?"

"도와달라니······ 너무 갑작스러운데."

조금 전까지만 해도 하루히코 이야기를 했었다. 그런데 전혀 생뚱맞은 주제가 나와서 멍했는데 세쓰나가 진지하게 말했다.

"가오루코 씨처럼 청소를 잘하는 분이 있으면 큰 도움이 될 거예요."

오싹했다. 잘한다고 칭찬받거나 감사를 받는 것에 가오루코는 예전부터 약했다.

그러나 열두 살이나 어린 사람에게 홀랑 넘어가는 것도 싫어서 짐짓 태연한 목소리로 질문했다.

"두 시간 무료로 가사 대행을 한다는 소리인데, 그럼 자원봉사야? 전에 말했었지만, 나는 법무국에서 일하는 국가 공무원이야. 영리 목적의 활동은 할 수 없어."

"자원봉사라는 말은 별로 좋아하지 않지만 맞아요. 우리 회사에 등록된, 저를 포함한 스태프 서른 명 정도가 뜻을 모아 무상으로 활동해요."

어린이 식당(어린이가 안심하고 영양을 섭취할 수 있도록 무료 혹은 저렴한 가격으로 음식을 제공하는 식당. 일본 시민사회에서 시작된 사회운동의 일환)이 코로나 기간을 거치며 빈곤 가정에 식품을 배송하는 활동으로 지원을 확대한 '어린이 집밥'이 있는데, 그것의 가사 대행 버전처럼 들렸다. 그나저나 이 사람이 자원봉사를? 조금 의외여서 세쓰나의 얼굴을 말똥말똥 바라보았다.

"당일 점심 식대와 교통비는 우리가 부담해요. 혹시 할 마음이 있으면 연락해주세요. 참가하려면 이런저런 신청을 해야 하니 내일 밤까지 부탁합니다."

"잠깐만, 내일까지라니 너무 촉박하잖……."

"하루히코도 도와줬었어요."

"어?" 하는 소리가 나왔다. 짙은 초콜릿색 눈동자가 이쪽을 응시했다.

"만약 도와주신다면 유산 문제도 검토하겠습니다. 그리고 죄송하지만 집에 이렇게 큰 화분을 둘 수 없으니 맡아주세요."

세쓰나는 등을 돌리더니 바람을 가르는 듯한 발걸음으로 떠났다.

한참 넋을 잃었던 가오루코는 일단 정리하려고 일어났다. 술은 이제 완전히 깼다. 음식 팩을 냉장고에 넣다가 알아차렸다. 문 안쪽 선반이 텅 비어 있었다. 놀라서 주변을 살폈다.

"아."

열 캔이 넘는 츄하이 롱이 싱크대 수도 아래에 가지런히 놓여 있었다.

색색의 캔은 전부 따져 있었다. 캔을 들어보니 예상대로 가벼웠고 내부를 물로 깨끗하게 헹군 뒤였다.

쓰레기봉투에 넣을 수 있게 해두었습니다, 라는 듯이.

3

그 모래색 작은 빌딩은 벽에 거뭇거뭇한 얼룩이 눈에 띄는 오래된 아파트와, 편의점과 병원이 입점한 10층 빌딩 사이에 다소 주눅 든 것처럼 서 있었다.

아담한 빌딩은 4층짜리로, 중이층에 입구가 있었다. 손잡이에 적힌 '미시오'라는 글자가 약간 흐릿해진 유리문으로 들어가자 은색 우편함이 나란한 복도가 이어졌다. 계단을 올라 2층으로 가니 복도 끝에 오프화이트 문이 있고, 문 중앙보다 살짝 위에 부드러운 폰트로 '카프네'라고 적힌 간판이 걸려 있었다.

여름방학 때 자유 연구 숙제도, 구직 활동으로 했던 기업 연구도, 새로 시행된 법령 연구도, 철저히 파고들어야 직성이 풀리는 가오루코여서 당연히 이 회사에 관해서도 사전 조사를 했다. 사명 '카프네'는 포르투갈어로 '사랑하는 사람의 머리카락에 손가락을 넣어 빗겨주는 행동'을 의미한다고 한다. 로맨틱해서 마음에 들었다.

"도키 씨, 안녕. 데리고 왔어요."

네이비 작업복을 입은 세쓰나가 문을 열며 말을 걸었다. 애는 이런 옷을 몇 벌이나 가지고 있을까, 하고 가오루코는 단단한 등을 바라보며 생각했다. 색이 짙은 옷을 입으면 그녀는 큰 키가 더 돋보여 쉽게 말을 걸기 어려운 박력이 있었다.

문 너머는 마루 깔린 공간이었다. 가오루코 집의 거실과 식사 공간을 합친 정도 크기로, 중앙에는 마치 가족이 둘러앉는 식탁처럼 커다란 목제 테이블이 있었다. 테이블에는 컴퓨터와 유선 전화기가 있고, 나이도 옷 취향도 제각각인 여성들이 일하는 중이었다.

"셋짱, 좋은 아침"

바로 근처에서 목소리가 들려서 놀라 뒤를 돌아보았다. 입구 옆의 관엽식물 화분 앞에 곱창 밴드로 머리를 묶은 작은 체구의 여성이 물뿌리개를 들고 서 있었다. 코코아색 블라우스에 체크무늬 롱스커트를 입었다. 몇 살이지? 가오루코는 최근 노안이 의심스러운 눈을 가늘게 떴다. 세쓰나와 비슷할 정도로 젊어 보이는데 서 있는 모습에서 어쩐지 품격이 느껴져서 더 연상일지도 모르겠다.

“도키 씨, 거기 있었어요? 안 보였어요.”

“아침부터 무례한 아가씨네. 노미야 씨죠? 처음 뵙겠습니다, 도키와 도키코라고 해요.”

정중하게 고개를 숙여서 가오루코도 허둥지둥 맞인사했다. 도키와 도키코. 틀림없다.

이 가사 대행 서비스 회사 ‘카프네’를 일군 사장이다.

도키코는 가오루코를 바라보며 부드럽게 미소를 지었다.

“처음 뵙는다고 했지만 대화를 나누는 건 처음이 아니죠. 노미야 씨가 일전에 전화를 거셨으니까.”

“……아, 그때 전화를 받으신 분이세요?”

“네. 만나 뵙게 되어 기뻐요. 자, 이쪽으로 가시죠.”

사무실 안쪽 소파로 안내받았다. 소파에 퀼트 커버가 덮여서 친척 집 거실에 온 기분이었다.

“다시 한번 저희 활동에 참가해주신 것에 감사 인사를 드립니다. 노미야 씨는 예전부터 자원봉사를 자주 하셨나요?”

“아니요, 부끄럽지만 오늘이 처음이에요. 그래서 대략적인 내용은 오노데라 씨에게 들었지만 솔직히 아무것도 모르는 처지여서요.”

“걱정하지 마세요. 방문 중 일이 생겼을 때라도 연락하시면 저희가 바로 대처할 테니까요.”

진지하게 말하는 도키코는 상냥하다고 하기 어려웠지만, 이 사람이라면 신용할 수 있겠다는 느낌을 풍겼다. 그녀의 소박한 분위기 덕분에 이런 생각이 드는 걸까.

“티켓에 관해서는 셋짱, 오노데라 씨에게 들으셨겠지만, 간단히 보충 설명하겠습니다. 티켓을 이용하는 집은 전부 우리 회사 이용자의 지인, 관계가 조금 멀더라도 어떤 형태로든 소개받은 분들이므로 신원에 관해서는 확실히 보증할 수 있습니다. 또 방문할 때 미리 회사 스태프가 온라인으로 협의를 진행합니다. 의뢰인이나 가족의 음식물 알레르기 여부를 듣는 것 이외에 집 상태도 영상으로 확인합니다. 가끔 이른바 쓰레기장 상태인 집도 있는데 그럴 때는 우리 힘으로는 버거우니 제휴하는 시민단체나 전문업자에게 연결합니다. 그러니 노미야 씨가 가시는 곳은 두 시간 안에 정리가 가능하다고 판단한 집뿐이에요. 다소 놀랄 일이 생길지도 모르지만, 오노데라 씨도 있으니까요.”

솔직히 낯선 사람의 집에 갑자기 방문하는 것은 불안했다. 그래도 도키와의 설명은 가려운 곳을 구석구석 남김없이 살펴주는 방식이어서 가오루코는 크게 감동했다. 역시 야무진 사람이 좋다.

“걱정해주셔서 고맙습니다. 그래도 저 역시 인생 풍파를 겪어온 마흔한 살, 이제 어지간한 일로는 놀라지 않아요.”

“믿음직스러워라…… 다음에 술 마시러 가실래요?”

“도키 씨, 술은 됐으니까 설명 계속해요. 이동 시간도 있으니까.”

세쓰나의 냉담한 시선을 받은 도키코가 가느다란 어깨를 움츠렸다.

“오노데라 씨를 통해 사전에 필요 사항을 기재해주셨는데요, 자원봉사 보험에도 가입했으니 만에 하나 방문처에서 다치거나 물품 파손 등이 생겨도 확실하게 책임지겠습니다. 그러니 안심하시고, 이제 노미야 씨 청소 스킬을 마음껏 발휘해서 방문처를 번쩍번쩍하게 만들어주시기만 하면.”

“도키 씨, 주먹에 힘 들어갔어요.”

“자세한 주의 사항은 자료로 드릴 테고요…… 제가 드릴 말씀은 이 정도인데 노미야 씨는 궁금한 점이 있으실까요? 뭐든 편하게 물어보셔도 돼요. 숨김 없이 솔직하게 대답하겠습니다.”

“저기…… 이건 개인적인 흥미인데 어떤 이유로 이런 활동을 시작하셨나요? 집안일을 하러 간다니, 자원봉사로서는 처음 듣는 형태예요.”

같은 질문을 이미 여러 번 받았나 보다. 도키코가 고개를 한 번 끄덕이고 시원스럽게 대답했다.

“목적은, 매일 해야 하는 집안일에 익사할 것 같은 사람을 돕는 것입니다.”

그 목적이 항상 그녀의 중심에 있는 것처럼.

“개인적인 이야기라 죄송하지만, 저는 21년 전 남자와 사랑의 도피를 해 쌍둥이 자매를 낳았으나, 제가 출산하려고 입원한 사이 남자가 ‘미안, 역시 안 되겠어’라는 메모를 남기고 도망쳐서 혼자서 딸들을 키웠습니다. 부모님과도 절연 상태였고 취업도 쉽지 않아 이러다 죽겠다 싶을 때 집주인의 도움을 받아 목숨을 건진 경험이 있어서.”

“잠깐만요, 정보량이 너무 많아서요. 21년 전에 쌍둥이 자매를 낳았다고요? 도키와 씨, 대체 몇 살이세요?”

“도키 씨는 올해 마흔세 살이에요. 가오루코 씨보다 두 살 위.”

당연히 연하인 줄 알았다. 그것도 한참 연하.

“나이를 마음대로 밝히다니 예의 없는 아가씨네. 그때 당시는 지금 떠올려도 괴로워요. 잠을 잘 여유도 없었죠. 밥을 지을 여유도, 집을 정리할 여유도. 엉망으로 더러워진 집에서 허기지고 지쳐서 일어날 기력도 없이 아기 울음소리만 듣고 있었더니 이젠 죽는 수밖에 없다는 생각이 들었어요. 그때 걱정한 집주인이 찾아와 집을 간단히 정리하고 따뜻한 닭고기 달걀덮밥을 만들어주셨죠. 그게 정말, 눈물 날 정도로 맛있었고 감사했어요. 만들어주신 밥을 먹고, 아이를 봐주시는 동안 깨끗해진 방에서 딱 한 시간 잔 다음, 우선 구청에 상담해서 아이를 잠시 시설에 맡기고 망가진 생활을 바로잡자고 결심할 수 있었어요.”

세쓰나만큼 젊어 보이는 사장이 차분하게 말을 이었다.

“집안일은 기다려주지 않죠. 아무리 청소기를 돌려도 바닥에 또 먼지가 쌓이듯이 절대로 끝이 없어요. 살아 있는 한 반드시 해야 해요. 하기 싫다고 그만둘 수도 없고요. 그런데도 어떤 이유로 손을 대지 못할 때가 있어요. 그렇게 방치하면, 이제 혼자서는 어쩌지도 못하는 상황에 빠지기도 하죠. 저는 그걸 알기에 집안일을 직업적으로 할 수 있는 사람을 모아서 필요한 사람에게 찾아가는 이 ‘카프네’를 시작했어요. 다만 이용자가 늘면 늘수록, 정작 가사 대행이 필요한 사람들이 서비스를 받지 못한다는 이야기를 접하게 됐어요.”

“……그건 돈 문제로요?”

“그것도 있고, 이외에도 이런저런 이유로 지쳐버린 사람들, 주변의 도움이 있어야만 살아갈 수 있는 사람들, 그런데도 도움을 쉽게 요청하지도 못하는 사람들이에요.”

도키코는 소녀처럼 자그마한 손을 무릎 위에서 기도하는 형태로 맞잡았다.

“누구나 굶주리지 않고, 매일 생활하는 곳에서 편히 지낼 수 있어야 해요. 아이나 어른 관계없이 어떤 사람이라도.”

일을 마치고 돌아올 때마다 어질러진 집을 보면 비참한 기분이 들었던 것과 그저 공복을 달래기 위해 츄하이로 삼켰던

비스킷의 맛이 문득 생각났다.

"티켓 활동은 두 시간 동안 가능한 만큼 집을 정리하고 대략 대여섯 가지 음식을 만들어요. 집은 청소해도 금방 지저분해지고 음식도 먹으면 사라지죠. 그래도 괜찮아요. 고작 이삼일 정도라도 평소보다 집이 지내기 편해지고, 애써 뭘 만들지 않아도 이미 맛있는 밥이 준비되어 있으니까. 그런 환경만 있다면 사람은 아주 조금이라도 회복할 수 있어요. 살아가기 위해 행동할 기력을 가질 수 있어요. 이게 카프네를 시작한 이유예요."

다만, 하고 그녀가 말을 이었다.

"하지만 두 가지 문제가 있었어요. 도움을 주고 싶은 사람을 어떻게 찾을 것인가, 그리고 어떻게 도울 것인가. 이건 우리 회사를 애용하는 이용자분들이 도와주셨어요. 모두 지역에서 각자 생활 반경이 있다 보니, 그 안에서 지내다 보면 지금 곤경에 처한 사람의 존재를 알아차리게 될 때가 있어요. 그런 사람들에게 '괜찮다면 써봐요' 하고 가벼운 마음으로 티켓을 주고, 받은 사람은 마음이 내키면 가사 대행 무료 체험으로 이용하는 거죠. 그러면 억지로 강요하지 않고 서비스가 필요한 사람을 도울 수 있겠다고 생각했어요. 아직 우리도 방법을 찾아가는 상황이어서 이용하는 사람은 목표치의 절반 정도예요."

"아니에요, 그래도 대단하다고 생각해요."

"고맙습니다. 그런데 사실대로 말하면 제 아이디어는 아니에요. 카프네에는 이미 가사 대행 서비스를 통한 넓은 네트워

크가 있죠. 이를 활용하면 도움이 필요한 사람을 찾을 수 있고, 도우러 갈 수 있을 거라고 조언해준 사람은 하루히코 씨예요.”

놀라는 가오루코를 도키코가 이 타이밍만을 기다렸다는 듯 다정한 눈빛으로 바라보았다.

“고인의 명복을 빕니다. 셋짱에게서 하루히코 씨 이야기를 들었을 때는 정말 놀랐어요. 오래오래 살아 누구보다 행복해지길 바라던 사람이었어요. 저도 이렇게 힘든데 누나분께서 얼마나 가슴 아프실지 참으로 드릴 말씀이 없습니다.”

“……오노데라 씨한테 하루히코도 여기에서 자원봉사를 했다는 이야기를 들었어요. 저는 그런 줄 전혀 몰랐는데…… 저기, 정말인가요?”

잠긴 목소리로 묻자 도키코가 고개를 끄덕였다. 스커트 주머니에서 스마트폰을 꺼내 뭔가 하더니, 액정 화면 방향을 바꿔 가오루코에게 내밀었다.

영상이 재생되었다. 새잎이 돋은 나무, 푸른 하늘과 놀이기구가 있는 넓은 부지가 비쳤다. 몇 대의 대형 바비큐 그릴 주변을, 앞치마를 걸친 여성들과 추리닝을 입은 남성들과 아이들 여러 명이 둘러싸고 있었고 다들 들뜬 목소리로 쉴 새 없이 웃고 있었다.

“작년 요맘때 찍은 영상이에요. 카프네 이용자들이 기부한 식자재를 저와 스태프들이 뜻을 모아 시내 아동보호시설에 배달하고 평소에는 그곳 직원들이 하는 빨래와 청소를 대행한 뒤, 다 같이 바비큐 파티를 했어요. 티켓의 원형이 된 이벤트였죠. 이때 하루히코 씨도 도와줬어요. 아, 여기에서 고기를 굽는 착한 청년이요."

도키코가 화면 오른쪽 부근을 가리키자, 그에 맞춘 듯이 영상이 클로즈업되었다. 흰색과 검은색 배색의 추리닝을 입은 청년이 장갑을 끼고 철망 위의 큼지막한 고기를 뒤집고 있었다. 바람에 날리는 밤색 머리카락, 머리카락 사이로 보이는 번듯한 귀, 볼과 이마의 윤곽. 가오루코는 코를 찡하게 울리는 통증 같은 열기를 필사적으로 견뎠다.

하루히코 씨, 라는 부름에 고개를 든 남동생이 "도키 씨"라고 대답하며 웃었다.

"계속 고기 굽느라 배고프지? 교대할 테니까 먹고 와."

"괜찮아요, 아침을 든든하게 먹고 와서 별로 배고프지 않아요."

"이 세상에 배가 고프지 않은 남자애가 서식하나?"

"남자애라니, 이 사람도 벌써 스물여덟 살이에요, 도키 씨. 본인이 괜찮다고 하니까 괜찮아요. 하루히코, 이것도 부탁해."

영상에 등장한 세쓰나는 역시 데님 작업복을 입었고 만두머리였다. 건네받은 은색 쟁반을 들여다본 하루히코가 더할 나위 없이 밝게 웃었다.

"서비스 정신이라곤 없는 얼굴을 하고 다정하네. 이 비엔나 소시지들, 양도 많았는데 전부 일일이 문어 모양으로 만들었잖아. 힘들지 않았어?”

“시끄럽거든, 됐으니까 빨리 구우라고.”

말한다. 하루히코가, 웃고, 살아 있다. 점점 눈물이 번지는 눈가를 정신없이 훔치며 단 한 순간이라도 놓치지 않으려고 화면을 바라보았다. 그로부터 1분쯤 지나 영상이 끝났다. 가오루코가 코를 훌쩍이며 스마트폰을 돌려주자, 도키코가 퀼트 커버를 씌운 티슈 케이스를 건넸다.

“이 영상을 찍고 얼마 후에 티켓을 시작했어요. 카프네 스태프들 이외의 봉사자는 아직 적지만, 하루히코 씨는 매주 토요일에 일을 도와주었어요. 요리하는 셋짱과 청소하는 하루히코 씨. 둘의 작업은 어디에서나 평판이 좋아서 우리가 자랑하는 최강 콤비였죠. 하루히코 씨, 정리 실력이 정말 뛰어났어요. 어려서부터 누나가 시켜서 했다고 말한 적이 있어요.”

또 코와 눈 안쪽이 뜨겁고 아파와서 그런가요, 라고 대답하는 목소리가 떨렸다.

여기에 여태 몰랐던 하루히코의 모습이 있었다. 때로 누나 이야기도 했다고 한다. 그리고 이 사람들에게 사랑을 받았다.

코앞에 한가득 뭉친 티슈가 들이밀어졌다. 세쓰나가 얼굴을 찌푸리며 말했다.

“화장이 다 망가지기 전에 닦아요. 방문처에 비참한 얼굴로 갔다간 회사 평판에 문제가 생기니까.”

“시끄럽거든…….”

가오루코는 티슈 뭉치를 빼앗아 눈물이 멈추지 않는 눈에 댔다.

놀랍게도 이동 수단은 세쓰나가 운전하는 경트럭이었다. "너 운전할 줄 아네" 하고 조수석에 타며 말하자 "왜 못 할 줄 아셨는데요?"라는 대답이 돌아왔다. 귀염성이라곤 없는 여자다. 언제나 그랬지만.

오전 방문은 10시부터. 방문처까지는 10분쯤이면 도착한다고 한다. 빨간불이어서 경트럭을 세운 타이밍에 가오루코는 줄곧 묻고 싶었던 말을 꺼냈다.

"너랑 하루히코, 어떻게 알게 됐어?"

"일로요. 의뢰가 들어와서 그 사람 집에 가서 요리했어요."

"그 아이가 가사 대행을 부탁했어?"

"의뢰가 제일 많은 건 맞벌이 세대지만 1인 가구의 의뢰도 제법 있어요. 제가 담당하는 단골분 중에도 매일 밤늦게까지 일하니까 쉬는 날은 자신을 위해 쓰고 싶다는 분들이, 남녀 불문하고 계시고요."

하루히코는 똑 부러진 성향이라 의외였지만, 남편과 아들은 절대 부엌에 들이지 않았던 엄마 밑에서 지낸 시간이 길었으니 아마도 집안일 경험은 거의 없었을 것이다.

원래 하루히코는 도쿄 내 대학에 진학하면서 자취를 시작하고 싶어 했지만 엄마가 싫다며 울었고, 아버지도 엄마 편을 들어서 포기할 수밖에 없었다. 가오루코가 보다 못해 "하루히코도 이제 어른이잖아요" 하고 부모님을 설득하려고 했으나, 격노한 엄마가 말도 못 붙이게 해서 그 후로 하루히코는 집을 나가서 살고 싶다고 말하지 않았다. 대학을 졸업하고 취직한 뒤에도 당연히 본가에서 다녔다. 결국 하루히코가 집을 나온 것은 스물여덟 살이 되기 몇 개월 전, 직장에서 책임 있는 일을 맡게 되어 하치오지 본가에서 다니는 것이 시간적으로도 체력적으로도 벅차다는 이유로 회사 근처에 살 곳을 빌리겠다고 부모님의 허락을 받은 후였다.

가오루코는 남동생이 혼자 사는 집에 놀러 간 적이 있다. 이미 다 큰 어른인데 괜한 오지랖이라고 생각하면서도 밥을 잘 챙겨 먹는지 걱정되어서 오래 두고 먹을 수 있는 간편식 따위를 선물로 챙겨 갔다. 그런데 막상 가보니 집은 깔끔하게 정리돼 있었고, 냉장고에는 밑반찬까지 들어 있어서 제법이라고 감탄했다. 하지만 그랬구나. 이제 와서 보아하니 그건 지금 내 옆에 있는 요리사의 솜씨였나 보다.

"그래서 너희는 언제부터 어떻게 사귀게……"

"이 얘기, 더는 하기 싫으니 그만할게요. 앞으로는 물어도 대답하지 않습니다."

신호가 파란불로 바뀌어 액셀을 밟는 세쓰나의 무뚝뚝한 얼굴을 가오루코는 물끄러미 바라보았다. 혹시 부끄러워하나?

오늘은 날이 살짝 흐렸다. 온화한 물빛 하늘에 설탕 가루를 뿌리고 솔로 살살 펼친 듯한 구름이 떠 있다. 내비게이션을 확인하며 운전하던 세쓰나가 "여기네요" 하고 주택가 귀퉁이 도로변에 경트럭을 세웠다. 도키코에게 받은 청소 도구 상자를 안은 가오루코는 당혹스러운 마음으로 '오카자키'라는 문패가 걸린 집을 바라보았다. 정취 있는 대나무 담장에 둘러싸인 기와지붕 주택이었다.

"멋진 집이네."

"이런 집에 사는 사람이 과연 티켓을 사용할 정도로 곤란할까, 같은 발언은 하지 마세요. 어떤 사람이 얼마나 힘든 상황인지는 곁에서 보는 것만으로는 알 수 없으니까요."

세쓰나는 가오루코의 속을 훤히 들여다본 듯 쳐다보더니 프라이팬 자루가 보이는 가방을 등에 지고, 식자재가 담긴 상자를 안았다. 가오루코는 눈썹을 치켜올렸다.

"그런 생각, 안 하거든. 연로한 어머니를 돌보는 사람의 집이라고 도키와 씨한테 들었어. 아직 돌봄 경험은 없지만 나도 얼마나 힘든지는 이해는 해. 육십대와 칠십대인 부모님을 둔 입장에서 절대로 남 일이 아니고."

"그렇다면 됐고요. 또 사무실에서도 당부했지만 다시 한번 복습하죠. 방문 중에 보고 들은 집 내부의 상태나 개인 사정을 절대 외부에 흘리지 말 것. 함부로 파고들지 말고 파헤치지 말 것. 설교나 참견은 금물."

"너 말이야, 내가 약 20년간 근속한 국가 공무원인 걸 잊었어? 그런 건 너보다 더 잘 아니까 걱정하지 마.”

자신보다 키가 큰 여자를 노려보자, 세쓰나는 “그렇다면 잘 부탁합니다”라고 마음이 담기지 않은 말투로 말하고는, 대문을 지나 현관 옆 초인종을 눌렀다. 약속 시간보다 2분 정도 이르게 도착했지만 몇 초 뒤에 문이 열렸다.

티켓 이용자인 오카자키 씨는 하얀 셔츠에 남색 트레이닝복을 입은 중년 남성이었다. 가오루코는 그의 얼굴을 본 순간 ‘지쳤구나’라고 생각했다. 그늘진 눈 밑 피부나 윤기 없는 뺨도 그렇지만, 표정 자체가 가라앉았다.

오카자키 씨는 가오루코와 세쓰나를 데리고 먼저 부엌, 다음으로 거실을 보여주었다. 부엌은 테이블과 싱크대 주변이 어질러진 정도였지만, 거실은 순간 움찔할 정도의 상태여서 가오루코는 세쓰나를 처음 들였던 그때 자기 집이 생각났다. 오카자키 씨는 말수가 적었는데, 거실을 간단히 정리해주길 바란다, 데우기만 하면 먹을 수 있는 음식을 부탁하고 싶다고 간략히 요청을 말했다. 세쓰나가 못 먹는 음식이 없는지 물어도 “없습니다”라고 차분한 한마디뿐. 마지막으로 한참 연하일 가오루코와 세쓰나에게 고개를 깊이 숙였다. 죄송합니다, 모쪼록 잘 부탁드립니다, 라고.

“그럼 각자 최선을 다하죠.”

그 말만 남기고 세쓰나는 바람을 가르는 듯이 걸어 부엌으로 사라졌다. 조금 더 친절하게 대할 수는 없나? 나는 어쨌거나 처음인데.

가오루코는 숨을 깊이 들이마시고 스포츠 용품점에서 새로 장만한 연파란색 추리닝 소매를 걷어붙였다. 좋아, 마흔한 살 이혼 경력자인 사회인의 저력을 보여주겠다.

먼저 거실 안쪽 창문을 열었다. 상쾌한 바람이 들어와서 그것만으로도 고였던 공기가 깨끗하게 정화된 느낌이었다. 이것은 가오루코가 청소할 때면 반드시 하는 의식이었다.

도키코가 준 청소 도구 상자를 열어 고무장갑을 끼고, 대형 쓰레기봉투 두 장을 꺼냈다. 하나는 타는 쓰레기용, 다른 하나는 플라스틱용이다. 왼손에 봉투 두 장을 같이 들고, 가오루코는 심호흡한 뒤 단전에 힘을 주어 거실 출입구부터 바닥에 널브러진 쓰레기를 타는 것과 플라스틱으로 분류하여 척척 봉투에 담았다. 겨우 몇 분 만에 거실 출입구 쪽에 사방 1미터의 깨끗한 공간이 생겼다. 이렇게 확보한 공간을 발판으로 삼고 점점 확장해가는 것이 가오루코의 방식이다. 마침 가까이에 온라인 쇼핑한 물건을 꺼낸 뒤 방치한 듯한 빈 상자가 있어서, 서류가 든 봉투나 열쇠 등 가오루코로서는 어디에 두면 좋을지 모르겠는 물건을 척척 넣었다. 이것은 나중에 오카자키 씨에게 줘서 확인해보라고 할 것이다.

오카자키 씨는 거실과 장지문으로 구분된 방에 들어가 모습을 보이지 않았다. 옆방에 누워서 지내는 모친이 있다고 하니 상태를 살피는지도 모른다. 게다가 타인이 바지런히 일하는 자리에 같이 있는 것도 겸연쩍겠지.

쓰레기 분류를 마친 후에는 빨래하고 걸어두기만 한 채로 방치한 산더미 같은 옷들을 트레이닝복, 티셔츠, 하의 등 종류별로 개켰다. 아직 빨지 않은 옷들도 방치되어 있었지만 오카자키 씨가 빨래는 하지 않아도 된다고 말했으니 개켜서 거실 구석에 가지런히 놓기만 했다. 이렇게 40분 정도 움직이자, 거실 바닥이 시원하게 보이기 시작했고, 좌식 밥상도 식사를 하거나 차를 마시는 데 지장이 없을 정도로 정리되었다.

후련한 성취감을 느끼며 가오루코는 허리에 양손을 대고 심호흡했다. 온몸의 세포가 젊어진 기분이었다. 지금이라면 중고생과 달리기 시합을 해도 이길 수 있을 것 같다. 그래, 맞아. 나는 불굴의 의지로 인생을 개척해온 여자, 가오루코다.

"있잖아, 거실은 끝났는데 욕실이나 화장실 청소는 안 해도 괜찮을까? 해도 될 것 같아?"

"어, 예상보다 빠르네요…… 그건 집주인에게 확인해야 해요."

"알았어, 물어볼게."

가오루코는 부엌에서 나와 거실 옆방으로 가서 장지문 앞에 무릎을 꿇고 "실례합니다, 카프네입니다만" 하고 여관 종업원 같은 어조로 말을 걸었다. "네" 하고 대답한 오카자키 씨의 목소리는 조금 놀란 듯했다. 가오루코의 질문에 "아니, 하지만", "지저분해서요" 하고 떨떠름해하던 오카자키 씨는 "사양하지 않으셔도 돼요"라고 가오루코가 힘주어 말하자 그렇다면 부탁드립니다, 하고 조용히 답했다.

화장실과 욕실도 처음 거실을 봤을 때와 같은 인상이었다. 그러나 지금 나라면 문제없다. 세제를 넉넉하게 뿌려 때를 불리는 동안, 가오루코는 부엌으로 돌아가 지저분한 접시를 설거지하는 세쓰나를 거의 몸으로 들이받듯이 밀어서 스펀지와 접시를 빼앗았다.

"이건 나한테 맡기고 너는 요리를 계속해."

"……가오루코 씨, 굉장히 빠릿빠릿하네요. 게다가 접시가 반지르르 광이 날 정도로 닦고."

"그런가? 하긴 나, 생각보다 유능하거든."

"역시 20년 숙성 사회인."

"사람을 무슨 젓갈처럼 말하지 마."

"오키나와의 묵은 술에 빗댄 건데요. 그거 숙성 기간이 길수록 깊은 맛이 나는 고급 특산품이에요. 설마 모르세요?"

세쓰나의 발밑에 놓인 상자에는 두부, 채소, 건면 등의 식자재가 들었다. 카프네에서 산 것과 제휴한 푸드 뱅크에서 제공한 것, 카프네의 활동을 응원하는 이용자가 기부한 것이라 한다.

"여기 주인분, 성실하고 근면한 분이네요. 정성스럽게 갈면서 잘 썼어요."

칼꽂이에서 식칼을 꺼낸 세쓰나가 은빛 칼날을 바라보며 중얼거렸다.

"식칼을 보기만 해도 알아?"

"대충요. 그리고 냉장고에도 조미료가 다양하게 들었고, 곱게 이긴 호박 페이스트도 있었어요. 돌봄식을 직접 만드시는 것 같아요. 매일 돌보는 것만으로도 상당히 버거울 텐데."

세쓰나는 상자에서 정어리 네 마리가 든 팩을 꺼내 포장을 빠르게 벗겼다.

"가사 대행을 하다 보면 대충 사람의 성향이 보이는데요, 성실하고 노력가일수록 남의 도움을 받는 데 서툴러요. 쓰러지기 직전이나 쓰러진 후가 아니면 도와달라는 것 자체를 태만이라고 느껴요. 스스로 얼마나 힘든지 자각 못 하는 사람도 많고요."

세쓰나의 진갈색 눈이 이쪽을 힐끔 봤다. 그쪽처럼요, 라는 말을 들은 것 같았다.

"아무튼 집안일에 한해서는, 돈으로 해결할 여유가 있는 경우에는 티켓으로 가사 대행을 체험한 뒤 고민해봤으면 좋겠어요. 그리고 만약 가사 대행을 결심한다면 카프네를 이용하면 좋겠다, 그런 흑심도 확실히 있는 활동이에요. 이렇게 선의 100퍼센트가 아닌 면도 좋아요. 선의는 기름과도 같아서 사용법이나 양 조절을 잘못하면 오히려 상대를 힘들게 하니까요."

표범처럼 대담한 세쓰나의 입에서 이런 섬세한 말이 나올 줄 몰라서 가오루코는 그 날렵한 옆얼굴을 바라보았다. 세쓰나는 완벽한 칼질로 정어리를 세 토막으로 나눴다. 쟁반에 늘어놓고 소금을 뿌린 다음 2구짜리 가스레인지의 오른쪽으로 물을 끓이고 왼쪽으로 기름을 달궜고, 목욕탕과 화장실 청소를 하려고 잠시 물러났던 가오루코가 돌아왔을 때는 놀랍게도 닭고기와 정어리 튀김이 완성되어 망을 깐 쟁반에 한가득 놓여 있었다. 심지어 가스레인지에는 새로운 냄비가 올려져 있고, 세쓰나는 커다란 볼에 담긴 무언가를 소형 블렌더로 가는 중이었다. 옆에서 들여다보니 볼에 든 것은 새송이, 표고, 팽이, 만가닥 등 여러 종류의 버섯과 양파를 함께 볶은 것 같았다. 아주 좋은 냄새가 나서 아직 점심 먹을 때도 아닌데 입에 침이 고였다.

"잠깐, 나 고작 20분 정도만 비웠을 텐데? 대체 언제 이걸 다……."

"닭과 버섯은 가오루코 씨가 청소하는 동안 준비해뒀고 튀김은 생각보다 금방 해요. 그보다 손이 비었다면 거기 냄비와 접시 좀 설거지해주실래요?"

가오루코가 접시와 냄비를 닦고 조리 도구를 정리하는 동안, 세쓰나는 대량의 채소를 썰고 볼에 조미료를 넣나 싶더니 냄비를 확인하면서 양념한 고기를 주물럭거리기도 했다. 손놀림이 어찌나 빠른지 가오루코는 자기도 모르게 넋을 잃고 지켜보았다. 요리하는 세쓰나의 옆얼굴은 차분하게 긴장해 있었다. 기미타카와 도호쿠 지역을 여행하다가 견학한 난부 철기(도호쿠 지역의 이와테현에서 17세기경부터 만들어진 철기물) 공방에서 무심히 작업에 집중하던 직인의 옆얼굴이 떠올랐다.

가오루코가 테이블 위 물건을 정리하고 청결한 행주로 닦아 마무리할 즈음 두 시간이 지났다. 세쓰나는 조리 도구를 씻어서 찬장에 돌려놓기까지 완벽하게 마친 뒤였다. 테이블에 놓인 크고 작은 반찬 용기를 보고 가오루코는 감탄한 한숨을 흘렸다.

볶은 버섯과 양파 퓌레. 채소 듬뿍 라타투유. 단맛 나는 된장에 달걀을 넣어 조린 달걀 된장(모르는 요리여서 세쓰나에게 이름을 물었다). 닭다리살을 호쾌하게 썰어 튀긴 연갈색의 큼직한 튀김. 가늘게 썬 양파와 당근, 피망을 넣은 정어리 난반즈케(튀김에 새콤달콤한 소스를 끼얹은 요리). 짭조름한 양념에 재워서 구우면 톡 쏘는 마늘 향이 나는 돼지고기(냉동하면 2주쯤 보존할 수 있다고 한다)또 작게 썬 파인애플과 귤과 키위 같은 과일 듬뿍에 달콤한 시럽을 뿌린 후르츠 펀치.

두 시간 만에 만들었다고 믿기지 않는 품목과 완성도에 압도된 가오루코는 알아차렸다. 눈앞의 요리 하나하나에 담긴 의미를.

"너도 생각보다 유능하네. 느낌 별로인 꼬맹이 취급해서 미안했어."

"뭐예요, 갑자기. 저는 이미 스물아홉이니 꼬맹이가 아닌데요."

"버섯 퓌레와 라타투유와 달걀 된장. 전부 이가 약한 사람도 먹을 수 있는 부드러운 음식이지. 돌봄식을 만드는 수고를 조금이라도 줄일 수 있겠어. 게다가 전부 곁들여 먹기 좋은 반찬이어서 오카자키 씨가 따로 좋아하는 것이 있어도 식사 준비할 때 걸리적거리지 않고. 또 여기 튀김은 오카자키 씨를 위한 메뉴지? 든든한 고기와 생선. 먹기도 간단하고 오래 보존할 수 있는 것들."

그가 직접 모친의 돌봄식을 만든다면 같은 음식을 함께 먹을 때도 많으리라. 그러나 누워 지내는 모친에게 맞춘 요리는 성인 남성으로서 아쉽기도 할 것이다. 세쓰나가 준비한 회심의 요리는 분명 방의 창문을 열고 환기한 것처럼 기분이 달라지게 해줄 것이다.

"이 후르츠 펀치도 멋지다. 디저트는 존재 자체로 기분이 밝아지고, 함께 맛있게 먹을 수 있다면 모친도 기뻐하시겠지. 씹는 힘이 약해진 사람도 먹기 쉽도록 과일을 이렇게 작게 잘랐고."

제법이라고 허리에 양손을 대고 웃자, 세쓰나는 불퉁한 어린애처럼 입술을 다물고 평소보다 더욱 새침한 태도로 말했다.

"학교 선생님처럼 거만하게 평가하지 말아주실래요? 저는 짐을 정리할 테니 오카자키 씨에게 끝났다고 전해주세요."

연상을 부려먹지 말라고 생각하면서 장지문 앞으로 가 오카자키 씨에게 말을 걸자, 그가 모습을 드러냈다. 그는 먼저 거실 상태를 보고 눈을 휘둥그레 떴고, 부엌에서 세쓰나가 반찬 용기에 담은 이런저런 요리를 보여주자 더욱더 놀란 듯했다.

돌아갈 때, 오카자키 씨는 현관까지 배웅하러 나왔다. 가오루코와 세쓰나가 "이만 가보겠습니다" 하고 인사하자, 곧바로 이마가 무릎에 닿지 않을까 싶을 정도로 고개를 아주 깊이 숙였다.

"정말 고맙습니다."

가오루코는 다리가 둥실거리는 기분으로 경트럭 조수석에 탔다. 고맙습니다. 지금 막 들은 말이 귓가에서 몇 번이나 맴돌았다. 경트럭이 달리기 시작해 오카자키 댁의 아름다운 대나무 담장이 창밖을 흘러간 그때, 예상치 못하게 눈 안쪽에서 뭔가가 차올라서 가오루코는 어금니를 악물었다.

벌써 몇 달이나, 아니 몇 년이나 자신의 가치를 느끼지 못하고 살았다. 이제 나는 그 누구에게도 사랑받지 못하고, 필요로 해주는 사람도 없다고 생각했다.

그러나 오늘, 누군가를 도울 수 있었다. 고작 두 시간이었고 심지어 대단한 일도 아니었다. 그래도 고맙다는 말을 들었다.

고맙다는 인사를 해야 할 사람은 나다. 오히려 도움을 받았다.

도중에 패밀리 레스토랑에서 점심을 먹고 쉰 다음, 경트럭으로 20분쯤 이동해 정확히 오후 2시에 다음 방문처에 도착했다.

주택가 끄트머리에 위치한 2층짜리 연립주택이었다. 1층에 다섯 개, 2층에도 같은 수의 갈색 문이 나란히 있었는데 1층 오른쪽 끝 문이 이번 방문처였다. "초등학생 딸과 엄마, 둘이 사는 집이에요"라고 도키코에게서 설명을 들었다.

음표 마크가 붙은 약간 뻑뻑한 초인종을 누르고 10초 뒤, 위스키 빛깔의 머리카락이 아름다운 여성이 문을 열었다. 의뢰인인 가와카미 지카코였다.

지카코는 온몸에서 피로한 기색이 묻어났다. 조금 전 오카자키 씨와 마찬가지로.

"카프네입니다."

"너, 조금은 붙임성 있게 인사해봐."

"일부러 여기까지 와주셔서 감사해요. 저기…… 들어오세요."

현관으로 들어가자 부엌과 한 평쯤 되는 마루가 바로 있었다. 왼쪽에 욕실과 화장실 문이 있고, 부엌 안쪽은 네 평 크기의 다다미방이었다.

"죄송해요, 너무 지저분해서."

지카코는 당장이라도 시들어 사라질 것 같은 모습으로 고개를 숙였다. 그 말대로 다다미방은 옷과 택배 상자, 책과 잡지와 플라스틱 용기, 페트병, 관공서에서 보낸 서류로 보이는 봉투 등 자질구레한 것이 어질러져서 공간을 차지했다. 그런데 신기하게도 다다미방 출입구부터 중앙에 걸친 2미터 주위로는 옷이 점점이 떨어져 있을 뿐이어서 빛바랜 다다미가 잘 보이는 상태였다. 잠깐 사이를 두고 가오루코는 아하, 하고 알아차렸다. 침대가 없는 것으로 보아 저 2미터 사방은 분명 침구를 까는 공간일 것이다. 아마도 침구는 지금 다다미방 안쪽에 보이는 저 벽장에 들어 있겠지.

"정말 괜찮으시겠어요? 상태가 이래서…… 정말 면목이 없네요."

"안심하세요, 아무 문제 없으니까요. 전부 맡겨주세요."

가오루코는 활짝 웃으며 단언했다. 실제로도 이제부터 자신이 맞붙을 집 상태를 확인한 지금, 전투 의욕이 가속도로 상승했다. 자, 가보자고, 하고 같이 의욕을 북돋을 생각으로 부엌 쪽을 돌아보았으나 작업복을 입은 만두 머리 여자는 상자에서 식자재를 척척 꺼내 이미 준비를 시작하고 있었다. 협조성이라곤 한 톨도 없다. 가오루코는 씁쓸해하며 고무장갑을 끼고, 자신의 전장에 뛰어들었다.

늘 하던 순서대로 방 안쪽의 유리문을 열어보니 좁은 베란다였고 세탁기가 있었다. 추리닝 소매를 걷어붙인 가오루코는 지난번과 같은 요령으로 한 손에 쥔 쓰레기봉투 두 장에, 플라스틱 쓰레기와 타는 쓰레기를 눈으로 선별하며 바닥에 떨어진 물건을 척척 담았다. 자기가 생각해도 신속하고 정확했다. 기분이 좋아져서 확보한 공간에 쓰레기봉투를 놓고, 다시 방을 둘러보았다. 대략 분류하면 집 안을 어지럽힌 물건은 옷과 택배 상자와 기타 생활용품이다. 우선 눈에 들어온 상자를 닥치는 대로 확인해 뭔가 들어 있으면 꺼내고 상자를 뜯어 펼쳤다. 가오루코의 청소 정책, 그것은 각개 격파다. 일단 표적을 정했다면 한눈팔지 않고 쓰러뜨린다. 무심하게 상자를 펼쳐 적당히 쌓이면 끈으로 묶는 작업을 반복하다 보니 다다미 공간이 넓어졌다. 좋네. 노력으로 인생을 개척해가는 이 감각, 정말 최고다. 고양감에 입술 끝을 올리고 콧노래를 흥얼거리려는데, 가냘픈 목소리가 들렸다.

"저기, 정말 꼴이 이래서 죄송해요……."

문지방 너머에 선 지카코의 어쩔 줄 모르는 심정이 생생하게 전해졌다. 애초에 가오루코가 이 집의 주요 공간인 방에서 작업하는 지금, 물리적으로 그녀는 있을 곳이 없었다.

"괜찮아요. 모처럼인데 편하게 쉬세요. 여기 빈자리에 앉으셔도 되는데."

"아니에요, 그래도."

미안한 마음이 지카코의 얼굴에 드러났다. 가오루코 역시 자기 집을 남이 정리해주는데 자기만 소파에 앉아 있어야 한다면 겸연쩍을 것이다. 오히려 "제가 할 테니까요!" 하고 손을 번쩍 들고 싶을 것 같다.

"그러면, 혹시 괜찮으시면 같이 하실래요?"

지카코가 놀란 듯 눈을 동그랗게 떴다.

"도와주시면 정해진 시간 안에 일을 더 많이 할 수 있어서 도움이 돼요. 저는 여길 청소할 테니 세탁을 부탁드려도 될까요? 이쪽에 옷을 모아뒀으니까요.”

“네, 그럼요. 물론이죠.”

“그래도 피곤하지 않으세요? 오늘은 모처럼 휴일이잖아요. 무리하지 마세요.”

“고맙습니다, 저는 괜찮아요.”

안도한 듯이 표정이 풀어진 지카코는 옷을 안고 베란다에 있는 세탁기로 갔다. 잠시 뒤 돌아온 그녀는 또 옷더미를 안고 있었다. 빨아서 밖에 널어뒀던 옷이겠지. 가오루코가 치워둔 공간에 반듯하게 앉은 지카코는 옷가지를 개키기 시작했다. 꼼꼼한 성격이 엿보이는 정갈한 방식이었다.

“……호텔에서 일했는데 코로나 시기에 해고되어서, 지금은 몇 군데에서 아르바이트를 해요. 하지만 힘들어서. 요즘은 밤에 퇴근하면 스위치가 꺼진 것처럼 몸이 안 움직여요. 그래서 이런 식으로 점점, 점점 지저분해져서.”

애써 억누른 목소리로 빠르게 말한 지카코는 “하지만 제가 나약해서 그런 거죠” 하고 마치 가오루코가 그렇게 지적할까 두려운 것처럼 덧붙였다.

뭔가를 견디는 것처럼 옷을 개키는 그녀의 고운 피부를 보며 이 사람은 젊다고 생각했다. 그러나 젊음이 무의미할 정도로 지쳤다. 몸뿐 아니라 마음도.

“마트에서 사 온 도시락을 먹고 빈 용기를 쓰레기봉투에 넣는 것도 힘들어요. 설거지하거나 벗은 옷을 정리하는 건 절대로 불가능하고, 아침에 알람이 울리면 침대에서 일어나는 데 결사의 각오를 해야 하고요."

가오루코가 조용조용 말하자, 점쟁이가 과거를 맞추기라도 한 듯 지카코가 눈을 크게 떴다. 신기했다. 아무에게도 알리고 싶지 않은, 들키면 죽어버리겠다고 생각했던 자신의 오점을 왠지 지금은 말할 수 있을 것만 같았다.

"저는 일이 아니라 이혼 때문에 무너졌지만요. 이혼당해도 어쩔 수 없는 행동을 했고 자업자득인 줄 알지만, 대체 왜 그랬을까요. 아무튼 아무것도 하기 싫었어요. 숨을 쉬는 것도 싫었어요."

가오루코의 말에 지카코가 맞장구치듯이 말했다. "……알아요. 이러면 안 되는 줄 아는데, 어떻게든 해야 한다고 생각하는데도 점점 무너져요."

"저도 그래요. 아침에 일어나서 밤에 의식을 잃을 때까지, 단 한 순간도 쉬지 않고 저 자신이 한심해서 괴로웠어요. 자려고 하면 너무 두려워서 비명을 지르고 싶기도 했고."

지카코가 말없이 고개를 끄덕이더니 푹 숙이고 작게 코를 훌쩍였다. 불안하고 두려워서 더는 버틸 수 없다는, 소리 없는 소리가 들린 것 같았다. 연상인 사회인으로서 뭔가 말해주고 싶지만 생각나는 거라곤 전부 연약해진 동물에게 억지로 기름기 있는 것을 먹이려는 말인 것 같아 결국 말없이 정리를 계속했다. 지카코도 묵묵히 옷을 개켰고, 다 개키자 가오루코가 임시 피난소로 삼은 상자에서 다리미를 꺼내 출근복으로 보이는 셔츠의 주름을 폈다. 잘하네, 하고 생각하다가 문득 이쪽을 본 그녀와 눈이 마주쳐서 왠지 모르게 같이 수줍게 웃었다.

한 시간 반이 지난 시점에 방은 가오루코의 채점으로 90점 정도까지 정리되었다. 다다미에서 뒹굴며 쉬는 것도, 파묻혀 있던 소파에서 쉬는 것도 가능해졌다. "대단해요!" 하고 지카코가 기뻐해서 더욱 기분이 좋아졌다. 아직 더 일할 수 있다, 아니 오히려 일하고 싶다. 가오루코는 세쓰나가 일하는 부엌 뒤쪽에 나란한 두 개의 문 중 왼쪽의 문고리를 잡았다. 오른쪽 문은 화장실이어서 청소하는 김에 빌려 썼다.

"그럼 이제 욕실을."

"아! 잠깐만요, 거기는……."

문 너머는 예상대로 욕실이었다. 욕조와 세면대가 일체형인 공간으로, 세면대 위에 설치된 흡착형 바구니에는 양치 컵과 칫솔이 두 세트 놓여 있었다. 수건걸이 아래 하얀 바구니는 아마도 벗은 옷을 넣는 용도겠지. 깔끔하게 정돈된 상태다. 여긴 정리할 필요가 없겠다고 생각하며 욕조로 시선을 준 가오루코는 움찔했다.

표정이 굳은 양 갈래 머리 소녀가 작은 욕조 안에서 무릎을 안고 있었다.

“죄송해요, 딸이 여기 있어서……!”

“죄송합니다, 저야말로 말도 안 걸고 문을 열어서!”

“……최악이야.”

일어난 소녀는 가오루코를 떠밀며 욕실에서 나갔다. 최악? 지금 쟤, 최악이라고 했어? 매우 사나운 목소리였다.

‘초등학생 딸’이 있다고 들었으나 가오루코는 초등학교 저학년 정도를 상상했다. 그러나 양 갈래 머리 소녀는 이미 아이가 아니라 어른 입구에 들어선 체격이었다. 홑꺼풀에 약간 날카로운 눈초리가 세쓰나와 어딘지 닮았다.

“린카, 참 깨끗해졌지? 자원봉사자분들이 해주셨어. 자, 고맙습니다, 해야지.”

자신의 비위를 맞추려는 듯한 엄마를 린카는 거들떠보지도 않고 다다미방으로 들어가더니 헤, 하고 반응했다.

“진짜네, 대단하다. 자원봉사면 돈도 안 받잖아? 그런데 남의 집을 이렇게 깨끗하게 치우다니 되게 한가하다.”

가오루코는 말문이 막혔다. 얘는 뭐람, 귀염성 없게. 어린애면서 하나도 귀엽지 않다.

“왜 돈도 못 받는데 이렇게 열심히 해요? 좋은 일을 했다고 뿌듯해하고 싶어서? 아니면 동정이야? 우리 집은 빈곤 가정이니까. 맞은편 집 아줌마도 내 얼굴을 볼 때마다 어린이 식당에 오라고 잔소리해. 영양가 있는 음식을 마음껏 먹을 수 있다나. 공부도 가르쳐준다나 뭐라나. 불쌍한 아이를 친절하게 대하는 자기 자신을 사랑한다는 아우라가 풀풀 풍겨서 진심으로 기분 나빠. 그런 사람들 진짜 싫어. 집까지 들이닥치기까지 한다니 최악. 자기 아이한테나 신경 쓰면 될 텐데.”

“그거 나 들으라고 하는 말이지? 보다시피 나는 마흔 넘은 중년 여성이지만 아이는 없어. 성인 여자라면 모두 아이가 있다는 선입견은 고치는 게 좋겠다. 앞으로 경솔하게 아이에 대해 말하는 건 섬세함이 부족한 행동인 걸 알아둬, 꼬마야.”

냉정하게 말하고서 곧장 후회했다. 뭘 하는 거야, 초등학생 상대로. 린카는 뺨을 한 대 맞은 듯한 표정이었다. 지카코가 정신없이 고개를 숙였다.

“죄송합니다! 5학년이 되고 나서부터 부쩍 말이 험해져서, 잘 말해서 타이를게요. 정말 죄송합니다……!”

“아니에요, 저야말로 어른스럽지 못한 태도를 보였어요!”

“뭘 같이 굽실굽실하고 있어요? 한가하면 주먹밥 좀 만들어 줄래요?”

성큼성큼 다다미방으로 들어온 세쓰나는 커다란 프라이팬을 들고 있었는데, 가오루코가 깨끗하게 정리한 다다미 위에 신문지를 펼치더니 그것을 툭 내려놓았다.

프라이팬에 수북한 것은 볶음밥이었다. 금빛 쌀에 초록, 검정, 갈색 재료가 어우러졌다. 간장을 졸였는지 아주 달콤한 냄새가 코를 간지럽혀서 가오루코는 조금 전에 점심을 먹었는데도 꿀꺽 침을 삼켰다.

"닭가슴살, 소송채, 달걀과 목이버섯 볶음밥이에요. 너무 폴폴 흐트러지지 않게 밥을 지었으니까 주먹밥으로 만들기 쉬워요. 다 만들면 이 랩으로 싸세요. 냉동할 거니까 틈새 없이 단단하게 부탁해요."

가늘고 긴 랩 상자를 프라이팬 옆에 둔 세쓰나는 지카코와 가오루코에게 비닐장갑을 주고 마지막으로 "자" 하고 린카에게도 한 쌍의 장갑을 떠넘겼다.

"어, 나도?"

"초등학교 5학년이면 주먹밥쯤은 만들 줄 알겠지."

"……그런 거 학교에서 안 배우는데. 그리고 이걸 해서 나한테 무슨 이득이 있어요?"

"뭔가 이득을 보고 싶어? 뭘 원하는데?"

진지하게 되물을 줄 몰랐는지 린카가 어물거리다 소리쳤다.

"푸딩. 사 온 거 말고 직접 만든 거."

도전장이라도 던지는 것처럼 세쓰나를 노려보았다. "린카! 그런 소리 하면 안 되지!" 하고 지카코가 혼내자, 린카는 "어렵다면 됐어요"라고 코웃음을 쳤다.

세대가 다른 여자 셋이 프라이팬을 둘러싸고 묵묵히 볶음밥을 주먹밥으로 뭉쳐 랩으로 쌌다. 가오루코는 주먹밥이라면 삼각형이라고 생각했는데 지카코가 만든 것은 동그란 주먹밥이어서 가정마다 문화가 다르구나 싶었다. 린카는 첫 주먹밥부터 허둥거렸다. 원형이라고도 삼각형이라고도 할 수 없는 엉망인 모양이었다. 본인은 최선을 다해 뭉쳤지만 힘이 너무 들어간 모양인지 주먹밥이 부슬부슬 무너졌다.

"린카, 힘을 너무 주지 않아도 돼. 이렇게 오른쪽 엄지 아래로, 주먹밥 배 쪽을 누르는 것처럼……."

"시끄러워, 참견하지 마."

"너, 힘을 너무 주는 것 같다니까. 왼손은 거들기만……."

"시끄럽다고요! 아줌마는 입 다물어."

어린애의 짜증이다. 알고는 있지만 아줌마라는 말에 털이 곤두섰다. "죄송합니다, 죄송해요" 하고 울상으로 사과하는 지카코에게, 가오루코는 "따님이 활기차서 참 좋네요"라고 최대한 어른스러움을 짜내 웃어 보였다.

대놓고 짜증이 난 린카가 나직한 목소리로 으르렁거리듯이 말했다.

"영양 따위 챙겨봤자 의미 없잖아? 이상 기온이고, 저출생 고령화고, 고물가고, 전기 요금은 팍팍 오르고, 우리는 가난하고. 이미 미래가 끝장이잖아. 좋은 거 하나도 없어. 그러니까 살아 있을 의미가 없어."

가오루코는 충격을 받았다. 귀여운 아기가 초등학교 5학년이 되면 이렇게 비뚤어진 생물이 되나? 안 되겠다. 이 아이는 설령 우리 집에 확 채 간다 해도 사이좋게 지낼 수 없겠다.

"미안해. 엄마가 제대로 못 해서. 린카한테 안 좋은 생각만 들게 하고."

지카코의 목소리는 떨렸다. 가오루코는 자기도 모르게 볶음 주먹밥을 움켜쥐었다.

"당신 잘못이 아니에요. 열심히 노력하시잖아요."

"그래도 결국에는 딸을 힘들게 하고 있어요. 저는 학력도 별 로고 경력도 없고, 남편이 죽은 뒤에 제대로 된 일자리도 못 찾 았어요. 하지만 그건 제 책임이죠. 미래를 잘 생각해보지 않고 결혼해서 아이를 낳은 제가 전부 잘못했어요. 사실은 저, 엄마 가 될 자격이 없었다고 생각해요. 아이를 낳아도 될 인간이 아 니었어요."

"잠깐만요, 지카코 씨 만큼은 그렇게 말씀하시면 안 돼요. 딸 앞에서 그렇게 말하면."

설교 같은 말은 금물이라고 세쓰나가 말했지만 참을 수 없 었다. 왜냐하면 린카가 필사적으로 견디는 표정이었기 때문이 다. 울지 않으려고 참고 있었다.

이 아이는 비뚤어져서 귀여운 구석이 하나도 없다. 그러나 저런 얼굴은 보고 싶지 않다.

"괜찮아요."

툭 던져진 목소리에는 애정이나 다정함이 하나도 없었다. 가오루코는 믿음직스러운 마음으로 부엌 쪽을 돌아봐 고속으 로 칼질하며 뭔가 다지는 요리사를 응시했다. 그래, 평소에 그 러듯 이 답답한 상황을 타개할 어떤 말이든 해줘.

"자격이 없든 미래가 암울하든 좋은 일이라곤 하나도 없든,

사람은 반드시 언젠가 죽고 죽으면 전부 끝나니까요."

폭탄 발언에 말을 잃은 것은 가오루코만이 아니라 지카코도 마찬가지였다. 충격을 받은 젊은 엄마를 대신해 가오루코가 맹렬하게 항의했다.

"아니, 너! 아이한테 무슨 꿈도 희망도 없는 소리를!"

"하지만 재 말처럼 온난화는 심해져만 가고 지구가 회복될 일은 없고, 일본은 세계 굴지의 재정 곤란국이고 전기 요금도 물가도 오르기만 하고, 소비세도 언젠가 또 오를 테고 저출생 고령화는 가속도로 진행될 테니 미래, 굉장히 암울하지 않나요? 초등학교 5학년치고 잘 알고 있어서 훌륭하네요. 아이들은 우리보다 훨씬 더 힘든 세상을 살아야 해요. 숨겨도 소용없어요, 그게 사실이니까."

부엌에서 손을 씻은 세쓰나가 가오루코가 있는 쪽으로 걸어와 린카 옆에 앉았다.

"그래도 언젠가 전부 다 끝나니까. 유복한 사람도 가난한 사람도 무슨 일이든 잘되는 사람도 안 풀리는 사람도, 죽음만큼은 전부 똑같으니까, 그러니까 괜찮아."

비닐장갑을 낀 손으로 금빛 볶음밥을 푼 세쓰나는 우아한 손놀림으로 뭉치기 시작했다. 린카에게 만드는 법을 보여주는 것처럼.

"하지만 영양을 챙기는 게 의미가 없다는 말은 그냥 넘어갈 수 없네. 죽을 때까지는 살아야 하고, 건강하지 않으면 살아가는 게 점점 더 괴로워져. 최대한 쾌적하게 살기 위해서라도 영양은 필요해. 그리고 말이야, 주먹밥을 만들 줄 알게 되면 인생의 전투력이 올라가.”

자, 하며 세쓰나가 마법처럼 아름다운 삼각 주먹밥을 내밀자, 린카는 한참 머뭇거리다가 고개를 앞으로 내밀어 삼각형의 꼭대기를 살짝 깨물었다.

볶음밥을 씹고 몇 초 뒤, 불쑥 목소리가 흘러나왔다.

“맛있어……”

“이거 냉동해둘 테니까 학교 가기 전에 전자레인지에 2분 동안 데워서 먹어. 네 나이 때는 아침밥이 정말 중요해. 배가 고플 때 간식으로 먹어도 좋아. 단백질도 비타민도 철분도 들어 있으니까. 그리고 다 먹으면 티켓에 적힌 번호로 연락해. 또 올 테니까.”

하루히코였다면, 하고 가오루코는 생각했다. 분명 특유의 따스한 햇살 같은 미소를 지으면서 린카의 머리를 다정하게 쓰다듬었겠지. 가오루코라면 양어깨를 부여잡고 “포기하면 안 돼, 너는 아직 어리잖아!”라고 기운을 북돋웠겠지. 그러나 세쓰나는 아무것도 하지 않았다. 무뚝뚝하게 일어나 부엌으로 돌아가 묵묵히 작업을 재개했다. 식칼이 도마를 두드리는 소리, 프라이팬으로 뭔가 볶는 소리와 식욕을 돋우는 자극적인 냄새. 그녀의 뒷모습은 각이 잡혔고 고요했다.

오전에 방문한 오카자키 댁에서도 그랬다. 요리할 때 그녀는 무심하며 맑았다. 먹는다는 행위를 신뢰하는 것처럼 보였다.

40분쯤 지나 세쓰나가 말을 걸어서, 쉬고 있던 가오루코는 지카코, 린카와 함께 부엌으로 갔다.

"이쪽부터 채소 수프, 피망과 지쿠와(가운데가 구멍 뚫린 봉 모양의 어묵) 조림, 브로콜리 무침. 이쪽은 고기류로 가지 다짐육 카레와 머스터드 닭가슴살구이. 밥에도 빵에도 어울리니 좋아하는 방법으로 드세요. 이 달걀 된장은 밥과 잘 어울려요. 수프랑 카레랑 볶음 주먹밥은 냉동해둘 테니 먹을 때 전자레인지로 데우세요."

잔뜩 놓인 반찬 용기를 보며 "말도 안 돼, 이렇게 많이?", "대체 언제?" 하고 가오루코와 지카코는 야단이었지만 이걸로 끝나면 오노데라 세쓰나가 아니다. 이어서 "그리고"라고 말하며 냉장고를 연 세쓰나는, 지카코와 린카의 것일 각자 다른 색상의 고양이 일러스트 머그잔을 꺼냈다.

"주문한 것."

린카는 눈앞에서 폭죽이 터진 고양이처럼 눈을 동그랗게 뜨고 두 개의 머그잔 안을, 달걀색 푸딩을 응시했다.

"응? 어떻게 했어?"

"만들었지. 달걀을 풀고 설탕을 녹인 우유를 넣고, 캐러멜 소스는 설탕을 냄비에 넣고 달궈서……."

"그게 아니라! 도대체 이걸 어떻게 했어?"

같은 질문을 반복하는 마음을 가오루코도 충분히 이해했다.

안 그래도 세쓰나는 두 시간도 안 되는 시간 동안 믿을 수 없는 가짓수의 요리를 만들었다. 대체 푸딩 같은 것을 어느 틈에?

"어렵게 생각하는 것 같은데, 푸딩은 달걀과 우유와 설탕을 넣은 액체를 10분쯤 찌기만 하면 돼. 브로콜리를 데친 물에 머그잔을 넣어서 뚜껑을 덮고 쪘어. 캐러멜 소스는 네가 요청한 뒤에 바로 만들었지만."

여전히 멍하니 잔을 들여다보는 소녀에게 세쓰나는 무뚝뚝한 목소리로 물었다.

"푸딩, 좋아하니?"

린카는 고개를 끄덕였다.

"아주 많이 좋아해."

"나도 좋아해. 주먹밥과 푸딩, 내가 제일 좋아하는 거."

가오루코는 놀랐다. 세쓰나가 희미하게, 아주 부드러운 미소를 지어서.

세쓰나는 린카에게 머그잔을 돌려받아 냉장고에 넣었다.

"아직 덜 차가우니까 냉장고에 좀 더 넣어놔. 앞으로 두 시간 정도면 돼. 간식으로 엄마랑 같이 먹어. 혹시 만드는 법을 알고 싶으면 다음에 만났을 때 가르쳐줄게."

냉장고 문을 닫은 세쓰나는 린카를 바라보며 말했다.

"미래는 암울할지도 모르지만, 달걀과 우유와 설탕은 어지간한 일이 생기지 않는 한 세상에서 사라지지 않아. 너는 너랑 엄마가 먹을 푸딩을 네 힘으로 언제든 만들 수 있어."

세상 전부가 싫다는 듯 짜증이 가득했던 소녀가 지금은 조용히 세쓰나를 바라보았다. 맑은 눈동자가 천천히 물기를 머금고 흔들리는 것을 가오루코는 바라보았다.

가오루코로서는 정확히 무엇 때문이었는지 모른다. 다만 세쓰나가 만든 요리 중에, 그녀가 한 말 중에 소녀에게 절실히 필요했던 것이 있었겠지.

가오루코와 세쓰나가 나갈 때, 배웅하러 나온 지카코는 "고맙습니다" 하고 고개를 한껏 숙이며 인사했다.

엄마 뒤에 숨은 듯이 선 린카는 "감사요" 하고 무뚝뚝하게 말했다.

가오루코는 "전철 타고 갈 테니까 괜찮아"라고 거절했으나 세쓰나는 "도키 씨가 이래도 된다고 했으니까요"라며 경트럭으로 자택까지 바래다주었다.

"도착했어요."

기분 좋은 피로감에 꾸벅꾸벅 졸았나 보다. 눈을 뜨자 낮과 황혼 사이의 적갈색 빛이 눈에 익은 아파트 주차장을 세피아 사진처럼 비췄다.

"저기…… 즐거웠어. 즐거웠다고 말하면 실례일지도 모르지만 누군가를 도울 수 있다는 거, 되게 기쁘다."

"저희도 도움을 받았어요. 항상 일손이 부족한 상황이라."

"저기…… 앞으로도 계속 돕고 싶다고 하면, 가능할까?"

세쓰나는 눈을 동그랗게 뜨더니 한참 머뭇거리다가 우호적인 미소를 지었다.

"그야 물론 대환영이죠. 도키 씨에게 알리면 기뻐서 춤추며 떠받들 거예요."

그건 조금 보고 싶다.

"자원봉사는 매주 토요일이지. 그거 이번처럼 너랑 같이 해?"

"그렇죠. 기본적으로 카프네 재이용자 이외의 집에는 혼자 가지 않도록 하고 있어요. 외부인 집에 가는 것이다 보니 물건을 훔쳤다 아니다 같은 트러블이 생기지 않는다는 보장도 없고, 서비스하는 도중에 성추행이나 갑질 같은 일이 가끔 발생해서 신규 이용자의 집에 방문할 때는 반드시 2인 1조로 가요. 티켓도 그렇고요. 저나 가오루코 씨가 다른 팀을 도우러 갈 수도 있겠지만, 기본적으로 저랑 일하게 될 거예요. 다른 사람이 좋다면 도키 씨에게 말해서 바꿀 수도 있지만요."

"그런 말은 안 했거든."

무심코 목소리가 세졌다. 세쓰나는 "그런가요" 하고 포커페이스로 대응했다.

"아무튼 오늘은 고생하셨어요. 다음 일은 나중에 연락하겠습니다."

"응, 고마워."

손잡이에 손을 얹었던 가오루코는 여전히 내리기 망설여져서 다시 무릎 위에 손을 올렸다.

"있잖아, 하루히코도 너랑 이런 식으로 여러 집을 방문했어?"

세쓰나는 앞 유리를 바라본 채 "그랬죠"라고 한마디로 대답했다.

"티켓은 작년 6월부터 시작했는데 그때부터 매번 도와줬어요."

"티켓을 마치고 너랑 돌아올 때, 그 아이는 기뻐 보였니?"

세쓰나는 잠시 침묵을 사이에 끼고 역시 간략하게 대답했다. 그랬네요, 라고.

……역시 아니다.

그런 생각이 확 들었다. 도키코가 보여줬던 동영상 속 추리닝 차림의 하루히코가 "맞아, 가오루코 씨"라고 웃으며 말한다. 안다. 왜냐하면 나는 그 아이의 누나니까.

"요전에 이성을 잃고 그 아이가 스스로 죽었을지도 모른다는 소리를 했는데, 역시 아니라고 생각해. 걔는 워낙 다정하고, 남을 돕는 걸 좋아했어. 지금 나처럼 티켓을 마치고 돌아올 때 걔는 웃고 있었을 거야. 도키와 씨나 너와 만나서 인생을 즐겁다고 생각했을 거야. 그러니까 분명히 아니야. 죽을 이유가 없어. 슬퍼할 사람들이 있을 걸 알면서 걔가 자살했을 리가……."

꼬르륵, 하고 요란한 소리가 말을 가로막았다. 가오루코는 배를 누르고 고개를 숙였다.

"……점심에 갔던 레스토랑, 조금 양이 부족했어. 오늘은 많이 일했고, 게다가 네가 그렇게 맛있는 요리를 내 눈앞에서 잔뜩 만드니까."

"제 요리 때문에 가오루코 씨 배에서 꼬르륵 소리가 나게 하다니 정말 미안하네요."

"뭐, 괜찮은데."

"책임질까요."

응? 하고 되묻자 세쓰나가 만두 머리에서 흘러내린 머리카락을 귀에 걸치며 대답했다.

"월급도 안 나오는데 귀중한 휴일에 우리 활동에 힘을 빌려주시는 것이니까요. 맡겨둔 아가베 상태도 보고 싶고요. 가오루코 씨만 괜찮다면."

"……그건, 나야 괜찮지만."

"냉장고에 뭐 있나요?"

"어제 장 봤으니까 의외로 뭐든 있을 거야."

"그렇군요. 일식 양식 중식이나 고기나 생선이나, 뭔가 요청 사항 있으세요?"

오늘 방문한 집에서 봤던 그녀가 요리하는 모습을 떠올렸다. 눈으로 따라갈 수 없는 속도로 생선을 손질하는 손놀림이나 간을 보고 예상했던 대로의 맛이었을 때 웃음 짓던 것, 먹는 행위를 신뢰하는 듯이 진지한 옆얼굴.

컵에서 물이 넘치듯이 말이 나왔다.

"네가 하루히코에게 만들어줬던 것을 먹고 싶어."

세쓰나의 표정은 달라지지 않았다. 짙은 갈색 눈동자가 아주 조금 흔들린 것 같았지만 기분 탓일지도 모른다.

"일단 냉장고를 살펴보고 나서요."

그날, 그녀가 만들어준 것은 비명이 나올 정도로 매운 가지를 듬뿍 넣은 펜네 아라비아타와 목이 탈 정도로 달콤한 바클라바라는 디저트였다.

3장

1

4월의 딱 중간에 해당하는 토요일. 오늘은 오전에 모친을 돌보는 여성의 집, 오후에 쌍둥이 아기가 있는 집을 방문하는 일정이었다.

"싫어하시거나 못 드시는 음식이 있나요? 요청이 있으시면 시간 안에 최대한 만들어보겠습니다."

"뭐든 잘 먹어요. 저도 엄마도 음식 알레르기는 없거든요. 따로 부탁드리고 싶은 것도, 지금은 딱히 생각나지 않아서⋯⋯ 아, 그럼 뇌가 녹을 정도로 달콤한 게 먹고 싶네, 뭐 이래요. 그래도 청소하고 먹을 것을 조금이라도 만들어주시면, 그렇게만 해주셔도 죽을 만큼 감사하죠."

의뢰인 야기 씨는 가오루코보다 몇 살쯤 연상으로 보였는데, 피로가 묻어나는 미소를 지었다. 그래도 "죄송하지만 일해주시는 동안 저는 최애의 라이브 공연을 볼게요"라고 당당하게 선언해서 좋았다. 그래, 이왕이면 앞으로 두 시간은 마음껏 쉬면 좋겠다.

청소를 부탁받은 1층 복도, 거실, 욕실, 화장실 등은 한 시간 덜 걸려 마쳤다. 가오루코가 설거지를 도우려고 부엌에 가자, 휙 돌아본 세쓰나가 우유 팩과 쿠킹 시트와 가위를 떠밀었다.

"마침 잘됐네요. 이거 부탁할게요. 여기 우유 팩 안에 최대한 빈 곳 없이, 구김 없이, 쿠킹 시트를 깔아주세요."

"어, 이거 뭐야?"

"파운드케이크 틀, 아세요? 그런 느낌으로요."

세쓰나는 판형 초콜릿을 똑똑 부숴서 볼에 넣었다. 가오루코가 받은 우유 팩은 길쭉한 한쪽 면을 잘라내고 입구 부분에 칼집을 넣고 접어서 정말 파운드케이크 틀 같은 형태였다. 그렇군, 뭔가 케이크 비슷한 것을 굽고 싶은 모양인데 이 집에는 따로 케이크 틀이 없으니 대신 우유 팩으로 만든 거다. 대단하네, 하고 가오루코는 우유 팩 케이크 틀을 요리조리 뜯어보며 관찰했다. 쿠킹 시트를 뽑아 사이즈를 맞춰가며 우유 팩 내부에 깔았다.

"다 했어."

"⋯⋯아주 잘하셨네요. 설명도 안 했는데 이렇게까지."

"말했잖아, 나는 꽤 유능해."

"가오루코 씨의 답답할 정도로 성실한 성격이 응축되어 있네요."

"답답하다는 얘기 금지야!"

"지금은 칭찬이에요, 극찬이죠."

세쓰나는 냄비에 초콜릿과 버터와 우유를 넣어 약불로 데우며 섞고, 거기에 달걀물과 설탕을 추가해 다시 잘 섞은 뒤 우유팩 케이크 틀에 부어 예열한 오븐에 넣었다. 시작 버튼을 누르자마자 이번에는 식칼을 쥐고 양파, 당근, 감자, 브로콜리, 만가닥버섯, 닭가슴살을 썰기 시작했다. 여전히 신기와도 같은 솜씨였다. 가오루코는 사용한 조리 도구를 설거지하며 넋 놓고 지켜보았다.

두 시간 동안 세쓰나가 만든 반찬은 여섯 가지였다. 채소와 닭고기와 콘을 듬뿍 넣은 크림 스튜, 두툼하게 썬 삼겹살을 바싹 튀긴 돈가스 두 장, 고등어 캔과 두부로 만든 부드러운 햄버그. 뿌리채소를 듬뿍 넣은 닭고기조림, 가다랑어 포와 간장으로 일식 풍미를 낸 호박과 고구마 샐러드. 마지막으로 전에도 만들었던, 갓 지은 흰쌀밥과 잘 어울리는 달걀 된장.

이에 더해 비장의 카드가 그 우유 팩이다.

"식힐 시간까지는 없었지만요."

오븐에서 꺼낸 케이크 틀에 만들어진 것은 바로 가토 쇼콜라였다. 그렇다, 뇌가 녹을 정도로 달콤한 것. 야기 씨가 희망했던 것이다.

"가토 쇼콜라, 이렇게 금방 만들 수 있어?"

"레시피에 따라 다른데 이건 녹인 초콜릿에 생크림 대신 버터를 넉넉하게 넣고 우유, 달걀과 설탕을 섞어서 굽기만 하면 돼서 꽤 간단해요. 뭐, 칼로리 대폭발인 악마의 음식이지만요.”

“살아가려면 가끔 악마에게 영혼을 팔 필요도 있지.”

“드물게 마음이 맞네요.”

뒷정리를 마치고 가오루코가 보고하러 가려고 했는데 야기 씨가 “되게 좋은 냄새가 나네……”라고 중얼거리며 1층으로 내려왔다. 그녀는 가오루코가 청소한 거실과 욕실, 화장실을 보고 대단히 기뻐한 뒤, 세쓰나 특제 요리들을 보고 “우아” 하고 감동에 겨운 소리를 냈다.

“대단하다…… 돈가스, 먹고 싶었어요. 하지만 기름 뒤처리할 생각만 하면 직접 만들 기력도 없고, 엄마도 이제 두툼한 고기를 드시지 못하니까 내 것만 사 오는 것도 그래서, 마트에서 봐도 지나쳤어요.”

“다행이에요. 냉동해둘 테니 드실 때는 냉동 상태 그대로, 200도로 예열한 오븐에 데우세요. 겉이 바싹해지면 타지 않게 알루미늄포일을 덮어서 7, 8분 더. 그러면 고기 안쪽까지 잘 데워져요.”

“아, 달걀 된장! 나 이거 정말 좋아해요, 우리 엄마도 예전에 자주 만들어줬어요. 어라, 아오모리 출신이세요?”

“아니요, 태어난 곳도 자란 곳도 도쿄 하치오지예요. 그리고 이건 아직 뜨거우니까 좀 식으면 냉장고에 넣어서 굳으면 드세요.”

세쓰나가 즉석 케이크 틀에서 꺼낸 가토 쇼콜라를 보여주자, 야기 씨는 말도 잃고 바라보다가 눈이 촉촉해졌다.

"직접 만든 케이크가 몇 년 만인지…… 고맙습니다. 정말 이걸 무료로 받아도 괜찮을까요?"

가오루코가 나서서 답했다. "도움이 됐다면 영광입니다. 그리고 언젠가 가사 대행을 이용할 마음이 생기면 부디 카프네를 고려해주세요."

"가오루코 씨, 완전히 카프네 스태프 다 됐네요. 원래 국가 공무원이잖아요. 잊은 거 아니죠?"

야기 씨는 현관까지 배웅하러 나와 "고맙습니다!" 하고 환한 미소를 지었다. 그것만으로도 따뜻한 물에 잠긴 듯이 몸이 따뜻해져서 가오루코도 공손히 인사했다. 세쓰나 쪽은 곧장 경트럭에 탔지만.

동네 카페에서 점심을 먹고 다음 방문처로 갔다. 조수석에서 가오루코는 위장 근처를 쓰다듬었다. 괜찮을 줄 알았는데 막상 오후 방문처가 가까워지자 점점 위가 묵직해져서 괴로웠다. "그런데" 하고 세쓰나가 말을 꺼낸 것은 그때였다.

"아까 연락이 왔는데 오후에는 도키 씨도 참가하기로 했어요."

"도키와 씨가? 무슨 문제라도 있어?"

"그런 건 아니에요. 이번 의뢰인이 갓 태어난 쌍둥이를 혼자 육아한다는 얘기를 듣고 가만히 있을 수 없었나 봐요.”

아아, 하고 반응했다. 도키코는 남자와 사랑의 도피를 해 쌍둥이를 낳았으나 남자가 도망쳐서 혼자 딸들을 키워낸 호걸이다.

도착한 곳은 가오루코가 사는 집과 비슷한 가족형 아파트였다. 주차장에 경트럭을 세우고 입구로 가자, 감색 앞치마를 두르고 머리카락을 곱창 밴드로 묶은 도키코가 기다리고 있었다.

“셋짱과 노미야 씨의 느낌 좋은 콤비에 찬물을 끼얹어서 죄송합니다. 이번 의뢰인에게 티켓을 준 분이 카프네의 오랜 단골이신데, 이야기를 듣다 보니 오랜 상처가 따끔거려서 걱정되는 마음에 왔어요.”

“아니에요, 도키와 씨가 계시면 더 마음 든든하죠.”

진심이었다.

오후 의뢰인은 오가사와라 씨로, 도키코와 비슷하게 아담한 여성이었다. 아직 이십대라는데 눈가가 푹 꺼져서 몸과 마음이 완전히 지쳐 한계에 이른 것을 가오루코도 알 수 있었다.

“안녕하세요, 가사 대행 서비스 카프네입니다. 오늘은 잘 부탁드립니다.”

도키코의 목소리는 차분하고 다정해서 마음이 편해졌다. 오가사와라 씨도 현관문을 열었을 때는 얼굴이 돌처럼 딱딱했으나 도키코가 미소를 짓자 눈에 띄게 표정이 부드러워졌다.

안내받은 거실로 들어간 순간, 가오루코는 전쟁터라는 말을 떠올렸다.

소파는 보통 놓여 있는 자리가 아닌 한쪽 벽으로 밀려나 앉을 수조차 없었고, 대신 아기 침대가 놓여 있었다. 커튼이 닫힌 어두컴컴한 방은 가슴이 철렁할 정도로 어수선했다. 그러나 가장 괴로웠던 것은 아기 침대 옆에 떨어진 영양 젤리의 빈 용기를 봤을 때였다. 이게 그녀의 식사였을까.

"귀여워라, 요정 같아요."

중앙에 칸막이가 있는 쌍둥이용 침대를 들여다본 도키코가 다정하게 속삭였다. 도키코의 어깨 너머로 똑 닮은 얼굴로 잠든 아기들이 보였다. 아기들은 생각보다 컸다. 손발은 포동포동하고 뺨은 통통하고, 눈도 코도 귀도 이렇게 작은데 모양이 완전히 갖춰져 있어서, 왠지 더 오래 쳐다보기 어려워져 시선을 내렸다.

"남매죠. 3개월 정도 되어 보이는데요."

"네…… 조금 전에 기적적으로 같은 타이밍에 잠들었어요."

잠긴 목소리로 말한 젊은 엄마에게 도키코는 공감과 위로를 담아 고개를 끄덕이고 스마트폰을 보여주었다. '보육사 자격증'이라고 적힌 상장 같은 것이 보였다.

"저는 보육사 자격이 있어요. 혹시 오가사와라 씨가 불편하지 않으시면 자녀분은 제가 돌볼 테니 한 시간만이라도 저쪽 방에서 쉬시겠어요? 주무셔도 되고 그냥 있으셔도 되고 좋아하는 영상을 보셔도 돼요. 뭔가 일이 있으면 바로 말을 걸 테니까요.”

그녀는 눈에 눈물을 글썽이며 그럼 조금만 자도 될까요, 하고 기어드는 목소리로 말했다.

가오루코가 방 정리를 담당하고 도키코는 가오루코를 도우며 아기를 돌보는 형태로 작업을 진행했다. 쌍둥이가 동시에 울기 시작했을 때, 가오루코는 목숨을 짜내는 것만 같은 아기들의 울음소리에 기가 죽었다. 한 시간쯤 지나자 옆방 문이 열리고 오가사와라 씨가 돌아왔다. 뿌리 깊은 피로는 어쩔 수 없이 눈가와 푹 팬 뺨 주변에 달라붙어 있었으나, 그래도 한 시간 전과 비교하면 몰라볼 정도로 눈빛이 또렷했다.

“남편도 처음에는 협조적이어서 같이 돌보기도 했어요. 하지만 아기가 둘이나 되다 보니…… 밤에도 번갈아 깨서 우니까 두 아이를 동시에 젖 먹이는 것도 안 되니 시간이 오래 걸리고, 그렇게 지내다가 남편이 갑자기 ‘이제 못 해’라면서 아무것도 안 하기 시작했어요. 이렇게 수면 부족이 계속 이어지면 일을 못 하고, 그러면 우리 가족은 다 같이 망한다. 지금 너는 일도 안 하니까 육아는 네가 담당하라고, 그렇게 말하니까 더는 아무 소리도 할 수 없었어요.”

요즘 남편은 집에도 한밤중에 돌아오고, 와서도 지쳤다는 소리만 하며 아무것도 안 한다. 자는 것도, 먹는 것도, 화장실에 가는 것조차 제대로 할 수 없다. 그녀가 울면서 “아이들을 낳지 말걸 그랬다고, 요즘은 이런 나쁜 생각만 들어서, 이젠 그런 제가 너무 싫어서"라고 토로했을 때, 청소를 이어가던 가오루코는 소형 청소기의 손잡이가 삐걱거릴 정도로 세게 움켜쥐었다.

도키코가 그녀의 등을 살살 쓰다듬었다.

"개인적인 사정을 여쭙겠는데, 오가사와라 씨 부모님이나 남편분의 부모님은요?"

"남편 본가도 제 친정도 멀고, 남편 가족이 저를 별로 좋아하지 않아서 기댈 수 없어요…… 이 동네에는 아는 사람이나 친구도 없어서, 벌써 며칠이나 아무와도 대화하지 않았어요."

그녀에게 티켓을 준 사사누마라는 카프네 고객은 그녀가 임신 전에 다녔던 회사 선배로, 현재 유일하게 그녀와 교류하는 사람이라고 한다.

"외람되지만 지금부터 선언하겠습니다."

도키코가 단호하게 말했다.

"우리 회사에는 저처럼 보육사 자격이나 민간 돌봄 자격을 가진 스태프가 많아요. 그런 사람들을 일주일에 한 번만이라도 불러서 오가사와라 씨가 숨을 돌릴 시간을 마련하면 어떨까요? 다른 사람에게 아이를 맡기는 게 아무래도 걱정되면 대신 집안일을 할 사람을 고용해도 좋고요. 우리는 뛰어난 스태프들을 갖췄고, 가격 면에서도 다양한 서비스가 있으니 분명 도움이 될 수 있을 거예요."

도키코는 그녀의 손에 자기 손을 포갰다.

"민간 가사 대행에 의지하는 게 왠지 껄끄럽다면, 하치오지 시 지원 사업에 아이들이 한 살이 되기 전까지 도우미를 파견해달라고 신청하는 것도 가능해요. 이 경우 아기를 직접 돌봐달라고 할 수는 없어도 청소, 세탁, 장보기나 간단한 식사 준비를 지원받을 수 있죠. 자치단체의 사업이니 가격도 매우 합리적이어서 세 시간에 1500엔이고 검진 때 같이 가주기도 해요. 슬슬 아기들도 생후 3, 4개월 차 검진이죠."

"네, 얼마 전에 통지서가 와서…… 혼자서는 도저히 못 가겠다 싶었는데 누가 동행해준다면 정말 도움이 되겠지만……."

그녀는 초췌한 표정으로 한숨을 쉬었다.

"하지만 남편은, 그런 걸 좋게 보지 않아요. 돈 문제도 그렇고, 집안일을 남에게 맡기는 건 부끄럽다고 생각하는 사람이어서."

"오가사와라 씨. 아이 둘을 키우는 것은 다음 달이나 다음다음 달이면 끝나는 문제가 아니에요. 앞으로 쭉, 계속해서 이어지는 일이에요. 우선은 자신의 몸과 마음을 지키는 것이 아이를 지키는 것으로 이어져요. 용기가 필요하겠지만 부디, 지금은 싸워 이겨내겠다는 마음가짐으로 얘기해보세요. 그래도 남편은 적이 아니에요. 생활이라는 전장을 함께 싸워나가는 동료죠. 남편이 그 사실을 되새길 수 있도록 지금 감정이나 바라는 바를 솔직하게 말해보세요. 처음에는 같이 육아를 잘했다고 하셨으니까 아빠가 되려는 마음은 있을 거예요. 어쩌면 지금은 그저 자신감을 잃은 상태일지도 몰라요. 어른도 부모도, 겁먹기도 하고 의기소침해져서 적 앞에서 도망치기도 해요. 다들 그래요. 아무튼 어떤 선택을 하시든 한번 대화를 나눠보세요. 만약 불안하다면, 저에게 연락하시면 얘기를 들어드릴 수 있고 오가사와라 씨에게 티켓을 준 사사누마 씨도 당신을 많이 걱정하니까 분명 힘이 될 거예요. 지금은 너무 불안하겠지만, 그런 모든 불안에 혼자 맞서 싸울 필요는 없어요.”

오가사와라 씨는 얼굴을 손으로 덮으며 작게 끄덕였다.

“오늘 남편이 퇴근하면 말해볼게요. 제대로 말할게요.”

그때 대화가 끝날 때를 딱 맞추기라도 한 것처럼 세쓰나가 커다란 접시를 가지고 왔다. 꽃무늬가 예쁜 접시에 색색의 샌드위치가 놓였다.

놀라는 젊은 엄마에게 능력 뛰어난 요리사는 애교라곤 없는 얼굴로 말했다.

“샌드위치는 만들었을 때가 제일 맛있어요. 지금 바로 드세요. 더 만들어서 냉장고에 넣어둘 테니 먹을 수 있을 때, 먹을 수 있을 만큼 드세요.”

그녀는 머뭇거리며 삼각형 샌드위치 하나를 집어 가만히 깨물었다.

“……맛있어요. 저 땅콩버터 좋아해요.”

이번에는 네모난 샌드위치를 먹고 참치 마요다, 하고 소녀처럼 미소를 짓더니 얼굴을 잔뜩 일그러뜨리며 울었다.

"누가 만들어준 음식을 먹는 거, 정말 오랜만이에요. 제대로 표현하기 어려울 정도로 맛있어요. 고맙습니다. 정말 고맙습니다."

티켓의 제한 시간을 조금 넘겨서 오가사와라 댁을 나선 시각은 오후 4시 반경이었다. 아파트 앞에서 도키코와 손을 흔들며 헤어지고 가오루코는 경트럭에 탔다. 오늘은 아침부터 내내 비가 내려서 앞 유리를 적시는 물방울이 별똥별처럼 빠르게 흘어졌다.

"괜찮으세요?"

어? 하고 운전석을 돌아보았다. 세쓰나가 빨간불 앞에서 트럭을 차분히 세웠다.

"아기가 있는 댁, 혹시 괴로우셨을까 싶어서요. 카페에서 만났을 때도 옆자리 아기가 울었을 때 몹시 괴로운 표정이었으니까."

"……내가 그런 표정이었어?"

"저한테는 그렇게 보였어요."

두 가지에 놀랐다. 그때 히스테릭한 목소리로 아기를 울린 자신이 아주 모진 얼굴을 하고 있었으리라 싶었는데 그녀에게는 다르게 보인 것과 그녀가 타인의 상태를 섬세하게 알아차리고 지금까지 기억한다는 것에.

"나는 아기를 보면, 매번 그 아기를 어떻게 훔칠지 생각해."

"네?"

"예를 들어 유아차를 미는 여자를 보면 어머, 아기가 귀엽네요, 천사 같아요, 라고 말을 걸며 건널목까지 같이 걸어가. 그리고 신호를 기다리는 동안 틈을 노려 유아차를 빼앗아 달리는 거야. 내가 예전에 육상부여서 제법 발이 빠르거든. 마트 버전도 생각한 적 있어. 아기띠로 아기를 안은 사람에게 엉덩이에 피가 묻었는데 다친 것 아니냐고 말을 걸어. 엉덩이는 자기가 쉽게 확인할 수 없잖아? 상대가 허둥대면 같이 화장실에 가자고, 아기는 내가 보고 있겠다고 말해. 아기를 맡겨주면 그때부터는 내 마음대로지. 전력으로 달려서 도망쳐."

질린 표정인 세쓰나가 곁눈질했다.

"생각보다 생생한데, 설마 실행하진 않았겠죠."

"그럴 리가 없잖아. 나는 국민에게 봉사하는 공무원이라고. 정말 단순한 망상이야. 아기를 데리고 가서 기미타카와 함께 키우고, 나를 엄마라고 부르는 그 아이가 어린이집에 들어가고 초등학생이 되고 중학생이 되고 고등학생이 되는 걸 상상할 뿐이야."

이런 망상을 하기 시작한 것은 작년 1월부터였다.

서른일곱 살 때 불임 치료 전문 클리닉에서 체외수정 치료를 시작했다. 먼저 착수한 것은 난자 채취였다. 호르몬제로 난소를 자극해 여러 개의 난자를 성숙시켜서 자라난 난포에 바늘을 찔러 난자를 뽑아낸다. 난자들에 파트너의 정자를 뿌리거나 난자에 직접 정자를 주입하는 식으로 수정을 하고, 그렇게 만들어진 수정란을 배반포, 즉 착상할 수 있을 만큼 세포분열이 된 상태까지 키워 자궁에 이식한다.

4년간 불임 치료로 받은 여섯 번의 난자 채취 수술로 성숙란을 얼마나 채취했고 그중 몇 개가 기미타카의 정자와 수정되어 배반포까지 자라났는지, 가오루코는 전부 기억했다. 아기가 되진 못했어도 그것들은 전부 배양액 속에서 성장을 지켜본 이상 자신의 아이였다. 생명이란 엄마가 낳은 순간에 탄생하는 것이 아님을, 불임 치료를 거치며 알았다. 아직 사람이라고 인정되지 않는 미미한 존재일 때부터 이미 태어난 것이다.

첫 이식 때는 불안과 기대가 가득했다. 수술대에서 크게 다리를 벌리고 누워서 눈을 감고 기도했다. 내게 오렴. 내게 오렴. 무슨 일이 있어도 너를 진심으로 사랑하고 행복하게 해줄게.

그러나 첫 배반포는 착상하지 못했다. 다음 아이도, 그다음 아이도. 조정 기간을 두고 호르몬제 투여를 재개해 다시 난자를 채취했다. 같이 클리닉에 온 기미타카의 정자와 수정시켜서 수정란을 키운다. 운 좋게 적절한 배반포가 만들어지면 이식할 수 있으나, 난자를 채취한다고 매번 이식까지 가진 않는다. 적절한 난자를 채취하지 못해 모든 수정란의 성장이 멈췄을 때는 충격이 너무 커서 기미타카 앞에서 울며 무너졌다. 왜 그렇게 많은 여자가 임신하는데 나만 못 하는데? 내 몸에 결함이 있나? 내가 나이를 먹어서 안 되는 거야? 앞으로 뭘 얼마나 노력해야 아기가 와주는데? 가르쳐줘, 가르쳐주기만 하면 반드시 해낼 테니까.

포기하는 것은 때로 계속 노력하는 것보다 어렵다. 극심한 타격을 받으면서도 치료를 이어간 것은 의지가 강해서가 아니라 그만두는 것이, 스스로 판단해서 아이를 가질 가능성을 끊어버리는 것이 두려웠기 때문이다.

방대한 시간과 돈과 마음을 바쳐 쌓아 올린 것이 전부 허무하게 끝난 것을 알게 될 때마다 처절하게 무너졌다. 쉬어도 좋아, 그만해도 돼, 라고 기미타카는 말했다. 그러나 멈춘 사이에 여자로서 자신의 기능이 기한 만료되는 것이 두려워서 다시 클리닉에 다녔다. 갈기갈기 찢어질 듯한 정신 상태로 늘 생각하는 것은 임신이었다. 그러나 그게 진심으로 아이를 바랐던 것인지, 단순히 끝이 보이지 않는 괴로움에서 한시라도 빨리 해방되고 싶었을 뿐인지, 스스로도 알 수 없었다.

그러다가 서른아홉 살 11월 말, 처음으로 임신 판정을 받았다.

아무리 노력해도 결과 없는 시간을 너무 오래 보냈던 탓에 클리닉에서 "축하합니다"라는 말을 들어도 바로 기뻐하지 못했다. 아직 방심할 수 없다, 아직 안심할 수 없다, 나이를 생각하면 유산할 가능성도 충분히 있다. 그렇게 마음을 다잡으며 일주일마다 클리닉을 찾았다. 5주 차의 초음파 검사로 태낭을 확인했고, 입덧하듯이 몸 상태가 안 좋아진 6주 차에는 심장박동을 확인했다. 흑백 영상 속에서 자그마한 심장이 콩닥콩닥 움직이는 것을 봤을 때, 눈물이 멈추지 않았다. 클리닉에서 받은 초음파 사진을 직장에 있는 기미타카에게도 곧장 보냈다. 기미타카는 점심시간에 전화를 걸어 "대단하다, 이렇게 작은데 살아 있다니"라고 말했다. 연신 고개를 끄덕이며 또 눈물을 흘렸다. 그래, 살아 있다. 내 뱃속에서, 나와 그의 작은 아이가. 전화를 끊고 하늘에서 내려오는 깃털 같은 눈을 보며 배에 살짝 손을 얹었다. 이 아이는 신께서 우리에게 주신 크리스마스 선물이다. 소중히 아껴야지. 내 일생을 걸고 사랑하자.

다음 주 검진에서도 "조금 느린 추세지만 자랐네요"라는 말을 들었다. 그러나 그다음 주 검사에서 "심장박동을 확인할 수 없다"는 말을 들었다. 영문을 몰랐다. 의사는 계류유산이라고 설명했다. 아직 태아 단계조차 아니었던 세포의 성장이 멈췄다. 이건 부모에게 뭔가 문제가 있거나 엄마가 아기에게 해로운 일을 해서가 아니고, 예방도 치료도 불가능해서 운명이라고밖에 할 수 없습니다. 배려 담긴 어조로 설명을 듣는 동안, 아무 말도 할 수 없었다. 자궁에는 여전히 아기와 아기를 보호하는 내용물이 남아 있는 상태여서 자연히 배출되기를 기다릴지 수술로 배출할지 정해야 한다. 그러나 우선은 사흘 뒤에 한번 더 검사를 해보지요, 가능하면 남편분과 함께 오세요, 라는 말까지 듣고 넋이 나간 채로 클리닉을 나섰다.

아직 안정기에 들어서기 전이어서 기미타카 외에는 임신 사실을 알리지 않았다. 혹시 심장박동이 확인되지 않은 것은 뭔가 착오이고, 다시 검사해보면 아기가 심장박동을 되찾지 않을까? 몇 시간이나 인터넷 검색을 해보니 실제로 유산 진단을 받았으나 그 후에 심장박동을 확인했다는 사람의 경험담이 있었다. 아직 몰라, 아직 살아 있을지도 몰라. 그런 간절한 기대를 지우지 못해 기미타카에게 쉽게 말을 꺼낼 수 없었다. 싱크대 앞에서 나란히 저녁 설거지를 하는데 "안색이 안 좋은데 혹시 무슨 일 있었어?" 하고 기미타카가 물어서, 그제야 간신히 클리닉 의사가 했던 말을 털어놓았다. 기미타카는 묵묵히 손을 잡아주었다. 덕분에 자기 손이 내내 떨리던 것을 알았다.

재검사로 계류유산임을 정식으로 진단받았다. 해가 바뀌고 바로 기미타카와 함께 시내 종합병원에 방문해 수술했다. 하늘에 구름이 두껍게 드리운, 몸도 마음도 얼어붙을 듯이 추운 날이었다.

"어디서 쉬었다 갈까요?"

무뚝뚝한 목소리에 퍼뜩 정신이 들었다. 빨간불에 멈춰 있었던 경트럭이 이미 2차선 도로를 달리고 있었다. 세쓰나가 정면을 향한 채 곁눈질했다.

"가오루코 씨, 저번에 티켓이 끝나고 꼬르륵 소리가 나기도 했고, 뭔가 먹을까요."

아하, 하고 생각했다. 이 아이는 이런 식으로 마음을 쓰는구나.

"걱정하지 마. 지금은 멀쩡하고, 걱정할 만큼 좋은 사람이 아니야, 나는."

가오루코는 입술 한쪽을 올리며 웃었다.

"아까 그 사람이 얼마나 힘든지, 집을 보자마자 알았어. 네 샌드위치를 울면서 먹는 그 사람을 보면서, 정말 그 이상은 불가능할 정도로 노력하고 있고 몸도 마음도 한계에 달했다는 걸 알았어. 그런데도 역시 나는 생각하게 돼. 당신은 낳았잖아, 그것도 둘이나 있으니까 그 정도 고생은 당연하지, 그러면서 도키와 씨한테까지 도움을 받다니 비겁해. 낳은 걸 후회한다고 말할 정도라면 아이들을 내게 줘. 전부 알면서도 이런 생각이나 하는 여자야. 그러니까 신경 쓸 것 없어. 고마워."

위로인 것은 알았다. 그래서 마음을 담아 고맙다고 했다.

한동안 말없이 운전하던 세쓰나는 갑자기 깜빡이를 켜 차선을 바꾸고 교차로에서 오른쪽으로 꺾었다.

"어? 어디 가? 아파트는 좌회전……."

"뭐 드시고 싶은 거 있어요?"

가오루코는 웃는 기색이라곤 없는 옆얼굴을 응시했다.

"……말했지, 괜찮으니까 신경 쓰지 말라고."

"하루히코가 좋아했던 요리, 먹고 싶지 않나요?"

말문이 막혔다. 그건, 솔직히 엄청나게 먹고 싶다.

세쓰나는 속을 들여다본 것처럼 곁눈질로 이쪽을 보더니 웃지도 않고 말했다.

"결정이네요."

세쓰나는 대담하게 핸들을 움직여 대형 마트 주차장으로 들어갔다. 가오루코는 늘 집 근처 마트를 이용하는데, 세쓰나는 다양한 마트를 알고 있었다. 널찍한 주차장은 토요일 오후여서 차량으로 꽉 찼고, 사람들이 끊이지 않고 출입구를 드나드는 광경을 보니 기분이 들떴다.

"물론 자금은 대셔야 합니다."

"좋아. 흑모 와규(일본 소고기의 대표 품종)든 푸아그라든 원하는 걸 얼마든지 사도 돼."

"분명 그렇게 말씀하셨어요. 사양 안 할 테니 잘 부탁해요."

세쓰나가 차례차례 장바구니에 담은 것은 고기, 고기, 고기였다. 뼈 있는 닭다리살 네 점, 얇게 썬 구이용 소고기와 자투리 고기도 가득. 매장을 이동해 감자, 호박, 아스파라거스, 당근, 양상추 등 채소도 호쾌하게 바구니에 던졌다.

"그리고 이것도 부탁해요."

마트에 빵집이 입점해서 갓 구운 빵과 디저트가 투명 케이스에 진열되어 있었다. 세쓰나가 가리킨 것은 데니시 사이에 생크림을 듬뿍 넣고 초콜릿을 뿌린 빵이었다. 보기만 해도 달콤한 그 빵을 세쓰나는 두 개 담더니 마트에서 나오며 "여기요" 하고 하나를 가오루코에게 내밀었다.

"요리에 쓰려는 게 아니야?"

"설마요. 요리하기 전에 배 좀 채우려고요."

주차장을 걸으며 세쓰나는 입을 크게 벌리고 생크림과 초콜릿 범벅인 빵을 먹었다. 가오루코는 걸으며 음식을 먹지도, 남 앞에서 저렇게 입을 크게 벌리고 뭔가 먹지도 않는다. 예의범절에 한해서는 부모님이 엄격하게 가르쳤고, 하루히코도 마찬가지였다. 그러나 지금, 예의 따위 무시하고 길에서 빵을 먹고 손가락에 묻은 크림을 붉은 혀로 핥는 그녀를 눈앞에서 보자 배가 꼭 조여들었다. 체온이 올라가고 맥박이 빨라졌다. 어, 이게 뭐지? 머뭇거리며 자신도 입을 크게 벌려 빵을 덥석 물었다. 바삭한 데니시에 넘치도록 든 우유 생크림은 초콜릿과 함께 혀 위에서 녹았다. 초콜릿 위에 뿌려진 크런치의 아작아작한 식감도 쾌감을 줬다. 그러나 그 무엇보다 무진장 달콤했다. 뇌가 흐물흐물해질 정도로 달아서 쾌락 물질이 뇌에서 무섭도록 분비되었다.

“이거, 악마의 음식이다.”

“뭐 어때요. 어차피 오늘은 악마에게 몇 번이나 영혼을 팔게 될 테니까 이런 빵 하나쯤은 아무것도 아니에요.”

아파트에 도착해 먼저 둘 다 손을 꼼꼼히 씻었다. 부엌 조리대에 에코백을 내려놓은 세쓰나는 큰 냄비로 물을 끓이기 시작했다.

“애니메이션에서 종종 해적 같은 사람들이 물고 뜯는 커다란 통뼈 고기 있잖아요. 그게 먹고 싶다고 부탁한 적이 있었어요.”

대형 볼을 꺼낸 세쓰나는 튜브형 다진 마늘과 생강을 넣은 간장 소스를 만들고, 거기에 얇게 썬 구이용 소고기와 자투리 고기를 투입해 주물렀다. 늘 그렇듯이 손이 잽싸다. 일단, 볼에 수북히 쌓아 소스에 재운 소고기는 옆에 둔다. 다음으로 도마 위에 올라온 것은 닭다리였다. 세쓰나는 닭다리살에서 여분의 지방을 식칼로 제거하고 관절 부근에서 잘라 아랫다리와 넓적다리 부위로 나눴다. 그다음 소금과 후추를 고루고루 뿌려 밑간을 했다. 단골 많은 피부 미용사처럼 요염한 손놀림이다.

세쓰나는 그중에서 뼈가 튀어나온 아랫다리 부위의 고기 네 점을 내열 비닐에 담아 밀봉했다. 그러고는 딱 뜨끈한 욕조 물 정도의 온도가 된 냄비 물에 비닐을 담갔다.

"따뜻한 물에 데우는 거야?"

"고기 중심부만 살짝 데우려는 거예요. 두툼한 고기를 차가운 상태로 구우면 뼈 주변은 설구워지기도 해서."

그렇군, 역시 프로는 섬세하다. 감탄하는 사이, 세쓰나는 냉장고 중간 문을 열었다. 버터를 꺼내면서 문 안쪽 선반에 슬쩍 시선을 준 것을 가오루코는 알아차렸다.

"이제 안 마셔. 어디 사는 누구 씨가 츄하이를 전부 버린 뒤로 한 번도."

마시고 싶은 마음은 지금도 있다. 특히 기분이 우울한 날, 세상 그 누구도 자신을 필요로 하지 않는다는 생각이 드는 날, 퇴근길 마트에 들러 색색의 츄하이 캔을 보면 무심코 손을 내밀고 싶어진다. 그러나 그럴 때 깨끗하게 헹궈진 빈 캔이 싱크대에 가지런히 놓인 광경을 떠올리면 자연히 손이 주춤했다.

뻔뻔한 요리사는 눈을 동그랗게 떴다.

"그런 일을 한 인간이 있나요? 놀랍네요."

"어머, 원한다면 세면대 앞에 가보지? 바로 만날 수 있어."

냄비에서 아랫다리를 10분가량 데운 뒤, 세쓰나는 오븐을 120도로 설정해 예열을 시작하고 가스레인지에 프라이팬을 올렸다. 따뜻한 물로 데워 표면이 살짝 하얘진 아랫다리 네 점이 프라이팬에 놓였다. 뚜껑을 덮어 약불로 구우며 세쓰나는 도마에 남은 넓적다리를 가리켰다.

"이 고기로는 프라이드치킨을 만들 생각인데 괜찮으세요? 가오루코 씨, 이제 튀김을 먹기는 부담스럽나요?"

"아무렇지 않게 사람을 늙은이 취급하네. 물로 보지 마, 프라이드치킨쯤 끄떡없어. 척척 튀기시지."

세쓰나는 프라이팬 속 아랫다리를 때때로 뒤집고 뚜껑 안쪽에 붙은 증기를 닦아내며 굽는 한편, 마법의 약이라도 만드는 것처럼 볼에 우유, 달걀, 마늘, 케첩, 우스터소스, 카레 가루, 꿀 등 각종 조미료를 넣어 넓적다리를 양념했다. 그 작업을 마친 다음에는 랩을 넓게 펼쳐 간장 소스에 절인 구이용 소고기를 가지런히 깔고, 그 위에 자투리 고기를 빈틈없이 겹치도록 잘 펼쳤다. 그리고 노릇한 갈색빛으로 구워진 아랫다리를 뼈 끝 부분이 양쪽으로 튀어나오도록 두 개씩 배치하고, 후토마키즈

시(여러 재료를 넣어 굵은 김밥처럼 만 초밥)를 만들 때처럼 돌돌 말아서 모양을 만들었다.

옆에서 들여다보며 가오루코는 설렘을 억누르지 못했다. 세쓰나가 만드는 것은 정말로 애니메이션이나 만화책에 종종 등장하는 그 큼지막한 통뼈 고기였다. 중학생 시절, 금요일 밤에 TV에서 방영된 애니메이션에 해적이 이런 고기를 덥석 먹는 장면이 있었다. 그게 어찌나 맛있어 보이던지 입에 침이 고여 삼켰던 기억이 있다. 무릎 위에 안겨 있던 어린 하루히코도 즐거워하며 다리를 바둥거렸다. 비단실처럼 부드럽고 찰랑거리는 아이의 머리카락에 조명이 드리워 천사의 고리를 만들었다.

예열한 오븐으로 20분 남짓 고기를 구웠다. 그동안 세쓰나는 감자, 호박, 아스파라거스, 당근을 프라이팬에 넣고 쪘다. 양상추는 씻어서 물기를 빼고 널찍한 접시에 깔았다. 그리고 드디어 오븐이 다 됐다는 경쾌한 멜로디를 노래했다.

상쾌한 녹색 양상추 위에 놀랍도록 커다란 통뼈 고기 두 쌍이 놓였다. 마무리로 번들번들 빛나는 구수한 간장 양념을 듬뿍 얹었다.

"아, 포크랑 나이프!"

"무슨 소리예요, 이런 건 손으로 들고 먹어야 제맛이죠."

테이블에 마주 보고 앉은 세쓰나는 큼직한 고기의 양쪽에 튀어나온 뼈를 두 손으로 잡더니 이로 고기를 잡아 뜯듯이 깨물었다. 이렇게 야만적으로 고기를 먹는 여자는 태어나서 처음 봐서, 가오루코는 숨을 쉬는 것도 눈을 깜박이는 것도 잊고 바라보았다. 세쓰나가 소스와 기름에 젖은 입술을 약지로 닦고 그 부위를 핥는 것을 본 순간, 심장이 덜컥 튀어나올 뻔했다. 충격이 몸의 더 깊은 곳까지 도달해 아랫배가 찌릿하게 뜨거워졌다. 노력과 규칙에 통제되었던 지금까지 인생에서는 맛본 적 없는 감각에 혼란스러워하며 눈앞에서 고기를 물어뜯는 열두 살이나 어린 여자에게서 시선을 떼지 못하는데, 짙은 초콜릿색 눈동자가 이쪽을 봤다.

"왜 그러세요? 뜨거울 때 안 먹으면 맛이 떨어져요."

큼직한 고기가 담긴 접시가 가까워진 순간, 배에 서린 열기의 정체를 알았다. 이것은 욕망이다. 그것도 이때껏 느껴본 적 없이 강렬한. 극심한 허기와 비슷한 것이 차오르고 침이 샘솟아 튀어나온 뼈를 두 손으로 쥐고, 한껏 입을 벌려 덥석 물었다. 뜨겁다, 이것이 처음으로 느낀 감각. 묵직하고 두툼한 고기의 씹는 맛을 느끼는 순간, 숲에서 해치운 먹잇감을 모닥불로 구워 먹은 기억이 되살아나는 기분이었다. 그런 경험은 애초에 없을 텐데 말이다. 뚝뚝 떨어지는 육즙과 소스가 섞여 입안 가득 농후한 감칠맛이 퍼졌다. 고기가 입을 꽉 채워서 말로는 표현하지 못했지만, 세쓰나가 웃는 걸 보니 내 표정만으로도 마음이 전해졌나 보다.

이 요리를 먹으며 기뻐하는 하루히코의 모습이 지금 눈앞에 보이는 것처럼 생생하게 떠올랐다. 코가 시큰해졌다. 만나고 싶어서 가슴이 아팠다. 만나고 싶다고 생각하며 또 입을 크게 벌려 고기를 덥석 물었다. 고기를 먹을 때마다 아드레날린이 폭발했다. "채소도 드세요" 하고 세쓰나가 권해서 입에 넣은 익힌 채소는 전부 달고 포슬포슬해서 폭주하려는 욕망을 다정하게 달래주었다.

"이거 정말, 맹렬하게 마시고 싶어진다."

"그럴 때는 고기를 더 먹는 게 좋아요. 슬슬 프라이드치킨, 가도 괜찮을까요."

"음, 잠깐만, 이 고기만으로도 배가 제법……."

한심하다는 듯 코웃음을 친 세쓰나는 부엌으로 가더니 잠시 뒤, 전에 파르페를 만들어줬던 맥주잔을 가지고 왔다. 잔을 채운 아름다운 노란빛 액체는 탄산이 펑펑 터지고 구름처럼 하얀 거품이 일었다. 어딜 어떻게 봐도 맥주여서 곤혹스러웠는데, 세쓰나가 시치미를 뗀 얼굴로 말했다.

"맥주가 아니에요. 냉장고에 있던 사과 주스에, 채소 칸에 있던 사과를 갈아 넣고 탄산수를 섞었죠. 거품 부분은 젤라틴이에요."

"젤라틴? 이게?"

"물에 불려서 전자레인지로 데우고, 식히면서 거품을 내면 금방 만들 수 있어요. 그렇게 사과 소다에 거품을 얹으면 완성. 사과는 소화 흡수를 도와주니까 이제 위장이 젊지 않은 가오루코 씨에게도 잘 맞는 음료죠."

"너 일일이 가슴에 못을 박네. 그래도 고마워."

"프라이드치킨은 튀겨서 얼려둘 테니까 드시고 싶을 때 해동하세요."

"괜찮아, 내가 먹을 때 튀겨도 돼."

"자기가 먹으려고 튀기는 건 귀찮잖아요."

세쓰나는 자리에서 일어나 부엌으로 갔다. 조리대 너머로 반듯하게 등을 편 그녀의 뒷모습이 보였다. 가스레인지에 튀김 냄비를 올리는 소리. 기름을 붓고 불을 켜는 소리. 갑자기 가슴이 아프게 조여들어서 가오루코는 눈동자에 차오르는 것을 참았다.

기미타카도 없고, 하루히코도 떠났고, 앞으로는 혼자서 살아가야 한다. 조금씩이지만 그것을 받아들이고 있다. 감사하게도 안정적인 직장도 있고 희망하는 한 계속 지낼 수 있는 집도 있으니 분명 어떻게든 살아갈 수 있다.

그러나 어찌할 도리 없이 쓸쓸하다.

항상 어딘지 삭막했던 마음에 누군가가 자신을 위해 요리를 해줬다는 사실이 찡하게 스며들 정도로.

"저는 아이를 갖고 싶다고 생각한 적이 없어요. 그건 앞으로도 달라지지 않을 거예요."

세쓰나가 등을 보인 채 소스에 재운 닭 넓적다리를 쟁반에 펼치고 밀가루를 뿌렸다.

"……왜 그런지 물어봐도 돼?"

"갖고 싶지 않으니까, 라고 대답할 수밖에 없는데요. 태어나는 게 좋은 일인지 저로서는 모르겠고, 아이는 자기가 자랄 환경도 고르지 못하는데 이렇게 점점 망가지는 세계에 몇십 년이나 되는 인생을 짊어지고 태어나게 한다는 게 너무 불합리하다고 생각해요."

비난이라고 생각했다. 지금 세쓰나가 하는 말을 생각해보지 않은 것은 아니다. 아이를 낳는 것은 결국 부모의 이기심이라고 가오루코도 생각한다. 그런데 대체 어디에서 솟구치는지 자신도 모르는 갈망과 초조함에 휩쓸려 최첨단 의료 기술을 돈으로 사고, 육체의 노화와 운명을 거슬러 아이를 얻으려 했다. 자신은 부모가 될 가치가 있는 인간인가, 이 세상에 한 생명을 낳고 그 존재를 전부 책임질 수 있는가, 애초에 낳는다는 행위는 옳은가. 사실은 곰곰이 생각해야 하는 문제에 대답을 찾기도 전에 시간이 없다는 이유로 사고가 정지해서, 그저 자기 몸에 생명이 깃들게 하는 것에만 매달렸다.

그런 자기기만은 무의식중에 외면하고 필사적으로 아이를 키우며 살아가는 여성을 질투하는 자신을, 세쓰나가 경멸한다고 생각했다.

"그래도 가오루코 씨를 보면 생각하게 돼요. 이 사람은 살아 있는 것에 가치가 있다고 믿는다고요. 만약 아이가 생기면 아이를 행복하게 해주려고 전력으로 싸울 테고, 그런 사람에게서 태어난 아이는 어쩌면 '태어나길 잘했다'고 생각할지도 모른다고."

삐, 하고 높은 전자음이 들렸다. 가스레인지 센서에서 기름이 설정 온도가 됐다고 알리는 소리다.

"가오루코 씨는 자신을 너무 낮추면서 말씀하시는데, 적어도 하루히코에게는 그런 사람이 아니었어요. 성실한 노력가이고 풀썩 주저앉더라도 불굴의 레슬링 선수처럼 일어나는 사람이라고 자주 말했어요. 저도 처음 봤을 때, 과연 그렇다고 생각했어요. 하루히코네 부모님이 저에게 안주를 만들라고 했을 때, 바로 중재해주신 분이 가오루코 씨였으니까 지금도 별로 싫지 않아요."

은색 쟁반을 든 세쓰나가 밀가루 묻힌 고기들을 기름에 넣었다. 지글지글 수분과 기름이 맞붙는 격렬한 소리가 나다가 서서히 경쾌한 음색으로 바뀌었다. 시야에 작업복을 입은 세쓰나의 뒷모습이 물에 잠긴 것처럼 번져서, 가오루코는 그 물이 넘쳐흐르지 않도록 참으며 큼직한 통뼈 고기를 덥석 물었다. 너무 많이 먹어서 목이 막혔지만, 달콤새큼한 맥주 같은 사과 주스로 입을 헹구고 또 힘차게 고기를 뜯었다.

직업이 있고 집이 있고, 언젠가 태어날 아이를 위해 모은 돈도 있으니, 분명 앞으로도 살아갈 수는 있다.

그러나 나는 그것만으로는 마음을 지탱하지 못한다.

너는 여기에 있어도 된다고 누군가가 인정해주지 않으면 자신이 살아 있는 것을 긍정하지 못한다.

세쓰나는 그걸 잘 알고 있는 걸까, 아니면 모르면서 그런 말을 해주었을까.

별로 싫지 않다는 무뚝뚝한 한마디로 지금 목숨을 부지했다.

그 말만으로 앞으로 한 달쯤은, 무슨 일이 생겨도 살아갈 수 있겠지.

2

아침에 눈을 뜨면 협탁에 올려놓은 까만 벨벳 케이스를 집어 에메랄드 귀걸이를 보는 것이 습관이 됐다.

"귀 뚫었던 거, 막혀버렸는데."

기미타카가 떠난 지 오래인 지금은 혼잣말도 부끄럽지 않아졌다. 남동생의 유품이나 마찬가지인 귀걸이에 말을 걸며 얇은 귓불을 쥐었다.

고등학생 때, 반에서 인기 있던 여학생이 교칙 위반인 귀걸이를 했다. 가오루코는 그녀와 거의 대화한 적도 없는 사이였지만, 어른을 두려워하지 않는 모습이 멋있어서 남몰래 동경했다. 그래서 그녀를 흉내 내 귀를 뚫었다. 당시는 20세기 말, 이미 피어싱 도구도 팔고는 있었으나 고등학생 용돈으로는 망설여지는 가격이어서 가오루코도 주변 여학생들이 하던 방법을 따라 했다. 먼저 얼음으로 차갑게 해 귓불의 감각을 마비시키고 안전핀으로 구멍을 뚫는 것이다.

무서웠고 아팠지만, 거울 속 귓불에 작은 보석 귀걸이가 달린 것을 보면 밝은 고양감을 느꼈다. 그때까지 학교 교칙도 부모님의 가르침도 어기지 않고 살아왔다. 그런 자신이 부끄럽지는 않았으나 늘 어딘가 갑갑했다. 틈만 나면 거울을 살펴 머리카락으로 감춘 소소한 반역의 증거를 볼 때마다 자신이 누구에게도 지배받지 않는 인간이 된 것 같아 자랑스러웠다.

그러나 한 달도 지나지 않아 아버지에게 귀걸이를 들켰다. 뺨을 맞고 억지로 귀걸이를 뽑혔다. 엄마도 "네가 잘못했어. 아직 고등학생 주제에 멋 부리는 건 한참 일러"라며 감싸주지 않았다. 물론 내가 규칙을 어긴 것은 알고 있다. 그러나 억울함, 그 이상으로 강렬한 수치심과 슬픔을 견디지 못해 방에 웅크리고 앉아 울었다.

그때 하루히코는 다섯 살 정도였을 것이다. 어린 남동생은 누나 곁에 와 털퍼덕 주저앉아서 다정하게 머리를 쓰다듬어주었다. 언제까지나 계속, 그렇게 위로했다.

자기까지 슬픈 표정을 짓던 어린 하루히코의 얼굴이 떠오르자 아름다운 에메랄드가 눈물로 흐려졌다. 눈가를 훔치고, 귀걸이 케이스를 협탁에 올려놓고 일어났다.

거실로 가 베란다 입구 유리문 앞에 둔 아가베 베네수엘라 화분을 관찰했다. 열흘 전에 물을 줘서 지금은 흙이 말랐다. '흙이 마르면 화분 밑에서 물이 흘러나올 때까지 넉넉하게 물을 주세요'라는 설명서 지시대로 100엔 상점에서 사 온 물뿌리개로 화분 아래에 깔린 접시에 고일 때까지 물을 줬다. 최근 가족처럼 친밀감을 느끼기 시작한 이국 식물의 두툼한 잎을 만지작거리며 가만히 말을 걸었다.

"너는 그 아이한테 왜 이걸 보냈니?"

꽃은 수십 년에 한 번밖에 안 피지만 더위에도 추위에도 강하고, 물만 가끔 주면 방치해도 튼튼히 자란다고 한다. 부지런히 돌보지는 못하지만 생활에 자그마한 활기를 원하는 사람들이 선호하는 반려 식물이다. 다만 하루히코의 의도를 모르겠다. 도대체 어떤 의미를 담아 유산과는 또 별개로, 생일도 아닌 전 여자 친구에게 이것을 보냈을까. 게다가 상대방 주소쯤은 알았을 텐데 일부러 누나에게 맡겼다.

하루히코. 내가 어떻게 하길 바랐어? 무슨 생각이었니?

질문을 던져도 답은 돌아오지 않는다. 그러나 답을 듣지 못하더라도 묻지 않을 수 없었다.

가슴에 답답함을 남긴 채 옷을 갈아입고 화장하고 출근했다.

토요일, 가오루코는 아침 9시 반에 카프네 사무실 앞에서 세쓰나와 만나 그녀가 운전하는 경트럭으로 오전 방문처로 갔다.

이번 티켓 이용자는 나카노 씨라는 서른 살 남성으로, 2LDK 아파트에 두 살 아들과 산다. 마시멜로 같은 뺨을 가진 아이는 집에 찾아온 추리닝 입은 아줌마와 까만 작업복에 눈빛이 날카로운 여자를 보자마자 "으아앙!" 하고 외계인 침공이라도 받은 것처럼 울어대더니, 울 만큼 울고 지쳤는지 아빠 품에 안겨 잠들었다. 두 살 아이의 기운 넘치는 울음소리에 압도되었던 가오루코는 마음을 다잡아 거실 창문을 열고, 우선 바닥에 어질러진 옷들을 모아 종류별로 개키는 작업부터 시작했다. 거실과 이어진 부엌으로 직행한 세쓰나는 변함없이 맹렬한 속도로 식자재를 손질하고 요리를 만들었다.

아들을 옆방에 눕히고 돌아온 나카노 씨는 몸 둘 바를 모르겠는지 소파에 앉아 더듬더듬 말을 시작했다. 사실은 내내 누군가에게 토로하고 싶었던 것처럼.

"회사 동료나 친구한테는 아내가 몸이 안 좋아서 친정에서 요양한다고 말했지만, 사실은 갑자기 집을 나갔습니다. 제가 출근한 사이 아들을 우리 부모님 댁에 맡기고 그대로 사라졌어요. 처음에는 사고가 났거나 사건에 휘말린 줄 알고 제정신이 아니었는데, 아내 친구에게 연락이 와서 자기 집에서 지내니까 걱정하지 말라, 그러나 남편은 만나기 싫다고 하니까 한동안 내버려두면 좋겠다는 거예요. 왜 이렇게 됐는지 전혀 모르겠어요. 내가 뭘 했지? 내가 뭘 잘못했지? 물어보고 싶은데 메시지도 전화도 무시하니까, 정말 뭐가 어떻게 된 건지 지금도 몰라서."

이야기를 듣다가 정리하는 손이 멈추고 말았다. 똑같다. 갑자기 이혼하자고 하기까지 가오루코 역시 기미타카의 마음을 전혀 알아차리지 못했다. 알았을 때는 이미 회복도 바라지 못할 정도로 상대에게 자신은 무가치한 존재가 됐다.

"그러면 지금은 회사에 다니면서 집안일도 하시고 혼자 아드님을 돌보시는 거네요. 힘드시겠어요. 아드님이 아직 어린데."

"네…… 솔직히 이젠 지쳤어요. 그러다가 회사 선배가 가사 대행을 추천했습니다만, 그래도 역시 집안일을 남에게 부탁하는 건 부끄러울 것 같다고 주저했어요. 그랬더니 한번 시험 삼아 써보라고 이번에 티켓을 받았어요."

"그랬군요, 집안일 정도는 좀 더 노력하면 할 수 있다고 생각하기 쉽고, 가사 대행 서비스는 돈 많은 사람만 쓴다는 이미지가 있죠. 그래도 돈을 내 집안일을 안 해도 되는 시간을 사서 아드님과 나카노 씨의 마음을 지키기 위해 쓴다고 생각하면, 저는 돈을 아주 효율적으로 쓰는 것이라고 생각해요."

가오루코가 마치 카프네의 스태프라도 된 것처럼 이런 소리를 하면 부엌에 있는 세쓰나가 평소처럼 뭐라고 말할 줄 알았는데 오늘 그녀는 과묵했다. 나카노 씨와 가오루코가 무슨 대화를 하든 일절 끼어들지 않고 묵묵히 요리를 이어갔다.

세쓰나가 만든 요리는 연어와 두부로 만든 햄버그와 미니 크로켓이었다. 크로켓은 바로 냉동 보관하면 처음 튀겼을 때의 맛 그대로 먹을 수 있다고 한다. 또한 닭가슴살에 마요네즈와 된장과 옥수수알을 넣고 구운 치킨 너깃, 채소와 미트볼이

가득 들어간 카레, 고구마 수프, 달걀 된장 등 아빠와 아들 모두 맛있게 먹을 수 있게 한 배려심이 느껴지는 요리였다.

마지막으로 세쓰나는 밥그릇으로 모양 잡은 닭고기 볶음밥과 문어 모양 소시지, 미니 오믈렛, 방울토마토와 브로콜리 샐러드가 예쁘게 배치된 아기자기한 점심 식사를 테이블에 차리고 나카노 씨에게 담담하게 말했다.

"점심 드세요."

그 후 근처 패밀리 레스토랑에서 점심을 먹었는데, 세쓰나는 평소보다 말수가 적었다. 원래 그녀는 필요할 때만 입을 여니 기분 탓일지도 모르지만.

"아까 그 댁의 부인, 대체 무슨 일이 있었을까."

"글쎄요. 개인 사정은 캐묻으면 안 되니까요."

무뚝뚝한 태도는 늘 그러니 이미 익숙했다. 그렇기는 하지, 하고 대꾸하며 가오루코는 한치 명란 크림 파스타를 포크로 말았다. 찰보리를 넣은 소 힘줄 카레를 스푼으로 떠먹던 세쓰나가 "그래도" 하고 말했다.

"외부자는 무슨 일이 있었는지 모르고 그럴 만한 이유가 있었겠지만, 그래도 말없이 나가는 건 아니라고 생각해요. 인간이란 안 그래도 엇갈리는 법인데, 말로 표현하는 것까지 포기하면 상대방은 아무것도 알 수 없어요. 부인은 그럴 의도가 아니었을지도 모르고, 표현하지도 못할 정도인 정신 상태일 가능성도 있지만, 제게는 입을 다물어서 남편을 괴롭히는 것처럼 보여요. 게다가 아이는 버림받은 것을 분명 평생 잊지 못하겠죠.”

상당히 놀랐다. 처음이지 않을까. 세쓰나가 이렇게 개인적인 감정을 담아 말한 것은.

“그러게…… 알아차리지 못한 시점에서 이미 끝난 건지도 모르지만, 그래도 말해주길 바라게 돼. 함께할 수 있다면 단 한 번이라도 좋으니까 잘못된 점을 고칠 기회를 얻고 싶어. 노력조차 할 수 없으면 괴로워.”

나카노 씨 얘기를 이용해 사실상 자기 이야기를 하고 있다는 자각은 있다. 하지만 지금도 생각한다. 기미타카가 어떤 마음이었는지 말해주길 바랐다. 왜 헤어지고 싶다고 생각했는지 알려주길 바랐다. 적어도 한 번이라도 다 터놓고 대화하고 싶었다.

그 말을 끝으로 세쓰나는 말없이 카레를 먹었다. 왠지 꿍한 표정에서 본의 아니게 개인적인 감정이 담긴 발언을 해버렸다는 마음이 읽혔다. 여러모로 믿음직스러워 자주 깜박하지만 자신보다 열두 살이나 어린 그녀를 가오루코는 바라보았다.

“말하는 게 중요하니까 말해두겠는데, 네가 만드는 요리를 언제나 감탄하며 보게 돼. 그 요리를 먹을 사람들을 잘 생각해서 만들었다는 게 느껴져. 오늘은 카레에 들어가는 고기를 미트볼로 한 점이 좋았어. 그 집 아들이 분명 기뻐할 거야.”

스푼을 멈춘 세쓰나는 그야말로 성대하게 얼굴을 찌푸려 보였다.

“초등학교 선생님처럼 거만하게 굴지 말아주실래요.”

“미안하네. 나는 너랑 다르게 솔직해서 생각한 걸 말하거든.”

“그러네요, 사람 피를 두고 모스그린이나 코발트블루 색깔 아니냐고 깎아내렸죠.”

가오루코는 옥신각신 말을 주고받으며 머릿속으로 셈해보았다. 세쓰나는 남동생과 사귀고 헤어졌다. 남동생은 그녀에게 유산을 주고 싶어 한다. 그걸 그녀는 원하지 않는다. 작업복만 입는다. 항상 정비사처럼 투박한 부츠를 신는다. 머리카락은 반드시 동그랗게 말아서 틀어 올린 만두 머리 스타일. 실력이 뛰어난 요리사인 점. 평소에는 새침하면서 요리할 때는 더할 나위 없이 진지한 점. 사실은 마음이 섬세한 점.

자신이 아는 세쓰나는, 그녀를 이루는 전체 중 몇 분의 일일까.

오후의 티켓 의뢰인은 중학생 아들과 초등학생 딸을 키우는 여성으로, 가오루코와 세쓰나는 시영 주택 3층인 자택을 방문했다.

카프네에서는 티켓을 진행하는 두 시간 동안 집주인에게 집에 있어달라고 요청한다. 트러블 방지와 예상치 못한 사태 발생 시 정보 공유와 신속한 대처를 위해서다.

그런데 가오루코가 초인종을 누르자 문을 열고 나온 소년은 굳은 표정으로 이렇게 말했다.

"죄송합니다. 엄마가 갑자기 주말 출근이 잡혀서 조금 전에 나가셨어요."

엇, 하고 반응한 가오루코는 옆에 선 세쓰나를 살폈다. 이럴 때 어떻게 대처해야 하는지 듣지 못했다.

상대가 아직 앳된 티가 남은 소년이라 그럴 테지, 세쓰나는 평소보다 조금 더 부드러운 어조로 반응했다.

"그렇다면 다음에 다시 날을 잡아 방문하겠습니다. 티켓에 기한은 없으니 괜찮으신 날에 다시 연락해주십사 어머님께……."

"아니요, 제가 대신 있을 테니 정해진 대로 해주세요."

소년의 말에는 힘이 있었다.

"그럴 수는 없습니다. 만약의 일이 생길 때를 위해서도 가정 내 책임자가 없을 때 저희는 댁에 들어가지 않는 규칙이 있습니다."

"절대 아무런 문제 없을 테고, 생겨도 책임지라는 소리 안 할게요. 예약한 대로 부탁드립니다."

가오루코가 뭔가 이상하다고 느낀 것처럼 세쓰나도 어떤 냄새를 맡았을 것이다. 소년을 바라보는 그녀의 표정에서 알 수 있었다. 한동안 사이를 두고 세쓰나가 말했다.

"알겠습니다. 그럼 실례하겠습니다."

잠깐만, 하고 놀라서 소매를 잡아끄는 가오루코를 거들떠보지도 않고 세쓰나는 소년에게 안내를 부탁했다.

현관을 지나면 바로 부엌과 식사 공간이었다. 넓이는 대략 두 평 반 정도 될까. 싱크대는 비닐봉지와 페트병, 플라스틱 용기에 점령되었고 쓰고 내버려둔 접시도 쌓여 있었다. 일단 여길 먼저 청소하자, 그래야 세쓰나가 요리를 시작할 수 있다. 티켓 방문도 벌써 여섯 번째여서 반사적으로 작업 순서를 생각할 수 있다.

소년은 부엌 안쪽의 두 개의 문 중 하나를 가리키며 욕실과 화장실이라고 설명했다. 다른 쪽 문을 열자, 거긴 세 평 정도의 다다미방이었다. 벽에 쌓인 수납 박스에는 형형색색의 동화책, 인형과 장난감, 여성용 가방과 서류 더미, 화장 도구를 담은 바구니 따위가 들어 있었다. 방구석에 놓인 TV 옆에는 연보라색 책가방과 까만색 학교 가방이 나란히 있었다.

방 중앙에 놓인 좌식 테이블에서 동그란 버섯 머리의 어린 여자애가 노트를 펼치고 열심히 그림을 그리고 있었다. 노트 아래에 삐죽 튀어나온 문제집에 '1학년 한자'라는 글씨가 보였다.

소년이 "노노카" 하고 부르자 여자애가 고개를 번쩍 들었다.

"인사해야지."

"안녕하세요……."

낯을 가리는 작은 목소리가 귀여워서 가오루코는 부드러운 표정으로 "안녕" 하고 인사를 건넸다. "노노카는 이름에 어떤 한자를 쓰니?” 하고 묻자, 여자애는 놀란 표정을 지었고 대신 소년이 “그냥 한자 없이 노노카라고 해요”라고 알려주었다. 참고로 소년의 이름은 니시카와 다쿠토, 중학교 3학년이라고 한다.

이런 대화를 나눠도 세쓰나가 전혀 끼어들지 않아 의아하다 싶었는데, 세쓰나는 어느새 부엌으로 이동해 냉장고를 열어보고 있었다. 가오루코는 “잠깐 실례할게”라고 남매에게 사회인다운 미소를 보이고 성큼성큼 접근해 만두 머리 요리사를 작은 목소리로 혼냈다.

“너, 인사 정도는 제대로 해야지. 우리 같은 어른이 애들한테 모범을 보여야 되지 않겠어.”

몸을 굽혀 냉장고를 살피는 세쓰나는 말이 없었다. 뭐야, 무시해?

“그리고 정말 이대로 시작하려고? 나는 도키와 씨한테 일단 연락해야 한다고 봐. 역시 아이들만 있는 집에 들어가는 건 좀 아닌 것 같아. 뭔가 문제가 생기면 우리뿐 아니라 도키와 씨나 카프네 전체의 문제가 될지도 모르고……”

세쓰나가 냉장고 문을 닫고 몸을 일으켰는데, 그 사나운 옆얼굴을 보고 가오루코는 말을 멈췄다.

“……왜 그래?”

세쓰나는 말없이 싱크대 아래에 놓아둔 조리 도구 세트가 든 가방에서 오래 쓴 커다란 프라이팬, 도마, 식칼을 꺼내 프라이팬을 가스레인지에 올렸다. 그러더니 재료가 든 상자에서 양배추를 꺼내 맹렬하게 썰기 시작했다.

"가오루코 씨. 괜찮다면 싱크대 청소를 부탁드려도 될까요?"

식칼 속도를 전혀 줄이지 않고 말하는 세쓰나의 박력에 압도되어 가오루코는 고무장갑을 끼고 설거지를 시작했다. 쓰레기를 잽싸게 봉지에 담고 조리 도구를 우선해서 헹구고, 거름망에 가득한 음식물도 제거해 세쓰나가 쓰기 편하게 부엌을 정리했다. 지금 막 씻은 소쿠리에 얇게 썬 양배추를 담은 세쓰나는 먼저 볼에 밀가루, 달걀을 넣어 물과 우유로 묽게 푼 뒤, 상자에서 꺼낸 건조 새우 한 봉지와 양배추를 넣어 잘 섞어 반죽을 만들었다. 이쯤에서 가오루코도 세쓰나가 맹렬한 속도로 만드는 요리가 뭔지 알아챘다. 세쓰나는 프라이팬에 샐러드유를 달구고 국자로 반죽을 퍼서 반죽 두 개를 구웠다. 하나는 다소 작게, 하나는 큼직하게. 지글지글 기분 좋은 소리가 나자 "뭐 만든다!"라는 노노카의 목소리가 문 너머로 들렸다. 타이르는 다쿠토의 목소리도.

가오루코는 설거지를 계속하며 세쓰나의 요리 속도에 주의를 기울여, 반죽 양면이 노릇노릇 익은 시점에 세쓰나에게 수술실 조수처럼 접시를 쓱 내밀었다. 오코노미야키 크기에 맞춰 크고 작은 접시 두 개였다. 세쓰나는 따끈따끈한 오코노미야키에 소스를 넉넉히 뿌리고 마요네즈로 섬세한 레이스 같은 무늬를 그렸다. 마무리로 가다랑어 포를 듬뿍 뿌리는 것도 잊지 않았다. 파래는 식자재 상자에 없었으므로 생략이다.

"간식이야. 먹어."

남매가 있는 다다미방으로 저벅저벅 들어간 세쓰나가 웃지도 않고 테이블에 접시 두 개를 놓았다. 작은 접시는 노노카 앞에, 큰 접시는 다쿠토 앞에. 남매는 둘 다 놀란 고양이 같은 표정이었는데, 특히 윤기 자르르한 소스와 마요네즈가 듬뿍 올라간 오코노미야키를 멍하니 바라보는 노노카는 큼지막한 눈이 굴러떨어질 것만 같았다.

"정말?"

"응, 먹어봐."

"정말 먹어도 돼?"

"물론이지. 애, 너는 좋아하는 음식이 뭐야?"

쪼그리고 앉은 세쓰나가 묻자, 노노카는 젓가락을 움켜쥐고 안절부절못하며 대답했다.

"피자."

"피자구나. 나도 좋아해. 빵이 바삭바삭한 것보다 폭신폭신한 걸 더 좋아해."

"노노는 바삭바삭한 게 훨씬 좋아."

힘찬 주장을 듣고 세쓰나가 웃었다. 다정한 미소였다. "식기 전에 먹어" 하고 재촉하자 정신없이 오코노미야키를 먹기 시작한 여동생 옆에서 다쿠토는 입을 꾹 다문 채 젓가락을 쥐려

하지 않았다. 세쓰나는 오빠 쪽을 돌아보았다.

"어제는 저녁에 뭐 먹었니?"

대답은 몇 초 뒤였다.

"대충 빵 같은 거요."

"오늘 아침은?"

"……엄마가, 주말 출근을 하게 돼서."

세쓰나는 아무 말 없이 작게 고개를 끄덕이고 몸을 일으켰다.

"너는 뭐 좋아해? 먹고 싶은 거 있어?"

"딱히 아무거나 괜찮아요."

"자기가 먹고 싶은 것도 제대로 말하지 못하면서 앞으로 이 고된 세상을 어떻게 살아갈 생각이야?"

기고만장하게 팔짱을 낀 세쓰나에게 그런 말을 들으니 예의 바른 소년도 발끈했나 보다.

"갑자기 좋아하는 걸 물어보면 잘 모르겠고, 애초에 뭐가 좋다고 말하면 뭐든지 만들어줄 수 있어요?"

"물론 만들 수 없는 것도 있지. 그걸 판단하려고 네 의견을 물었어. 나는 너희를 위해 요리를 하려고 왔으니까."

따뜻한 김이 나는 오코노미야키를 바라보며 입을 다물고 있던 다쿠토가 불쑥 말했다.

"오므라이스."

"달걀은 부드럽고 몽글몽글한 거? 아니면 얇게 구워서 밥을 감싸는 타입?"

“······얇게 구운 달걀이 볶음밥 위에 올라간 거요. 감싸지 않고요.”

“알았어.”

간결하게 대답하자마자 세쓰나가 이쪽으로 다가와서, 입구에 서 있던 가오루코는 밖으로 나갔다.

그리고 문을 닫은 뒤, 아이들에게 들리지 않게 신중히 목소리를 낮추고 말했다.

“역시 도키와 씨한테 알려야 할 것 같아. 예상외의 일이 생기면 보통은 연락하는 법이잖아? 게다가 아까 냉장고를 살펴봤는데 안이······.”

“무슨 말씀인지 알아요. 지금 도키 씨에게 연락할게요. 그러는 동안 가오루코 씨, 부탁이 있는데요.”

부탁 같은 기특한 말이 뻔뻔한 요리사의 입에서 나와서 당황했다. 세쓰나는 작업복 주머니에서 작은 지갑을 꺼내 내밀었다.

“여기로 오는 도중에 있던 편의점에서 피자용 치즈와 스위트 콘과 소시지를 사다 주실래요? 조금 거리가 있지만 자원봉사로 온 가오루코 씨를 혼자 방문처에 두고 제가 나가는 건 좋지 않아서요. 심부름을 시켜서 죄송하지만.”

“그런 서먹한 소리 하지 마. 너답지 않아. 돈도 내가 낼게.”

지갑을 돌려주자, 세쓰나가 눈썹을 치켜올렸다.

“괜한 일은 안 하셔도 돼요. 가오루코 씨는 장만 봐주면 되니까.”

“티켓은 미리 준비한 식자재로 요리를 만드는 거잖아. 근데 너는 지금 네 사비로 재료를 추가하려는 거고. 나중에 발각되면 그거야말로 더 문제가 되지 않아? 그래도 나는 외부에서 온 자원봉사자니까 어느 정도 마음대로 해도 괜찮지. 공무원은 돈을 받는 것은 주의해야 하지만 내는 건 문제없고.”

“괜찮다니까요, 이건 내가 멋대로 하는……:”

“쓸데없는 소리 그만하고 빨리 도키와 씨한테 연락하고 요리해. 두 시간밖에 없으니까.”

허리에 두 팔을 대고 으름장을 놓자 세쓰나는 입을 다물었고, 그 틈에 가오루코는 자기 가방을 들고 밖으로 나왔다. 내리쬐는 햇살이 강렬해서 무심코 눈 위에 손차양을 만들었다. 가볍게 무릎을 굽혔다 펴서 근육을 풀고 달리기 시작했다. 육상부 소속이었던 건 중학생 때여서 지금은 완전히 운동 부족이지만, 달리다 보니 감각이 돌아와 경치가 휙휙 흘러갔다. 비슷한 모양의 단층집이 이어지는 골목 빈터에 노란빛이 활기찬 민들레가 가득 피었다.

언제 어느 때나 쿨한 세쓰나가 지금 이례적으로 감정적이다. 규칙을 깨고 어린 남매만 있는 집에 들어가 자기 사비를 써서 두 사람을 위한 요리 재료를 사려고 한다.

티켓의 파트너이자 연장자로서 말려야 했을까. 마음은 이해하지만 감정에 휩쓸리지 말라고 타일러야 했을까.

그러나 애초에 티켓 자체가 도키와 도키코라는 여성의 개인적인 감정에서 시작한 것이다. 누구나 굶주리지 않고 매일 생활하는 곳에서 편하게 지낼 수 있어야 한다. 아이도 어른도 관계없이 어떤 사람이라도. 세쓰나를 포함해 그런 마음에 공명한 사람들이 모여 매주 토요일의 소소한 활동이 만들어졌다.

편의점에서 세쓰나가 부탁한 식자재를 바구니에 담고, 가오루코는 괜한 참견인 줄 알면서도 전자레인지로 데우면 되는 즉석 밥과 병에 든 팽이버섯조림, 연어 플레이크, 각종 즉석식품, 삶은 달걀 등도 추가했다. 아무튼 오래 보존할 수 있고 먹기 간편하며 냉장고에 넣어놔도 별로 부담스럽지 않으며 필요할 때 아이들끼리도 먹을 수 있는 것을. 계산하려고 줄을 섰는데 바로 옆에 과자 진열장이 있어서 가오루코는 초콜릿 비스킷과 콩소메 맛 감자칩도 담았다.

가오루코는 외부에서 온 타인이다, 실제로 어떤지는 모른다. 정말로 남매의 모친은 예상 밖의 출근을 하게 되어 카프네에 연락하는 것도 잊을 정도로 허둥지둥 나갔을지도 모른다. 야무진 장남에게 곧 가사 대행 서비스 사람들이 올 테니 대신 집을 봐달라고 부탁했을지도 모른다. 그렇다면 다소 문제는 있어도 이상하지는 않다.

그래도 냉장고 앞에서 굳었던 세쓰나의 모습이 머리에서 떠나지 않았다.

작은 간장 통과 마요네즈 이외에 아무것도 없는, 텅 빈 냉장

185

고를 들여다보는 세쓰나의 옆얼굴은 말도 걸지 못할 정도로
사나웠고 몹시 괴로워 보였다.

가오루코가 장을 보고 돌아오자, 맹렬한 속도로 채소를 썰
던 세쓰나가 기특하게도 고맙다고 하곤 “일단 허가는 받았어
요. 어머니에게는 도키 씨가 계속 연락해본다고 해요”라고 말
했다. 아직 불안 요소는 남았어도 하기로 정해진 이상 전력을
다하겠다. 추리닝 소매를 걷어붙이고 욕실과 화장실 청소를
마친 가오루코는 먼지가 나지 않게 물티슈를 붙인 대걸레로
부엌 바닥을 닦았다. 다음으로 남매가 있는 거실에 “미안, 잠깐
실례할게” 하고 최대한 상냥하게 웃으며 들어갔다. 그런데 오
빠 다쿠토만 좌식 테이블에 문제집과 노트를 펼치고 앉아 있
었고 노노카가 보이지 않았다. 가오루코가 주변을 두리번거리
자, 다쿠토가 머쓱해하며 테이블 아래를 가리켰다.

“죄송해요, 얘는 금방 잠들어서요. 그것도 이상한 데서 자는
걸 좋아해서.”

좌식 테이블 아래를 살펴보니 몸을 만 노노카가 방석을 베
개로 삼아 새근새근 자고 있었다. 작은 몸에 별무늬 담요가 덮
여 있었다.

“여기에서 자지 말라고 몇 번을 말해도 안 들어서.”

“나도 나이 차이 나는 남동생이 있는데, 어렸을 때는 대체 왜
거기 들어가나 싶은 곳에서 낮잠을 잘 때가 종종 있었어. 제일

놀랐던 건 창고에 쌓아놓은 타이어 속. 타이어는 구멍이 뚫렸고 네 개쯤 쌓으면 깊이도 제법 되잖아? 그 안에 쏙 들어갔었어.”

눈을 동그랗게 뜬 다쿠토가 입가에 미소를 지었다. 어른스럽게 웃는 아이다. 가오루코는 “최대한 조용히 청소할게”라고 소곤소곤 말하고, 도키코가 준비해준 청소 도구 상자를 열었다. 안에 ‘다다미 전용 청소 시트’도 준비성 좋게 들어 있다. 바닥에 놓인 잡지와 이미 뜯은 우편물을 택배 상자로 일시 피난시키고 천으로 다다미를 닦았다.

“저, 뭐 도울 일은 없을까요?”

“괜찮아, 신경 쓰지 마. 이렇게 말해도 신경 쓰일 테지만 편하게 있어. 이건 그런 활동이니까.”

다쿠토는 잠깐 입을 다물더니 “저기요” 하고 목소리를 낮춰 말했다.

“정말로 돈, 괜찮아요?”

“응, 돈은 안 받아.”

“왜 이런 일을 하세요?”

이런 일이란 무료로 두 시간 가사 대행하는 것을 말할까. 혹은 가오루코의 개인적인 동기를 묻는 것일까, 아니면 좀 더 거창한 카프네의 이념을 묻는 것일까. 다쿠토는 어떤 마음으로 그런 질문을 했을까. 겨우 2, 3초간 생각하는 사이에 다쿠토는 “죄송해요, 아무것도 아니에요”라고 빠르게 말하고 수학 문제를 풀기 시작했다.

티켓 활동은 정해진 4시를 30분쯤 넘겨 끝났다.

"이 볶음 주먹밥은 냉동해둘 테니까 먹을 때 전자레인지로 2분 데워. 거기 반찬 용기는 우엉과 무와 당근 조림, 소송채와 참치 참깨 버무리, 연어를 튀겨서 타르타르소스를 뿌린 거. 이건 달걀 시리즈인데 달걀 장조림 여섯 개랑 달걀 된장. 밥은 직접 할 수 있니? 이거 흰쌀밥에 얹어서 먹으면 맛있거든. 달걀은 몸에 아주 좋으니까 챙겨 먹어. 그리고……."

다쿠토를 부엌으로 불러서 보관용 요리를 설명한 세쓰나는 랩을 씌운 접시 세 개를 가리켰다. 타원형으로 모양을 잡은 닭고기 볶음밥에 얇게 구운 달걀을 폭신하게 얹은 오므라이스였다. 두 개는 어른용 사이즈였고, 하나는 조금 작았다.

"이런 느낌이면 괜찮을까?"

다쿠토는 시선을 내리깔고 고개를 살짝 끄덕였다.

"이것도 먹기 전에 전자레인지로 데워. 1분 정도면 돼. 그리고 오늘 저녁 메뉴는 여동생에게 양보해줘."

세쓰나는 가스레인지에 올린 철제 프라이팬 뚜껑을 열었다. 다쿠토가 놀란 듯이 탄성을 질렀다. 뒤에서 들여다본 가오루코 역시 놀랐다.

프라이팬을 가득 채운 것은 피자였다. 피자는 오븐이나 화덕으로 굽는다고 생각했던 가오루코는 프라이팬에서 피자가 나타났다는 사실에 우선 어리둥절했다. 얇고 바삭바삭한 빵에 스위트 콘과 소시지, 치즈 토핑을 담뿍 얹었다. 가오루코는 테이블 아래에서 담요를 덮고 잠든 어린 여자애를 생각했다. 분명 기뻐하겠지.

"평소에 요리를 하니?"

"……달걀프라이 정도라면 가끔이요."

"좋네. 저녁 먹을 때, 이 뚜껑을 덮어서 중불과 약불 중간 정도로 5분간 데워. 마지막에는 강불로 10초간. 그러면 바싹하게 구워져. 참고로 이 프라이팬, 본체도 뚜껑도 철이라 뜨거워지니까 절대로 맨손으로 만지면 안 돼. 여동생도 건드리지 못하게 꼭 주의하고. 다 구워지면 반드시 불을 끈 다음에 접시에 담아서 같이 먹어."

설명을 마친 세쓰나는 조리 도구들이 든 가방을 어깨에 메고, 텅 빈 상자를 안고서 "실례했습니다" 하고 하여간 인정머리 없는 어조로 말했다. 성큼성큼 현관으로 가는 그녀의 뒤를 가오루코도 허둥지둥 청소 도구 상자를 안고 쫓아갔다.

"어…… 저기, 프라이팬은요? 그쪽 거잖아요."

"다음에 올 때 가져갈게."

"다음이라니."

"그때까지 여기 둬. 쓰고 싶으면 써도 상관없어. 굽고 조리고 튀기고 뭐든 할 수 있거든. 그래도 화상과 화재만큼은 꼭 조심하고."

현관까지 쫓아온 다쿠토는 곤혹스럽기 그지없는 표정이었

다. 대체 왜, 라는 질문이 또렷하게 아른거렸으나, 생각이 뒤엉켜서 어쩔 줄 모르는 것처럼 보였다.

투박한 블랙 부츠를 신은 세쓰나가 현관문을 열다가 손잡이를 잡은 손을 멈추고 돌아보았다.

카페에서 재회했을 때 가오루코를 꿰뚫어 본 것과 같은 날카로운 눈빛으로.

"부모를 너무 믿지 마."

차분한 목소리였다. 그러나 두렵도록 불온한 느낌을 담고 있어서 소년의 눈동자가 흔들렸다.

"아이를 사랑하지 않는 부모는 없다고 말하는 사람이 있는데, 그건 우연히 좋은 환경에서 태어나 문제없이 살 수 있었던 운 좋은 사람들이야. 부모 때문에 괴로워하고 버림받은 아이가 그런 말을 들으면 얼마나 배제되는 기분이 드는지 상상하지 못하는 인간이니까. 들은 척도 하지 마. 부모는 그냥 피가 이어졌을 뿐인 인간이라는 걸 알아둬."

"……아니, 얘가 무슨 소리를 하는 거야."

가오루코가 작업복 소매를 붙잡았으나 세쓰나는 이쪽을 보지도 않았다.

"너, 지금 중3이지. 내년에 고등학교는 갈 수 있니? 어머니가 진로에도 관심을 가지셔? 어머니는 너와 여동생이 앞으로 몇 년 동안 계속 학교에 다니고 공부하고 매일 세 끼니 밥을 먹고, 몸뿐만 아니라 마음도 건강할 수 있게 너희를 지켜주셔?"

오도카니 섰던 다쿠토가 격심한 분노로 얼굴을 찌푸렸다.

"뭐라고요? 갑자기 무슨 소리예요. 의미를 모르겠네, 기분 나빠."

"어머니가 너희 식사를 준비하지 않고 사라지는 거, 자주 있는 일이니?"

다쿠토의 표정이 굳어졌다.

"……아니라니까요. 그러니까 주말 출근이어서, 급했으니까."

"알았어. 그러면 됐어. 그건 이제 됐어. 하지만 이제부터는 앞날을 진지하게 생각해봐. 너는 아직 어른이 아니야. 하지만 여동생은 훨씬 어려. 그러니 여동생도 네가 생각해야 돼. 네 어머니는 너희를 건강하게 키울 의무를 제대로 지키는 사람이야? 미안하지만 나는 그 점에 의심이 드네. 네가 보기에 어머니가 너희를 소중하게 여기는 것 같아?"

"그만하라고! 애한테 대체 무슨 말을 듣고 싶어서 이래!"

팔을 잡아당긴 힘이 생각보다 강하게 들어가서 세쓰나의 몸이 휙 돌아가며 가오루코 쪽을 향했다.

찌르는 듯한 눈동자로 바라봐서 기가 죽었지만, 배에 힘을 꾹 주고 같이 노려보았다.

"그만하라니 왜요? 아까 가오루코 씨가 말하려고 한 것도 결국 이런 거잖아요?"

"그건……. 하지만 아이들에게 이렇게까지 말할 건 아니잖아. 어린애를 휘말리게 할 문제가 아니야. 너, 네가 한 말에 애가 얼마나 상처받을지 모르겠어?"

"아이라면 신이 봐줘서 끔찍한 일을 겪지 않게 해주나요? 그럴 리 없다는 것쯤 가오루코 씨도 알죠. 휘말리고 자시고 이 아이는 처음부터 당사자예요. 훌륭한 부모 밑에서 태어났다면 느긋하게 어른이 될 수 있었겠지만, 그렇지 않다면 자기 스스로 지킬 수밖에 없어요. 부모를 믿고, 사랑받고 싶어서 시키는 대로 하며 최선을 다해 착한 아이로 살다가 엉망으로 망가지는 아이가 얼마나 많은데요. 이대로 어머니와 지내면서 이 아이들이 매일 밥을 잘 챙겨 먹고 미래에 뭐가 되고 싶다고 원하는 대로 생각할 수 있겠어요? 상처받는다는 순진한 소리 하지 마세요. 현실적으로 아이들을 위해 할 수 있는 일을 하는 것이 어른의 일 아닌가요?"

그녀의 눈빛에 압도되어 목소리를 잃을 것만 같았다. 그렇지만 아니다. 아니라고 세차게 내지르는 비명을 복부 아래에서 느끼며 가오루코는 숨을 들이쉬었다.

"그래도 보면 알잖아? 이 아이들은 어머니를 사랑해. 네가 일방적으로 하는 말은 그런 마음에 큰 상처를 줄 거야. 제일 중요한 게 뭔데? 아이들이잖아? 아이들 마음을 소중히 하지 않으면 무슨 말을 해도 독선이야."

"가오루코 씨의 그런 면, 하루히코랑 똑같네요. 옳기야 하겠지만 실효성이 없달까요. 이 문제로 저와 가오루코 씨가 합의할 리 없으니 이쯤에서 그만두죠. ……다시 하던 얘기로 돌아갈게. 어머니와의 생활에 문제가 없는지 잘 생각해서 뭔가 이상하거나 불안한 점이 있으면 대처할 수 있어. 아동상담소, 너도 들어본 적 있지? 네가 직접 할 필요는 없어. 상담만 해준다면 우리가……."

"그만해!"

거친 목소리였다. 그리고 비통한 목소리였다.

"아무것도 모르는 주제에 엄마를 악당처럼, 그렇게…… 말하지 마."

떨리는 목소리가 부끄러운지 입술을 꽉 깨문 다쿠토가 목소리를 짜내듯 말했다.

"아이를 키우는 거, 엄청 힘들잖아. 돈이 들고, 그 돈은 일해야만 벌 수 있고, 그러니까 엄마는 매일 바쁘고 지쳐서, 그러면 가끔 전부 팽개치고 어디든 가고 싶어지는 거고, 그런 건 어쩔 수 없잖아……."

다쿠토는 말을 이으며 울먹였다.

"밥은 매번 깜박하는 거 아니야. 가끔이야. 사 오기만 하는 것도 아니고 만들어줄 때도 있어. 오늘은 무료로 청소와 요리를 해주는 사람들이 오니까 괜찮다고 한 거야. 엄마는 나와 노노카를 때린 적 없어. 가끔 기분이 안 좋을 때는 있어도 학대나, 그런 건 없어. 아줌마가 하고 싶은 말은 그거잖아? 전혀 아니야. 우리는 그런 짓을 당하지 않았어. 애초에 엄마만 나쁘냐고. 엄마가 혼자서 우리를 키워야 하니까 이렇게 매일 힘든 거잖아. 아이를 만들었으면서 아무것도 안 하는 누군지도 모를 새끼가 제일 나쁜 거잖아. 아무것도 모르면서 비난하지 마!"

새빨개진 눈으로 세쓰나를 노려본 다쿠토는 더는 참지 못하겠는지 트레이닝복 소매에 얼굴을 묻었다. 소리를 죽인 숨소리가 너무도 괴롭게 들렸다. 가만히 선 채 가오루코는 어린 남동생의 우는 얼굴을 떠올렸다. 하루히코는 웬만해서 울지 않는 아이였다. 어쨌든 기분이 상했던 적이 드물었다. 그래도 예전에 아버지와 엄마가 아이들은 모르는 이유로 크게 말다툼을 시작해 헤어지자느니 친권 같은 말까지 입에 담기 시작했을 때는 오도카니 서서 커다란 눈에 눈물을 글썽였다. 그때, 남동생의 자그마한 손을 잡고 밖으로 나와 강변길을 걸었다. 저녁놀이 무척 예뻤다. 저 반짝이는 하늘 너머에는 괴로움도 슬픔도 없는 세계가 있다는 생각이 들 정도였다.

"미안."

허공에 떴던 의식이 차분한 목소리에 되돌아왔다.

세쓰나는 짙은 초콜릿색 눈동자로 소년을 응시하며 한 번 더 말했다.

"말이 심했어. 미안하다."

트레이닝복 소매 아래로 보이는 다쿠토의 입술이 떨렸으나 말은 나오지 않았다.

세쓰나는 상자를 내려놓고 숄더백 바깥에 달린 주머니를 열더니 작은 메모장을 꺼냈다. 메모장 스프링에 끼워둔 펜으로 뭔가 적고는 종이를 찢어 고개 숙인 소년의 시선에 들어가도록 내밀었다.

"내 전화번호. 혹시 곤란한 일이 생기면 연락해."

다쿠토가 고개를 들어 코앞에 내밀어진 메모를 봤다.

"언제 무슨 일이 생겨서 죽을 수도 있지만, 적어도 이 번호는 내가 죽어서 전화가 해약될 때까지 바꾸지 않을 테니까, 무슨 요일이든 몇 시든 연락해."

티켓으로 알게 된 상대와 개인적인 연락처를 교환하는 것은 아무래도 바람직한 일은 아닐 테지. 세쓰나도 가오루코 이상으로 그 사실을 알 것이다. 그런데도 여전히 메모를 내민 채로 있는 세쓰나를, 다쿠토는 손을 내밀기 싫어서라기보다 이 상황이 곤란해서 당혹스러운 태도로 올려다보았다.

가오루코, 하고 스스로 질타했다. 지금 네가 움직이지 않으면 누가 움직이겠니.

가오루코는 청소 도구 상자를 내려놓고 세쓰나의 메모를 낚아챘다. "앗, 뭐야" 하고 소리를 내는 세쓰나에게서 펜도 빼앗아 벽에 대고 메모에 숫자들을 쓴 뒤, 두 사람의 이름을 적었다. 그것을 다쿠토의 손에 억지로 쥐여주었다.

"지금 아래에 쓴 건 내 전화번호. 이름도 잘 적어뒀어. 노미야 가오루코. 그리고 이 눈초리 험악한 사람은 오노데라 세쓰나."

가오루코는 가방에서 지갑을 꺼냈다. 카드 지갑에 넣어두고 내내 가지고 다녔던 것을 다쿠토에게 건넸다. 다쿠토는 머뭇거리면서 그 명함을 바라보았다.

"이 다키타 기미타카라는 사람은 법률사무소에서 일하면서 아동상담소에서도 변호사로 근무해. 다쿠토."

소년의 눈을 응시했다. 누굴 비난할 마음은 없다, 다만 부디 들어주길 바라면서.

"욕실 청소를 하면서 세면대에 모래시계가 있는 걸 봤어. '모래가 전부 떨어질 때까지 열심히 양치질하기'라고 쓴 종이도. 그거 노노카를 위해 어머니가 쓰신 거지. 어머니는 최선을 다해 너와 노노카를 돌보시고, 너도 최선을 다해 어머니를 도왔을 거야."

다쿠토의 눈가가 작게 경련하듯이 떨렸다. 진심으로 타인을 돕고자 하는 마음을, 이 아이는 자기 엄마에게서 물려받았으리라. 이를테면 얇게 구운 달걀을 씌운 오므라이스와 같은 형태로.

"어머니는 매일 녹초가 될 때까지 열심히 하실 거야. 그러니까 만약 앞으로 어머니와 너희에게 뭔가 곤란한 일이 생겼을 때를 대비해서 말할게. 그럴 때는 이 명함으로 연락하면 상담해줄 거야. 돈은 걱정 안 해도 돼. 아까 우리가 한 말, 너에게는 어머니를 비난하는 것처럼 들렸을지도 몰라. 하지만 그게 아니야. 우리나 이 명함의 변호사 같은 많은 사람이 생각하려는 건, 너희도 어머니도 안심하고 살아갈 방법이야. 부디 기억해줘. 이 나라에서는 어떤 아이든 안심하고 밥을 먹고 공부하며 살아가도 돼. 그게 모든 아이에게 약속된 권리야. 권리로 보장된 것이 부족한 상태라면, 너는 부족한 만큼 요구해도 돼. 그래도 갑자기 변호사에게 연락하는 건 쉽지 않을 수도 있어. 그럴 때는 나나 여기 오노데라 씨한테 연락해주면 바로 움직일게. 반드시. 꼭 기억해. 뭔가 곤란한 일이 생겼을 때, 너에게는 같이 상의할 사람이 있어. 그냥 빈말로 하는 소리가 아니야. 앞으로 며칠, 몇 개월, 몇 년이 흘러도 지금 여기 이름이 적힌 세 명의 어른은 1밀리그램도 변하지 않고 너를 돕고 싶다고 생각할 거니까.”

멋대로 파고들어서 강요하는 것뿐일지도 모른다. 아이가 없는 가오루코는 실상 무엇 하나 이해하지 못할 수도 있다. 그러나 단순한 오지랖으로 끝나더라도, 그래도 괜찮다. 망설이다가 결국 지나쳐버리는 것보다는 나을 테니까.

세쓰나를 재촉해 밖으로 나가기 전, 가오루코는 다쿠토의 어깨를 살며시 만졌다. 힘내, 라는 말과 비슷하지만 조금은 다른, 기도하는 마음을 담아서.

서쪽으로 가라앉는 태양이 눈부신 빛을 퍼뜨려 해 질 녘 대기가 금빛으로 물들었다. 미세한 금가루가 춤추는 듯한 빛의 홍수를 걷고 있으면, 머리카락도 피부도 공기를 들이마신 폐까지도 같은 색으로 물드는 것 같다.

경트럭 짐칸에 짐을 싣고 운전석과 조수석에 타기까지 둘

다 말이 없었다. 가오루코가 안전띠를 채우자, 세쓰나가 바로 경트럭을 출발시켰다.

창밖으로 저녁의 거리 풍경이 지나갔다. 침묵 속에서 시간도 흘러갔다. 왠지 차내 산소가 부족한 것 같아 가오루코는 작게 헛기침했다.

"오노데라 씨, 아까 일 말인데."

"죄송해요. 제가 냉정하지 못했어요."

선수 치듯 말한 세쓰나는 앞 유리를 바라본 채 말을 이었다.

"지금까지도 비슷한 일이 없었던 건 아니에요. 도키 씨가 사전 협의했을 때는 멀쩡한 것 같았는데 당일 제가 방문하면 집에 틀어박힌 딸만 두고 의뢰인인 아버지가 사라졌던 적도 있고, 다른 팀에서도 비슷한 말썽이 때때로 생겨요. 방금 그 집의 어머니도 도키 씨가 바로 연락했는데 아무리 걸어도 받지 않았다고 해서요. 그래서 감정적으로 굴었어요, 죄송해요."

가오루코는 감정이 읽히지 않는 고집스러운 옆얼굴을 바라보았다.

조금씩 알 수 있었다. 이 아이는 분노나 슬픔과 같은 감정이 강하면 강할수록 억누른다. 이유는 모른다. 그러나 그녀의 얼굴에서 표정이 사라질 때, 가슴속에서는 정반대의 일이 벌어진다.

"네가 사과할 거 없어. 적어도 나한테는 그럴 필요 없어. 그나저나 전화를 받지 않았다니 괜찮을까. 곧 날이 저무는데 밤이 되도록 돌아오지 않으면 그 아이들은……."

"지금 단계에서는 아무것도 몰라요. 아무튼 연락이 닿으면 도키 씨가 알려주기로 했어요. 지금 단계에서는 티켓을 그 가족에게 준 카프네 이용자와의 관계도 있어서 이 이상 함부로 움직일 수 없어요."

조금 전 세쓰나가 너무 독하게 추궁했던 이유를 조금 알 것 같았다. 카프네 스태프는 결국 생판 남이다. 개입할 권리도 없고 아이들이 도움을 청하기에는 부담이 크다. 그래도 그 가족이 혹시라도 외부의 도움을 필요로 한다면, 그런 마음을 끌어내고 싶었던 것 아닐까.

"그런데 기미타카 씨, 아동 상담 일을 하셨네요. 처음 들었어요."

"응. 대학에서 가르침을 받은 은사가 오랜 세월 아동 인권을 위해 힘쓴 분이어서, 기미타카도 그분을 쫓아 같은 법률사무소에 취직했어. 아동상담소의 비상근 변호사가 되기 전에는 아동보호소 일도 했어. 일명 쉼터라고 하는데, 입소한 아동의 담당 변호사가 돼서 장기적으로 생활을 지원하는 일이었어."

노미야 씨도 혹시 곤란해하는 아이를 알게 되면 꼭 상담해 주십시오. 아버지의 친구를 통한 맞선 자리에서 자기 일을 설명한 기미타카가 말했다. 더없이 진지한 눈빛이었다. 신념을 품고 일을 하는 사람이라는 것을 알 수 있었다.

그때는 삼십대 중반도 지나서 엄청난 초조함을 느끼며 결혼 상대를 찾았다. 그러나 기미타카의 눈빛을 본 순간, 초조함이 사라지고 몇 년 만인지도 잊은 사랑에 빠졌다.

"노노카와 다쿠토, 기미타카에게 전해둘게. 만약 다쿠토가 연락하면 모쪼록 잘 부탁한다고."

"고맙습니다. 잘 부탁드려요."

진심이 담긴 목소리였다. 그래서 가오루코도 같은 만큼의 마음을 담아 응, 하고 대답했다.

토요일 저녁이어서 2차선 도로에 차량이 많았다. 경트럭은 때로는 속도를 줄였다가 다시 나아가고, 신호에 발이 묶였다가 또 달렸다. 외부의 소란함이 창을 넘어 전해졌다.

다쿠토 남매의 집에서 나온 직후의 어색한 분위기는 이미 사라졌다. 그러나 가장 알고 싶은 것을 물어볼 타이밍을 놓치고 말았다.

'부모를 너무 믿지 마.'

그 말을 어떤 마음으로 했을까. 그저 남매를 생각하다가 무심결에 나온 말일까. 아니면 그런 말이 나올 사건이, 지금까지 그녀의 인생에 있었을까.

가볍게 물어볼 사안이 아니고 애초에 자신이 그런 깊은 이야기를 물어도 되는 처지일까. 죽은 남동생의 누나와 전 여자 친구. 어디까지 발을 들이는 게 허용될 관계일까.

앞으로 20분이면 아파트에 도착한다. 가오루코는 추리닝 소매를 움켜쥐었다.

알고 싶다.

자신도 이유는 모르겠으나 강렬하게 그러고 싶었다.

"너는 무슨 음식을 싫어해?"

자동차 행렬 너머의 신호가 노란불에서 빨간불로 바뀌었다. 속도를 줄여 경트럭을 세운 세쓰나는 의아한 표정으로 이쪽을 돌아보았다.

"뭐예요, 갑자기?"

"뭐 없어?"

"……술과 자몽 이외에는 뭐든지 먹는데요."

"자몽? 아아, 좀 쓰긴 하지. 나도 가리는 거 거의 없어. 우리 부모님, 그런 면이 엄격해서 음식을 남기면 무섭게 화내셨거든. 사실 어려서는 피망이 싫었는데 매일 아침 피망을 생으로 한 입씩 먹고, 잘 때도 사달라고 졸라서 얻어낸 피망 무늬 잠옷을 입으면서 자력으로 극복했어."

세쓰나가 재채기하듯 웃음을 터뜨리더니 절대로 웃으려던 게 아니었다는 듯이 얼굴을 찌푸렸다. 그래도 웃었다면 이쪽의 승리인 셈이다. 가오루코는 연상의 관록을 최대한 드러내며 턱을 번쩍 치켜올렸다.

"너, 이대로 우리 집에 가자. 도키와 씨가 연락준다고 한 거, 나도 궁금하고 매번 너한테만 만들게 해서 미안하니까 오늘은 내가 대접할게. 그렇지, 피자라도 시킬까? 아까 네가 만든 피자를 봤더니 너무 먹고 싶더라. 먹으면서 얘기하자. 난 말이지,

서로 이해하지 못한 채로 버려지는 거 질색이야. 결국 그렇게 끝나더라도 그 전에 충분히 대화를 나누고 이해하려고 노력해야 한다고 생각해.”

사실 부모와 그런 식으로 관계를 맺지 못한 채 이 나이가 됐고, 기미타카와도 잘해왔다고 생각했으나 전혀 그러지 못했다. 다만 그렇기에 지금부터는 달라지고 싶었다.

그녀를 알고 싶다. 그리고 이해하려는 노력을 하고 싶다.

신호가 파란불이 되어 자동차의 행렬이 움직이는 것에 맞춰 세쓰나도 경트럭을 몰았다.

“가오루코 씨, 귀찮은 사람이라는 소리 들은 적 없어요?”

“서른네 살 때, 10년 가까이 사귀어서 결혼할 줄 알았던 사람이 그런 소리를 하고 갑자기 헤어지자고 했다만, 문제 있어?”

“오래된 상처를 헤집어서 죄송해요. 예상 밖의 지뢰였네요. 사죄의 의미로 피자는 제가 만들게요.”

세쓰나는 다음 교차로에서 우회전해 간판이 보이는 마트 주차장으로 들어갔다.

바람을 가르는 발걸음으로 높은 진열장 사이 통로를 누비며 세쓰나는 장바구니에 차례차례 식자재를 담았다. 토마토 통조림, 박력분, 강력분, 드라이 이스트, 치즈와 베이컨. 파프리카에 자색 양파, 기타 각종 채소. 그리고 건조 옥수수 봉지도.

“혹시 그거.”

"같이 영화를 볼 때 만들어달라고 한 적이 있어요. 피자와 팝콘 세트."

세쓰나는 이름을 입에 담지 않고 말했다. 신기하게도 그래서 더더욱 그녀가 그 아이를 소중히 여겼다는 게 여실하게 느껴졌다.

아파트에 도착해 손을 꼼꼼히 씻은 세쓰나는 먼저 박력분, 강력분, 드라이 이스트에 소금과 설탕과 올리브유를 넣어 피자 반죽을 했다. 반죽이 발효되는 동안, 이번에는 달군 프라이팬에 기름을 두르고 건조 옥수수를 부었다. 투명한 뚜껑을 닫자 뜨거워진 옥수수알이 터져 금세 팝콘이 만들어졌다. 경쾌한 파열음도 한몫해서 옆에서 들여다보던 가오루코는 나이도 잊고 흥분했다.

"나는 뭐 할 거 없어?"

"그럼 이 사탕을 열 개씩 우유에 넣어서 전자레인지로 녹여주세요."

세쓰나가 내민 것은 딸기 우유 맛과 말차 우유 맛 사탕 봉지였다. 사탕을 왜 녹이나 당황하면서도 시키는 대로 약간의 우유에 개별 포장을 뜯은 사탕을 바지런히 투입, 그걸 전자레인지에 돌렸더니 사탕이 녹아 부엌에 달짝지근한 냄새가 퍼졌다.

팝콘을 대량으로 만든 세쓰나는 먼저 프라이팬에 버터를 녹이고 거기에 간장을 부어 팝콘을 넣고 잘 섞었다. 팝콘의 왕도, 간장 버터 맛이다. 다음으로는 프라이팬을 가볍게 씻어서 아까보다 버터를 많이 넣고 설탕을 추가해 갈색이 될 때까지 졸인 뒤 팝콘을 섞어 솜씨 좋게 프라이팬을 흔들며 걸쭉한 소스를 묻혔다. 가오루코는 달콤한 향기에 가슴이 두근거렸다. 영화관에 가면 반드시 먹는 캐러멜 팝콘이다.

세쓰나는 닥치는 대로 팝콘을 만들었다. 가오루코가 우유로 녹인 딸기 우유 맛 사탕은 사랑스러운 분홍색 딸기 우유 팝콘으로. 말차 우유 맛 사탕은 말차 우유 팝콘으로. 순식간에 컬러풀한 팝콘이 키친타월을 깐 유리그릇에 수북이 담겼다.

"세상에, 너 대단하다! 팝콘 장인이 될 수 있겠어!"

"안 될 거고, 아직 피자가 남았어요. 이 정도로 놀라서 어쩌려고요."

뻔뻔한 요리사는 발효를 거쳐 폭신하게 부푼 피자 빵을 공중에서 빙글빙글 돌려 얇게 펼치고(가오루코는 박수를 보냈다), 어느새 만든 토마토소스를 발라 치즈와 베이컨을 골고루 뿌리고 색색의 채소를 썰어 배치했다. 중심에 자색 양파, 그 자줏빛 원을 감싸듯이 초록 브로콜리, 그것을 감싸듯이 노란색 옥수수알, 주황색 파프리카, 슬라이스한 빨간색 방울토마토. 280도로 예열한 오븐으로 구운 피자를 본 가오루코는 감탄사를 흘렸다.

무지개를 잘라 구운 것 같은 일곱 빛깔 피자였다. 대단하다, 어쩜 이렇게 예뻐, 하고 가오루코가 접시를 들여다보며 연달아 환호하자 세쓰나가 웃었다. 눈가에 주름이 잡힌 채 웃는 얼굴이 놀랄 만큼 사근사근해 보여서 가오루코는 숨 쉬는 것도 잊고 말았다.

"리액션, 완전히 똑같네요."

"……그야 그렇지. 남매인걸."

가오루코는 싱크대 서랍을 열어 피자 커터를 찾는다는 구실로 고개를 숙였다. 그러면서 괜히 단발머리를 귀 뒤로 넘겼다. 광대뼈 주변에 근질근질 열기가 고였다. 깜짝 놀랐다.

마음을 터놓은 그녀의 미소에 이렇게나 기뻐하는 자신에 놀랐다.

피자는 따끈따끈할 때, 팝콘은 아작아작할 때 먹지 않으면 예의가 아니다. 가오루코는 세쓰나와 거실 소파에 진을 치고, 좌식 테이블에 무지개 피자와 팝콘, 아까 마트에서 같이 산 콜라를 세팅했다.

벨 소리가 들린 것은 그때였다.

작업복 주머니에서 스마트폰을 꺼낸 세쓰나는 눈짓을 하고 거실 구석으로 이동했다. 이쪽에 등을 보이고 낮은 목소리로 대화를 시작했다. 색색의 팝콘과 피자 앞에 오도카니 남은 가오루코도 스마트폰을 꺼냈다.

이혼 전까지 기미타카와 연락했던 메시지 앱을 열었다. 통화는 아무래도 냉정할 자신이 없었다. 한참 고민한 뒤 '오랜만이야. 잘 지내? 갑자기 연락해서 미안해요'라고 입력하고, 오늘 알게 된 초등학생과 중학생 남매의 가정이 조금 걱정되어서 기미타카의 명함을 줬다고 이어서 썼다. '혹시 그 친구가 연락한다면 상담을 해줄 수 있을까'라고 마무리하고, 가오루코는 복식호흡을 두 번 반복한 뒤 보내기 버튼을 터치했다.

순식간에 메시지가 전송된 게 화면에 나타났다. 가오루코는 얼른 앱을 닫고 폐 안쪽에서 숨을 토해냈다. 겨드랑이가 축축하게 땀에 젖은 것을 알았다. 세쓰나 앞에서는 천연덕스러운 얼굴로 얘기해두겠다고 말했으면서 메시지 하나 보내고 이런 꼴이다. ……아니, 잠깐만. 혹시 기미타카가 나를 차단했다면 지금 메시지도 가지 않았겠네? 역시 전화를 거는 편이 확실할까?

끙끙 고민하는데 디로롱, 전자음이 울렸다. 순간적으로 숨을 참으면서 스마트폰을 보자 메시지 알림이 들어왔다.

'나는 잘 지내. 니시카와 다쿠토 군 이야기, 확인했어. 알려줘서 고마워.'

감당할 수 없을 만큼 맥박이 빨라졌다. 가슴 안쪽에서 감정이 급속하게 부풀어서 코가 시큰해졌다. 그 감정은 분명 사랑하는 마음의 잔해일 것이다.

또 디로롱, 전자음과 함께 새로운 메시지가 표시되었다.

'하루히코의 사십구재가 언제였지. 불편하지 않다면 꽃을 보내고 싶어.'

기미타카는 하루히코와 사이가 좋았다. "나는 형제가 없어서 남동생이 생기니까 기쁘네"라고 쑥스럽게 웃는 기미타카를 보고 이 사람과 결혼하길 잘했다고 진심으로 생각했다. 가오루코가 하루히코를 식사에 초대하면 즐겁게 대화를 나눴고, 휴일에 둘이 같이 외출한 적도 있다. 하루히코의 부고를 전했을 때는 전화로 애도의 뜻을 표했고 장례식에도 아름다운 꽃을 보냈다.

'4월 29일. 토요일이지만 친척은 안 부르고 나랑 부모님만 가서 공양하기로 했어. 꽃도 고마워. 하루히코가 기뻐할 거야.'

'아무것도 돕지 못해서 미안해. 전날 난요다이에 도착하도록 해둘게.'

고민한 끝에 '정말 고마워'라고만 보내자, 읽음 표시는 떴으나 기미타카에게서 답은 더 오지 않았다.

기미타카와 보낸, 5년에 못 미치는 날들이 끊어진 진주 목걸이의 알처럼 은은하게 반짝이며 하나씩 하나씩 되살아났다. 이혼한다, 안 한다며 다투던 시절에는 그렇게나 집착했는데, 이제 신기하게도 되돌아가고 싶다는 감정은 생기지 않는다. 지금은 그저 오만했었다고 생각한다. 부부 사이라는 핑계로 기미타카에게 의지했으며 때로는 감정 쓰레기통처럼 썼다. 가족이니까 허용될 줄 알았다. 그러나 사실은 가장 거리가 가깝고 오랜 시간을 공유하는 가족이기에 마음을 배려하고 소중히 아껴야 했다. 부모님이 그런 태도로 자신을 대해주기를 가오루코도 평생 바랐었다. 소홀히 여겨지는 슬픔을 알면서 정작 기미타카의 온화함과 다정함에 기댄 채 상대의 마음에 소홀했던 나는 오만했다.

"도키 씨한테 연락이 왔는데요."

번쩍 고개를 들자, 세쓰나가 자리를 띄우고 소파에 앉았다.

"남매의 엄마, 카프네 이용자를 통해 연락이 닿았다고 해요. 밤 10시까지는 집에 간다고 하네요."

"그래……. 응, 다행이다. 어쨌든 무사히 돌아와준다니 정말 다행이야."

이런저런 생각에 아직 파묻혀 있어서 건성인 대답이었지만, 입으로 말하자 다행이라는 감정이 분명히 솟구쳤다. 그러네요, 라고 대답한 세쓰나는 말차색 팝콘을 한 알 입에 넣으며 물었다.

"관계 회복, 거절당했나요?"

"무슨 소리야?"

"지금 기미타카 씨한테 연락하셨나 하고요. 영혼이 7분의 4쯤 빠져나간 표정이어서, 연락한 김에 관계를 회복하자고 부탁했다가 칼처럼 거절당했나 하고."

"대체 왜 그런 생각을 해? 관계 회복이라니 손톱만큼도 생각한 적 없어! 나는 앞으로 세상의 온갖 풍파를 척척 헤쳐가며 살아갈 거야!"

발끈해서 말을 쏟아내자 세쓰나가 살짝 미소를 지었다.

"그러면 세상 풍파를 극복하기 위해 일단 배를 채우죠."

피자와 팝콘과 콜라가 갖춰졌으니 영화를 볼 수밖에 없다.

마침 가오루코는 독신 생활의 쓸쓸함을 달래기 위해 스트리밍 서비스에 가입했던 참이어서 인터넷이 연결된 TV로 영화 라인업을 살폈다. 그러나 다툼이 생겼다. 가오루코는 로맨틱한 연애물을 선호하는데 세쓰나는 야쿠자 영화나 피투성이 호러만 보고 싶어 했다.

"그럼 〈블랙 레인〉은요? 다카쿠라 켄의 담백한 멋이 살아 있고 마쓰다 유사쿠의 유작이에요. 신기가 서린 수작이죠."

"그것도 야쿠자 영화잖아, 기각. 그럼 〈매디슨 카운티의 다리〉는? 세계적인 명작이야. 그야말로 인생을 그린 아름다운 이야기지."

"하…… 줄거리만 봐도 그냥 불륜 얘기잖아요. 저는 불륜을 저지르는 놈은 논할 것도 없이 싫어요. 명작이 좋다면 〈엑소시스트〉는 어때요? 이건 불후의 휴먼 드라마예요."

"너 일부러 이러는 거지? 잠을 못 자니까 나는 무서운 건 싫다고 열 번쯤 말했는데?"

아무리 싸워도 끝이 없어서 하루히코가 좋아했던 영화를 보기로 했다.

"걔는 동물 영화를 좋아했어. 황제펭귄이 나오는 영화를 초등학생 때 같이 보러 간 적도 있어."

"그랬죠. 자연 다큐멘터리 같은 것만 봤었어요. 인간이 나오는 이야기는 감정이 지쳐서 별로라고 했어요."

하루히코와 본 펭귄 영화가 라인업에 있어서 바로 재생했다. 남극에서 하는 가혹한 육아, 긴긴 행렬을 이뤄 빙원을 건너가는 펭귄들. 구애의 춤을 추고, 태어난 새끼에게 헌신적으로 애정을 쏟는 모습. 펭귄이 클로즈업될 때마다 기뻐했던 어린 하루히코가 생각나 가오루코는 가슴이 아팠다.

열두 살이나 나이 차이가 나서 그랬을까. 부모님의 관심과 애정을 독차지한 남동생을 티끌만큼도 질투하지 않았다고 할 순 없지만, 무엇보다 하루히코가 그저 귀여웠다. 엄마는 심혈을 기울여 하루히코를 키웠지만 밖에 나가 사람들 앞에 서지 않으면 우울해지는 사람이기도 해서, 가오루코가 자주 집을 보며 하루히코를 돌본 영향이 컸을지도 모른다. 어린 동생을 끌어안으면 자연스레 사랑스럽다는 감정이 솟구쳤고, 지키고 싶다는 감정을 처음으로 알았다. 나는 하루히코의 누나라는 자부심은 언제나 용기를 줬다.

"가오루코 씨, 늘 너무 열심인 거 아니야? 가끔 다른 사람한테 약한 소리도 하고 그러는 거지?"

엄마 펭귄이 새끼에게 입으로 먹이를 주는 장면에서 갑자기 우설을 집게로 집어 접시에 담아주며 그렇게 묻던 하루히코의 모습이 떠올랐다. 하루히코의 스물아홉 살 생일에 고기를 먹으러 갔던 밤이다.

사실은 너무 지쳐서 아무것도 열심히 하지 못하는 것도, 약한 소리를 털어놓을 상대가 아무도 없다는 것도 남동생에게는 말할 수 없었다. "그럴 필요 없거든, 충분히 괜찮으니까"라고 있는 힘껏 허세를 짜내 웃자, 하루히코는 미소를 지었다. 훤히 다 들여다본 것처럼 다정하고 깊은 눈빛으로.

"가오루코 씨는 남에게 기대는 걸 잘 못하니까 땍땍 다투며 뭐든 말할 수 있는 쌈박질 친구 같은 사람이 있으면 좋겠다."

마치 멀리 가는 사람인 양 웃네. 그때 그런 생각을 했던 것이 떠올라 눈물이 솟구쳤다. 숨을 참으며 좌식 테이블에 놓인 티슈를 한 장 뽑아 눈가를 살짝 누르고 가오루코는 옆을 살폈다. 소파에서 무릎을 안은 자세로 남동생의 전 여자 친구는 의외다 싶은 섬세한 표정을 짓고 TV 화면을 보고 있었다.

그녀도 떠올리고 있을까.

여섯 등분한 피자가 접시에서 사라지고, 컬러풀한 팝콘도 줄어들어 접시 여기저기 흐트러졌을 무렵, 엔딩 크레딧이 올라갔다. 얼굴조차 모르지만 저마다 인생의 이야기를 지녔을 수많은 사람의 이름이 흘러가는 것을 지켜보다 문득 세쓰나에게 물었다.

"너에게 소중한 추억은 뭐야?"

안고 있던 무릎을 풀어 바닥에 다리를 내린 세쓰나가 얼음 녹은 콜라를 한 모금 마셨다.

"뭐예요, 갑자기."

"나는 하루히코가 '아빠'나 '엄마'보다 먼저 '누나'라고 말한 거랑 결혼식에서 턱시도를 입은 기미타카가 기절할 정도로 멋있었던 거랑, 딱 한 번 임신했을 때 클리닉에서 아기 초음파 사진을 처음 본 거. 아, 그리고 네가 하루히코와 집에 인사하러 왔을 때 부모님 상대로 배틀을 펼친 것도 지금 생각하면 꽤 재미있었어."

무지개색 일품 피자와 앙증맞은 컬러풀 팝콘을 배 터지도록 먹고, 영화로 애정이나 다정 같은 감정을 자극받은 탓일까. 몸도 마음도 따뜻한 물에 잠긴 것처럼 흐물흐물해져서 생각나는 대로 말이 흘러나왔다.

세쓰나는 입을 꾹 다물고 엔딩 크레딧이 끝난 TV 화면을 노려보고 있었다.

"그렇게 무서운 표정 짓지 말고. 말하기 싫으면 됐어. 그냥 잡담이니까……."

"운동회 도시락으로 싸 갔던 김을 꼼꼼하게 두른 주먹밥이랑 전문대학 교수가 만든 말도 안 되게 맛있었던 토마토소스. 그리고 하루히코가 만든 말도 안 되게 맛없었던 달걀죽."

퉁명스럽고 빠른 어조로 말한 그녀는 빈 피자 접시와 각자 쓴 접시를 민첩하게 포개고, 잔 두개를 한 손에 들고 부엌으로 갔다. 혹시 부끄러워하나? 가오루코는 남은 팝콘을 입에 넣고 빈 접시를 챙겨 뒤를 쫓아갔다.

"운동회라면 초등학교? 너는 기마전에서 모든 적군의 머리띠를 낚아채며 대활약했을 것 같다. 전문대학이면 요리사 학교인 거야? 어디 다녔어?"

"연달아 질문하지 말아주실래요? 그리고 저는 키가 커서 기마전 때는 말이었어요."

"말도 안 되게 맛없었던 달걀죽은 뭐야?"

"말 그대로예요. 작년 말에 아팠을 때, 하루히코가 우리 집에 와서 죽을 만들어줬는데, 도대체 쌀과 물과 소금과 달걀만 썼는데 어떻게 이런 맛을 낼 수 있는지 이것도 재능인가 싶었어요. 아까우니까 다 먹었지만요."

"미안해, 내 동생이 요리에는 좀……. 저기, 너는 왜 가사 대행 일을 해? 요리 학교도 제대로 졸업했으면 좋은 레스토랑에서 일할 수 있잖아?"

"좋은 레스토랑 따위 흥미 없고, 제가 원하는 대로 일하는 편이 좋아서요."

"하하, 되게 너답다."

"가오루코 씨는 왜 법무국에?"

"중학생 때 검사가 주인공인 드라마를 봤었는데, 파격적인 주인공이 진짜 멋있었어. 나도 검사가 되고 싶어서 법학부에 들어갔어. 그런데 막상 취직을 고려할 시기가 되자 아버지가 '여자가 검사 같은 일을 하면 결혼을 못 한다'라며 반대했고, 그렇다면 법무성(각지의 법무국을 관할하는 일본의 중앙 행정기관)에 들어가려고 했는데 엄마가 '여자가 전근 잦은 일을 하면 남자들이 좋아하지 않아서 평생 독신으로 살 거다'라고 해서, 원하는 대로 할 수 없었어."

"부모님 발언, 다양한 의미에서 문제인데요."

"그래도 내가 학생일 때는 아직 그런 분위기였어. 나도 부모님 반대를 무릅쓸 만큼 강한 의지가 없었고. 그래서 법무국에 취직했는데, 후후, 20년이 지나서 이혼했으니 아무리 미리 미래를 걱정해봤자 아무 의미가 없네. 그래도 지금 내 일은 좋아해."

"가오루코 씨는 유능하니까요."

"잘 알고 있네."

싱크대에서 나란히 설거지하며 나누는 시답지 않은 대화가 더없이 즐거웠다. 그녀가 지나온 이때까지의 한 조각을 본 것이, 그걸 그녀가 보여준 것이 기뻤다. 그래서였을까.

"그럼 슬슬 실례할게요."

젖은 손을 수건으로 닦으며 세쓰나가 이렇게 말했을 때, 예상치 못한 쓸쓸함이 덮쳐왔다. 버림받은 개 같은 기분이 들어 말했다.

"자고 가도 되잖아."

세쓰나의 눈이 휘둥그레졌고, 가오루코는 뺨에 열기를 느끼며 고개를 숙였다.

"……뭐, 그냥 농담이야."

"즐거웠고, 그러고 싶은 마음도 굴뚝같은데 집에서 꼭 해야 하는 일이 있어서요. 죄송합니다."

천하의 오노데라 세쓰나가 진지한 얼굴로 그렇게 답할 줄은 상상도 못 했다.

“너, 많이 지쳐 보이니까…… 집에 가서 천천히 목욕하고 쉬는 게 좋겠어. 먹을 건 넉넉히 있어? 내일부터 아마 태풍이 올 테니까 꼭 조심해.”

“진심으로 걱정하는 표정으로 은근 사람을 바보 만드시네요.”

세쓰나의 떨떠름한 얼굴에 웃음이 터져서 발작적으로 찾아온 쓸쓸함이 진정되었다. 가오루코는 심호흡하고 야무진 어른으로 되돌아갔다. 중요한 이야기를 하기 위해서.

“아직 말을 못 했는데 다음 주 토요일은 하루히코의 사십구재야. 그래서 미안하지만 다음 주는 티켓을 돕지 못하겠어.”

세쓰나의 표정은 그대로였다.

“사십구재는 알고 있었어요. 걱정하지 마세요.”

“고마워. 그리고 하루히코의 유산 문제, 사십구재를 기점으로 매듭짓고 싶어. 다시 고려해본다고 했었는데, 생각이 바뀌었을까?”

세쓰나는 이번에도 표정이 달라지지 않았다. 그래도 입술 끝의 각도가 희미하게 내려간 것처럼 보였다. 부모에게 추궁당해 입을 다문 어린애 같은 표정이어서 가오루코는 웃고 말았다.

“어떻게 해도 괜찮으니까 그런 표정 짓지 마. 그거, 내 마음이 동하게 하려고 한 말이었지? 그때 내 상태가 너무 엉망이라서 다른 데로 신경을 팔게 해준 거잖아.”

“아니거든요. 청소를 잘하고 착한 사람의 일손이 필요했을 뿐이에요.”

“어머, 그래. 그래도 괜찮아. 유산도 네가 바라는 대로 처리할게. 돈은 카프네처럼 어려움을 겪는 사람들을 돕는 단체에 기부할 생각이야.”

하루히코가 유언장을 남긴 이유는 전혀 모른다. 다만 거기에 어떤 마음이 담긴 것만은 분명했기에 세쓰나가 거절했을 때는 어쩜 이렇게 냉정한 여자가 다 있냐고 분개했다.

그러나 지금은, 그녀가 “필요 없어”라고 한다면 하루히코는 웃으며 받아들일 거라고 생각한다. 남동생은 분명 다른 사람의 생각에 좌우되지 않고 자기 의지를 밀고나가는 세쓰나의 면모를 사랑했을 것이다.

가오루코는 입을 열었다가 바로 다물었다. 다음으로 할 말은 조금 용기가 필요했다.

“유산 문제가 정리되면 나랑 너, 이제 만날 필요는 없겠지. 우리는 딱히 친구도 아니니까. 그래도 티켓을 돕는 건 계속해도 될까?”

“그건 제가 아니라 가오루코 씨가 결정할 문제죠.”

관대함이라곤 일절 없는 어조로 대답한 세쓰나는 조금 목소리를 낮추고 말했다.

저는 환영해요, 라고.

3

하루히코의 사십구재는 증조부 대부터 묘를 모신 절에서 올렸다. 경문을 읽고 향을 피우고, 주지의 설법을 들은 뒤, 본가의 임시 제단에 안치했던 하루히코의 유골을 봉안했다. 상복을 입은 엄마는 신음하듯 흐느껴 울고 아버지도 까만 손수건으로 눈가를 훔쳤으나, 가오루코는 눈물이 나오지 않았다. 하얗게 건조한 뼈가 언제나 명랑했던 하루히코와 도저히 연결되지 않은 것도 있고, 인식하지 못하는 사이에 자신이 남동생의 죽음을 받아들인 것을 알았다.

짐작 가는 바는 있다.

매주 토요일 티켓을 마치고, 세쓰나가 하루히코를 위해 만들었던 요리를 먹으며 그녀가 아는 하루히코 이야기를 들었고 가오루코도 자신이 아는 하루히코 이야기를 들려주었다.

그녀가 만든 요리와 대화가 느린 속도로 고통을 치유했다. 공양 의식을 하는 것처럼.

"고맙다, 가오루코. 너도 바쁠 텐데 전부 도맡아 해줘서."

정오를 지나 택시로 본가에 가는데, 조수석에 앉은 아버지가 말을 걸었다. 뒷좌석에 엄마와 앉은 가오루코는 놀라서 대답이 늦었다.

"아니에요…… 무슨 큰일을 했다고요."

"정말 네가 야무져서 다행이야. 고맙다, 가오루코."

엄마까지 그렇게 말하며 미소 지어서 동요했다. 뱃속이 차츰차츰 따뜻해졌다. 미열이 나는 뺨에 손등을 대며 어렸을 때랑 똑같다고 생각했다. 마흔한 살이나 먹고 부모님의 칭찬을 받아 기쁘다니, 이럴 땐 나는 언제까지나 어린애 같다.

분명 아침까지는 화창했으나 점점 흐려져서 잿빛 구름이 하늘을 뒤덮은 날이었다. 봉안할 때까지 비가 내리지 않아 다행이라고, 아버지와 엄마가 택시에서 대화를 나눴다.

집에 도착해 택시에서 내리는 엄마를 도왔는데, 오십대 후반부터 류머티즘을 앓기 시작한 엄마의 작은 손은 두 번째 관절이 굽었다. 그걸 보고 가슴이 아파서 상복 입은 엄마의 유독 작아진 등에 가만히 손을 댔다. 가오루코가 나이를 먹어 아이를 낳도록 규정된 성별로서 기한 만료를 맞는 것처럼 부모님 역시 늙는다. 앞으로 더 늙어간다.

아버지와 엄마가 지친 것 같아서 거실에서 차를 마시며 잠깐 쉬었다. 한쪽 벽의 하얀 제단에 놓인 구김살 없이 웃는 하루히코의 영정을 세 사람은 함께 바라보았다. 아랫단에 있는 근사한 순백 호접란은 전날 기미타카가 보낸 것이다. 그 옆의 꽃송이가 큼지막한 하얀 백합과 하얀 카네이션은 미나토 고이치가 보냈다고 한다. 집에서 숨을 거둔 하루히코를 발견한 동료다.

한 시간쯤 여유를 누리고, 엄마가 만든 두부피 맑은국을 데우고 동네 요릿집에 부탁한 반정진 요리(고기나 자극적인 향신료를 쓰지 않은 일본식 사찰 요리를 정진 요리라 하고, 고기를 소량 쓴 것을 반정진 요리라고 한다) 도시락을 먹었다. 세 사람이 나누는 대화는 당연히 하루히코에 대해서였다. 사랑스러웠던 어린 시절, 뭘 시켜도 잘하던 소년 시절, 공부도 놀이도 뭐든 활달하게 즐겼던 학창 시절, 어엿하게 자기 몫의 일을 하던 요 몇 년간. 아버지와 엄마가 말하는 하루히코는 그저 출장 같은 일로 조금 멀리 떠났을 뿐이지 멀쩡히 살아 있는 사람처럼 생생했다. 가오루코도 맞장구를 놓으며 부모님과 함께 웃었다.

부모님은 하루히코를 특별히 아꼈기에 차별 대우에 상처받은 적도 수없이 있었다. 그러나 부모님에게 악의는 없고 대부분 자각도 못 했기에 상처받아도 그저 삼키고 흘려보냈다. 민감하게 알아차리고 위로해준 것은 언제나 하루히코였다.

그러나 지금, 사랑하는 아들의 추억을 말하는 부모님을 앞에 두자 오랜 상처와도 같은 설움이 사라졌다. 이제 됐다고, 고요히 생각했다. 가오루코가 원했던 방식이었다고는 할 수 없다. 그래도 두 분이 자신을 어른이 될 때까지 절대 버리지 않고 키워준 것만은 맞았다. 그에 감사하고, 늙어가는 부모님을 돌봐야지. 하루히코 몫까지.

"그럼 나는 슬슬 돌아갈게요."

정리를 마치고 차를 한 잔 더 마신 뒤, 자리에서 일어나려고 했다. 예민하게 반응한 것은 엄마였다.

"돌아가겠다니 무슨 소리니? 자고 가는 거 아니었어? 저녁도 준비했는데. 네가 좋아하는 스키야키야.”

엄마의 서슬에 놀라 가오루코는 다시 자리에 앉았다. 스키야키는 엄마가 좋아한다고 믿고 있을 뿐이지 사실 별로 좋아하지 않는다는 말은 어른스럽게 삼켰다.

“미리 말하지 않아서 미안해요. 오늘은 돌아갈게요. 잘 준비도 하나도 안 해 왔고.”

“준비할 게 뭐가 있니, 여긴 네 집이잖아. 집에 있는 거 전부 편하게 쓰면 되지.”

“그래. 서운하구나, 여기가 네 집인데 ‘돌아간다’니.”

아버지까지 동조해서 점점 더 곤혹스러웠다.

엄마가 적극적으로 나섰다. 나이를 먹어도 화사함을 잃지 않은, 어린 시절 동경했던 환한 미소로.

“가오루코, 차라리 집에 돌아오지 그러니? 너도 아파트에서 혼자 지내면 외로울 거 아니니. 그 집, 혼자 살기에는 너무 넓어.”

“별로 그렇지는…….”

“아버지도 그게 좋겠구나. 네가 혼자 외롭게 지낸다고 생각하면 슬프거든. 이제 하루히코도 없어. 셋뿐인 가족이니까 여기에서 같이 살아도 좋지 않니.”

피가 이어지지도 않았는데 똑 닮은 얼굴로 웃는 아버지와 엄마를, 머릿속이 뒤죽박죽인 상태로 번갈아 바라보았다.

“그래도 기미타카가 준 아파트인걸.”

"팔면 되지. 그 집, 꽤 깔끔하니까 아마 상당한 돈이 될 거야. 그러면 너도 저축이 생기고 나나 아버지에게 무슨 일이 있을 때도 안심이잖니."

꺼끌거렸다. 가슴을 거친 솔로 쓰다듬은 것처럼.

"그리고 말이다, 가오루코. 너만 좋다면 결혼 상대를 찾아주마. 이 아버지가 발은 넓잖니."

아버지는 마치 과거에 하루히코를 보던 것처럼 자애 넘치는 눈빛으로 웃었다.

"요즘 세상에 너와 나이가 비슷하면서 초혼인 남자도 많고, 서로 한번 갔다 왔어도 괜찮다면 선택지는 더 넓어진다. 그중에는 네 나이에 눈을 감아줄 남자도 분명히 있어. 또 지금부터 불임 치료를 다시 시작하면, 어쩌면 손주가 생길 가능성도 아직 있을지도 모르지. 얼마 전에 마흔다섯 살 여배우가 아이를 낳아서 뉴스에 나왔잖니. 아직 기회는 충분히 있어."

신경을 거스르는 감각이 이번에는 확연하게 몸 중앙을 관통했다.

그래. 그렇구나.

이 사람들은 하루히코를 잃고 하루하루 비탄에 젖어 슬퍼하는 데도 지쳐서 문득 정신을 차렸을 때, 자신들에게 딸이 하나 더 있는 것을 떠올렸다. 아니, 이제 딸밖에 없다는 것을 깨달았다. 앞으로 자신들을 돌볼 딸. 이미 나이를 먹었지만 어쩌면 아직은 아슬아슬하게 손주를 낳을지도 모르는 딸. 앞으로 무슨 일이 생겨도 전적으로 기댈 수 있는, 야무지고 그럭저럭 모아 놓은 돈도 있는 딸.

특별한 악의도 자각도 없이 그저 순수하게, 딸을 정말 사랑하는 것만 같은 감정으로 이 사람들은 이렇게 말하는 것이다.

"……미안해요. 역시 오늘은 돌아갈래."

어쩔 수 없이 목소리가 낮아졌다. 상복을 입은 딸이 기운 없이 일어나자, 엄마가 올려다보며 미간을 찌푸렸다.

"가오루코? 왜 그러니?"

"몸이 안 좋아서요. 갱년기인지도. 미안하지만 오늘은 가서 쉬고 싶어요. 아버지도 엄마도 건강 잘 챙겨요."

밀방망이로 편 것처럼 평탄한 목소리였지만, 이래 보여도 불필요한 소리를 하지 않으려고 있는 힘껏 자제한 결과었다. 부모님의 얼굴이 시야에 들어오지 않게 하며 가오루코는 가방을 움켜쥐고 현관문을 향해 서둘러 갔다. 가오루코, 하고 아버지의 소리가 들렸으나 돌아보지 않고 현관문을 닫았다.

밖으로 나오자 푸른 벌판 같은 냄새가 나는 바람이 뺨을 어루만졌다. 가오루코는 계속 참았던 숨을 내쉬고 하늘을 올려다보았다. 시멘트를 바른 것처럼 흐린 하늘은 여전했지만, 서쪽에 구름이 끊어진 사이에서 은은한 주황색 햇살이 내리쬤다.

하치오지역으로 가는 버스 정류장까지 걸으면 20분 넘게 걸리지만 아랑곳하지 않고 걸었다. 펌프스 굽이 콘크리트 길을 또각또각 때렸다. 완만한 경사의 언덕을 올라 건널목을 건

너면 강변길이 나온다. 둑에 무성하게 자란 키 큰 풀이 바람을 받아 노래하듯 나부꼈다. 그 옛날 어린 하루히코와 걸었던 길에 멈춰 서서 가오루코는 희미하게 반짝이는 강 수면을 바라보았다.

부모님에게 사랑받고 싶다고, 그 집에 살던 시절에 내내 생각했던 것 같다.

그러나 사랑받는다는 것이 애초에 뭘까. 필요한 사람으로 여겨진다는 의미라면, 지금 자신은 분명 아버지와 엄마가 필요로 하는 존재이다. 그런데도 이토록 허무하다.

같이 살자고 웃으며 말하는 부모님이 있다. 그런데 지금은 그것이 부담으로만 느껴지고 고독을 되새기게 할 뿐이다.

하루히코, 너는 어땠니?

분명 그분들이 세상에서 가장 사랑한 사람은 너야. 그러나 쉴 틈 없이 쏟아지는 애정을 무겁다고 느낀 적은 없었니? 조금 더 자유로워지고 싶다고 바라지 않았어?

질문을 던져도 떠오르는 것은 모두를 행복하게 해주는 것만 같던 남동생의 미소뿐이다. 그 미소 이외에는 생각나지 않는 것이 쓸쓸했다.

말하고 싶다. 이 쓸쓸함을, 애달픈 심정을 털어놓고 그녀가 건네줄 말에 귀를 기울이고 싶다. 가오루코는 까만 가방에서 스마트폰을 꺼냈다.

티켓은 괜찮았을지 궁금해서. 오늘 일을 돕지 못한 사과의 의미로 밥이라도 먹으면 좋겠다 싶어서. 머릿속으로 이런저런 변명을 생각하며 연락처를 찾았다. 메시지를 보내면 답장해야 한다는 부담을 주게 된다. 그러니 내기를 거는 기분으로 통화 버튼을 눌렀다. 그녀에게도 자기만의 사정이 있다. 받지 않으면 그만이고, 만약 받는다면……

"네."

"아, 여보세요. 노미야 가오루코인데."

신호 한 번 만에 받을 줄은 몰라 목소리가 뒤집혔다. 전화 너머에서 훗, 하고 웃는 기척이 났다.

"알아요. 사십구재, 이제 끝났나요?"

"응. 저기, 그쪽은 어땠어? 티켓은 끝났어?"

"조금 전에. 오늘은 도키 씨와 일해서 지금 역에서 헤어진 참이에요."

역, 이라고 들은 순간 속사포로 말이 나왔다.

"나도 30분 정도면 하치오지역에 도착할 거야. 같이 밥 먹지 않을래?"

그녀와는 친구도 뭐도 아니지 않나, 그녀가 하루히코의 유산상속을 받게 해야만 하는 이유도 지금은 사라졌지 않나, 열두 살이나 차이가 나지 않나, 입을 다물자 이런 생각들이 몰려왔다. 관심 있는 남자에게 무모한 고백을 한 기분이어서 숨을 죽였는데, "괜찮긴 한데요" 하고 무뚝뚝한 대답이 들렸다.

"이번에도 하루히코에게 만들어준 요리면 되나요?"

"아니야…… 오늘은 그거 말고, 저기, 나랑 네가 먹고 싶은 걸 먹자."

그것에 무슨 의미가 있는지 잘 설명할 수 없다. 하지만 지금은 그런 일이 필요하다고 생각했다.

그렇게 해야만 비로소 진정으로 시작할 수 있을 것 같았다. 이제 하루히코도 없고 기미타카도 없다. 그래도 좋은 것이 전혀 남아 있지 않은 것만은 아닌, 앞으로의 내 인생을.

"그렇다면 만두네요."

"만두."

"오후에 티켓을 한 댁에서, 배가 터질 정도로 만두를 먹고 싶다고 요청해서 정신없이 빚었어요. 군만두, 찐만두, 물만두, 하는 김에 디저트 만두(초콜릿, 팥, 크림 등을 넣어서 단맛 나는 디저트처럼 만든 만두). 앞으로 석 달쯤은 만두를 안 봐도 될 것 같았는데, 지금 갑자기 갓 구운 따끈따끈한 만두를 먹고 싶어졌어요."

"아하하, 좋다! 따끈따끈한 만두를 배가 터질 정도로 먹자. 가게 찾아둘게. 나 맥주 마시고 싶어."

"술은."

"알아, 무알코올로 마실게. 오늘은 너그럽게 봐줘."

"뭐, 무알코올이라면 괜찮지만요."

떨떠름한 티가 나는 그녀의 목소리에 웃고, 30분 뒤 하치오 지역에서 만나기로 한 뒤 가오루코는 스마트폰을 가방에 넣었다.

버스 정류장을 향해 걸어갔다. 점점 걸음이 빨라지다 펌프스 굽 소리를 내며 달렸다.

얼마 만이더라. 누군가와 약속을 잡고 이렇게 기분이 들뜨는 것이.

토요일 오후의 하치오지역은 평소 이상으로 붐볐다.

이런 인파는 이미 예상했기에 세쓰나와 만날 장소는 역 앞 시티호텔 입구로 정했다. 거기라면 인파를 헤치며 만날 상대를 찾느라 고생하지 않아도 된다.

빠른 걸음으로 호텔 입구에 도착하자, 카키색 작업복을 입고 머리카락을 만두처럼 동그랗게 올려 묶은 키 큰 뒷모습이 보였다.

“미안, 기다렸지……”

“괜찮다니까요.”

말끝과 겹쳐 들린 목소리에 걸음을 멈췄을 때, 가오루코는 그제야 세쓰나가 귀에 스마트폰을 대고 있다는 것을 알았다.

“아는 사람이니까 트러블은 생길 리 없고요, 도키 씨는 이제 신경 쓰지 마요.”

아마 상대의 대답도 기다리지 않고 전화를 끊었겠지. 스마트폰을 작업복 주머니에 찔러 넣은 세쓰나는 가오루코가 온 것을 이미 알고 있었다는 듯한 동작으로 돌아보았다.

평소에도 감정 표현이 풍부하다고 하기 어려운 얼굴에는 표정이 완전히 사라져 있었다.

"죄송합니다. 급한 일이 생겨서 돌아갈게요. 식사는 다음에."

"……그보다 너, 전화가 오는데. 도키와 씨야? 무슨 일 있어?"

"신경 쓰지 마세요."

세쓰나가 주머니에 손을 넣자 높게 울리던 벨 소리가 멎었다.

탄력적인 동작으로 발걸음을 돌려 인파를 향해 걸어가는 세쓰나의 뒷모습을 꼼짝 못 하고 바라보는데, 이번에는 가오루코의 가방에서 벨 소리가 들렸다.

스마트폰을 꺼내자 화면에 '도키와 도키코'라고 나와 있었다.

"노미야 씨, 혹시 지금 셋짱이랑 같이 있어요?"

"아, 네."

"다행이다, 방금 전화할 때 얼핏 노미야 씨 목소리를 들은 것 같아서…… 죄송해요. 셋짱 혹시요, 아니 틀림없긴 한데 지금 어디로 가려고 하죠?"

"네, 급한 일이라던데요."

"말려주실 수 있어요? 아니, 말린다고 들을 아이가 아니라서 정말 죄송한데요, 노미야 씨도 같이 가주실 수 있을까요? 셋짱이 지금 가려는 곳은 가사 대행 의뢰인의 집인데요."

의뢰인의 집에 가는데 왜 도키코가 이렇게 허둥거릴까.

"의뢰인이 젊은 남성인데, 조금 감정적이어서 위험한 느낌이라…… 셋짱은 아는 사람이라 괜찮다고 하지만 혼자 보내는 건 걱정이에요. 저도 당장은 움직일 수가 없고 다른 스태프도 오늘은 사정이 있다고…… 이런 부탁을 드려서 정말 죄송하지만, 그래도 셋짱을……."

"혼자 두지 않을게요. 동행해서 만약 무슨 일이 있으면 적절하게 대처하겠습니다. 맡겨주세요."

사정을 파악했다고 하긴 어렵다. 그래도 망설이지 않았다.

"이 은혜를 대체 어떻게 갚아야 할지……."

"그러면 다음에 같이 밥 먹어요. 저도 도키와 씨와 대화하고 싶었거든요."

전화를 끊자마자 가오루코는 달렸다. 역 앞에 북적거리는 사람들이 펌프스 굽 소리를 내며 맹렬하게 달리는 상복 차림의 여자를 보고 흠칫한 듯이 피했다. 역 내부로 들어가자, 인파 저 너머로 만두 머리가 간신히 보였다.

개찰구를 지난 세쓰나는 전철 승강장으로 갔다. 가오루코는 사람이 붐벼서 빨리 가지 못하는 것에 안달복달하며 쫓아갔다. 간신히 승강장에 도착했는데 벌써 발차를 알리는 소리가 울렸다. 깨어나라, 육상부 시절의 다릿심이여. 전문 종목은 높이뛰기였지만 달리기 연습을 빼먹지 않았던 중학생 시절을 떠올리며 가오루코는 전력 질주해서 막 닫히려던 문틈으로 몸을 밀어 넣었다.

문 가까이 있던 세쓰나는 머리카락을 휘날리며 뛰어 들어온 가오루코를 놀란 얼굴로 보다가 눈썹을 치켜올렸다.

"쫓아왔어요? 급한 일이 생겼다고 말했잖아요."

"도키와 씨가, 너 혼자 보내지 말라고 했어."

숨을 헐떡이며 말하자 세쓰나가 살짝 얼굴을 찌푸렸다.

"뭘 굳이…… 도키 씨가 뭐라고 말했는지 모르지만 정말로 아무 일도 아니니까 가오루코 씨는 다음 역에서 내리세요."

"싫거든."

"싫다뇨."

"너, 태도가 수상해. 아무 일도 아니라지만 믿을 수 없달까. 게다가 네가 가려는 곳, 남자 집이지? 같이 갈 거야. 미리 말하겠는데 네가 무슨 소리를 해도 내 생각은 달라지지 않아."

딱 버티고 위협적으로 나선 효과인지, 세쓰나는 입을 다물고 더는 아무 말도 하지 않았다.

하늘은 동쪽 방면부터 서서히 쪽빛 어스름이 퍼졌고, 거리 여기저기에 무수한 별처럼 불빛이 켜지기 시작했다. 문 근처에 기대 창 너머로 흐르는 경치를 바라보는 세쓰나에게 가만히 말을 걸었다.

"가사 대행 의뢰라고 들었는데, 하지만 오늘은 티켓이 있었으니까 너 원래는 쉬는 날 아니었어?"

세쓰나는 팔짱을 낀 채 대답하지 않았다.

"도키와 씨, 의뢰한 남자의 상태가 이상하다고 걱정했어. 아는 사람인 것 같은데 어떤……."

"미나토 고이치예요."

말꼬리를 물듯이 던져진 말에 가오루코는 한 박자 쉬고

"어?" 하는 소리를 터뜨렸다.

 "응?"

 그녀의 입에서 대체 왜 그 이름이.

4

 3월 14일, 생일날 밤에 하루히코는 숨을 거뒀고 연락 없이 결근한 하루히코를 걱정해 다음 날 저녁 아파트에 찾아온 동료에게 발견되었다.

 미나토 고이치라는 그 동료는 하루히코와 동갑으로, 일하는 부서는 연구직과 영업직으로 다르나 오랫동안 친하게 지냈다고 한다. 가오루코와는 남동생이 발견된 날에 처음 만났다. 가오루코가 형사와 대화하는 동안, 그도 경찰차에 타서 진술을 하고 있었다. 형사에게 남동생을 발견한 게 동료라고 전해 듣고 아파트 주차장으로 갔더니 마침 고이치가 경찰차에서 내렸다. 고급 양복을 입은 그는 눈이 새빨갰고 얼굴이 초췌했다.

 "죄송합니다. 제가 좀 더 빨리 알아차렸다면, 더 일찍 여기에 왔다면……."

 오열하며 고개를 떨구는 그에게 당신 잘못이 절대 아니라고, 남동생을 걱정해줘서 고맙다고 말했다. 대체 무슨 일이 벌어졌는지는 전혀 이해할 수 없었으나, 남동생을 걱정해서 달려와준 사람이 그런 식으로 자책하는 것은 바라지 않았다.

고이치는 하루히코와 사이가 정말 좋았던 모양이다. 장례식 경야와 고별식에도 와서 빈 껍데기처럼 변한 부모님에게 애도의 말을 건넸다. 가오루코에게도 안부를 챙기는 메시지를 몇 번인가 보냈다. 지금은 교류가 끊겼지만, 오늘 하루히코의 사십구재에 맞춰 예쁜 꽃도 보내주었다.

바로 그 미나토 고이치가 산다는 신주쿠 고층 아파트에 도착한 가오루코는 여전히 혼란스러워서 저녁 하늘에 솟구친 탑을 올려다보았다.

"하루히코와 미나토 군의 사이가 가까웠으니까 너도 하루히코를 통해 그 사람과 알게 된 거야?"

질문에 대답하지 않고 세쓰나는 출입구 옆 보안 패널을 건드렸다. 잠시 후 자동문이 열리자, 평소처럼 성큼성큼 걸어 안으로 들어갔다. 아까부터 계속 이랬다. 뭘 물어도 대답하지 않는다. 가오루코도 어쩔 수 없이 뒤를 쫓아갔다.

세쓰나는 엘리베이터를 타고 37층으로 올라갔다.

부드러운 카펫 덕분에 걸어도 발소리가 나지 않는 내부 복도를 지나 안으로 향했다.

세쓰나는 진갈색 문 앞에서 걸음을 멈췄다. 현관문에 부착된 초인종을 눌렀으나 응답이 없었다. 대신 세쓰나의 스마트폰이 디로롱, 하고 작게 울렸다. 알림을 확인한 세쓰나는 문을 열었다.

세쓰나를 쫓아 안으로 들어간 가오루코는 반사적으로 숨을 참았다.

고급 아파트다운 현관 입구는 개방적이며 아름다웠고, 통로 맞은편 유리문으로 베란다 달린 널찍한 거실이 보였다.

그러나 거실과 현관 사이 통로에는 벽을 따라 쓰레기봉투가 행렬을 이뤘다. 유리문 너머의 거실도 물건이 어지러이 흐트러져서 엉망진창인 것이 멀리서도 보였다.

신발을 벗은 세쓰나는 망설이지 않고 쓰레기봉투 사이를 걸어 거실로 들어갔다. 가오루코도 주변에 풍기는 냄새를 견디며 뒤를 쫓았다.

거실은 조명이 꺼져 있어서 베란다 유리창으로 들어온 외부의 빛에 기대 실내 풍경이 간신히 보이는 상태였다. 카펫을 깐 바닥에 발 디딜 틈도 없이 널브러진 것은 옷과 음식 잔해였다. 가오루코가 너무도 어질러진 상태에 진저리를 치는데, 갑자기 거실이 밝은 빛으로 밝혀졌다. 세쓰나가 물건에 잠식된 좌식 테이블에서 리모컨을 찾아 조명을 켠 것이다.

"늦었어. 넌 가정부로 일해서 돈을 벌잖아, 그러면 냉큼 오란 말이야."

나직한 목소리가 들려서 그제야 가오루코는 소파에 사람이 있는 걸 알았다. 어른 셋은 너끈히 앉을 소파에 등을 돌린 자세로 남자가 누워 있었다. 위아래로 회색 트레이닝복 차림에 맨발이고, 까만 머리카락은 언뜻 봐도 윤기가 없다. 너무 놀라서 가오루코는 목소리도 내지 못했다.

"나는 가사 대행 서비스 제공자이지 가정부가 아니야. 그리고 나는 재이용자와의 계약으로 일주일 스케줄이 꽉 차서 신규 고객은 최소 3주 전까지 예약하지 않으면 받지 않고, 토요일은 다른 일이 있어서 의뢰는 받지 않아. 앞으로는 이러지 마."

"흥, 돈 받고 일하는 주제에 건방지긴. 됐으니까 빨리 방을 치워. 돈이라면 얼마든지 낼 테니까."

"술 냄새……. 부인은? 신혼이잖아."

"나갔어. 벌써 2주 됐나?"

마른 웃음을 지으며 남자가 나른하게 자세를 뒤집었고, 그제야 세쓰나 뒤에 선 가오루코를 알아보았다. 원래 청결하고 호감상인 청년이었는데, 지금은 마구 자란 수염 때문에 피폐한 인상이 두드러졌다. 눈을 부릅뜬 그는 가오루코를 응시한 채 몸을 일으켰다.

"누님……? 어라, 누님이 어떻게?"

"오노데라 씨와는 최근 이런저런 일로 알게 돼서…… 그보다 미나토 군, 어떻게 된 거야? 안색도 안 좋고, 게다가 집이 대체…… 무슨 일 있었어?"

그의 발밑에 굴러다니는 대량의 빈 맥주 캔으로 보니 건강에 악영향을 미치는 음주 습관을 장시간 이어왔음을 알 수 있었다. 뺨이 야윈 것으로 보아 제대로 식사도 안 하지 않았을까. 가오루코도 술에 기대 살던 시절에는 그랬다.

정신을 못 차리고 가오루코를 바라보던 고이치는 쉰 목소리로 중얼거렸다.

"그러네, 사십구재구나."

비틀거리며 빈 캔으로 어지러운 바닥에 발을 내린 고이치는 가오루코 앞까지 오나 싶더니 갑자기 무릎을 꿇고 바닥에 이마를 박았다.

안 그래도 달라진 모습에 충격을 받았는데 갑자기 무릎을 꿇어서 말문이 막힌 가오루코에게 고이치가 "죄송합니다" 하고 떨리는 목소리로 말했다.

"죄송합니다. 제가 하루히코를 죽게 했어요."

무슨 말을 하는 건지, 도무지 모르겠다.

"……잠깐, 뭐, 미나토 군, 무슨 소리야? 죽게 했다니, 뭘?"

"저와 하루히코는, 사귀는 사이였어요."

엇, 하는 소리를 끝으로 더는 말이 나오지 않았다.

뭐가 뭔지 이해하지 못한 채 머리를 굴렸다. 세쓰나와 눈이 마주쳤다. 한참 전부터 그렇게 이쪽을 보고 있었다는 것을 알 수 있는 깊은 눈빛이었다.

"하루히코와 사귄 건 너잖아? 사정이 있어서 헤어진 것 같지만, 작년 여름에는 우리 집에 인사도 하러 왔잖아. 결혼을 생각한다고 하루히코가 말했어. 그랬지?"

"아니에요, 저는 하루히코와 사귀지 않았어요. 연인인 척했을 뿐이에요."

담담하게 이어진 말이 곧장 머리에 들어오지 않고 한동안 기름에 튄 물방울처럼 의식 표면을 떠돌기만 했다.

"척이라니, 왜, 그런."

"저 때문입니다. 전부 제 잘못이에요."

바닥에 이마를 댄 고이치의 목소리가 울먹였다.

"하루히코와는 만나고 바로 친해졌습니다. 제일 친한 친구 사이가 됐고, 그 후로 더 특별해졌어요. 저는 아는 사람이 많아서, 스마트폰 저장 공간이 꽉 찰 정도로 연락처가 저장되어 있어요. 지금 바로 몇 명에게 연락하면 한 시간 뒤에는 가게 하나를 전세 낼 정도로 술 약속을 잡을 수 있어요. 하지만 진정한 친구는 없어요. 단 한 명도 없습니다. 저를 진정으로 이해하고 있는 그대로 받아들여준 사람은 하루히코뿐이었어요. 저는 하루히코가 세상에서 가장 소중했고, 진심으로 사랑했어요. 하루히코도 그랬을 거예요."

머리가 어질어질했다. 산소 부족일 때처럼. 머릿속이 말로 뒤엉켜서, 목소리를 짜낼 때까지 한참 시간이 걸렸다.

"하지만, 당신 결혼했다면서? 아까 신혼이라고, 게다가 반지도……."

왼손 약지에 가느다란 금반지를 낀 고이치는 느리게 몸을 일으켰다. 가오루코를 바라보며 울음을 터뜨릴 것처럼 얼굴을 찡그렸다.

"맞아요, 작년 11월에 식을 올렸어요. 저는 집안이, 불가능해요. 아무리 세상에서 다양성이 중요하다는 소리를 해도, 자유롭게 살아도 된다는 풍조여도, 제가 태어난 커뮤니티와는 관계없는 일이죠. 저는 적당한 나이가 되면 적당한 집안의 여자와 결혼해 아이를 낳고, 그것도 둘이나 셋을 낳아서 아이가 초등학교에 입학하기 전까지는 아버지 것인 이 아파트에서 나와 본가 근처에 집을 짓고, 마흔다섯 살쯤 되면 지금 회사를 그만두고 아버지의 회사를 물려받아야 해요. 그 길 이외에는 없어요. 부모님이나 형제나 친척 앞에서 저는 평범한 남자여야만 하죠. 남자를 좋아한다거나 여자와 섹스하는 것에 관심 없다는 소리, 입이 찢어져도 할 수 없었어요. 말했다가는 살 곳을 잃어요."

고개를 숙인 고이치의 눈에서 비가 뚝뚝 떨어졌다.

"그래서 약혼했을 때 하루히코에게 말했어요. 나는 결혼하겠지만 좋아하는 사람은 오로지 하루히코뿐이라고, 그러니까 결혼한 뒤에도 지금처럼 나와 함께해달라고."

함께해달라니.

"아니, 그게 뭐야…… 그러면 안 되지. 너무하잖아? 부인에게도, 하루히코에게도."

"알아요. 죄송합니다. 제가 얼마나 최악인지는 제가 제일 잘 알아요. 하지만 저는 하루히코 없이는 살 수 없어요. 하루히코가 절 버리면 1초도 못 버티고 죽을 거예요. 그래서 얼마나 심한 소리를 하는지 알면서도 저를 버리지 말아달라고, 앞으로도 제 곁에 있어달라고 무릎 꿇고 부탁했어요. 그랬더니 하루히코는 웃으며 알겠다고 해줬어요."

그 미소가 지금 눈앞에 보이는 것처럼 선명하게 떠올랐다. 그 아이는 그럴 때 정말 봄바람처럼 웃는다. 온화하게 웃음을 짓고, 뭐든지 용서하겠다는 듯이 부드러운 목소리로 알겠다고 말한다.

"아내와 식을 준비하고, 부모님을 이 아파트로 모셔서 식사하고, 젊을 때 아이를 낳고 싶다고 해서 배란일이 가까워지면 매일 밤 그런 일을 하는 게, 너무 괴로웠어요. 하루히코가 없었다면 저는 버티지 못했을 거예요. 하루히코의 집에 갈 때만은 진짜 제 모습을 되찾을 수 있었고, 하루히코와 닿을 때만은 숨을 제대로 쉴 수 있었어요."

급사한 하루히코가 발견된 경위가 불현듯 생각났다. 연락이 닿지 않는 하루히코를 걱정한 고이치가 여벌 열쇠로 집에 들어가 이미 차갑게 식은 하루히코를 발견했다.

당시에도 그가 하루히코의 집 열쇠를 가지고 있다는 것에 위화감을 느끼긴 했다. 가오루코의 감각으로는 아무리 사이가 좋아도 친구에게 여벌 열쇠를 주지는 않는다.

그러나 하루히코에게는 그에게 열쇠를 줄 이유가 있었다.

현기증이 났다. 이명도 들렸다. 지금까지 견고한 콘크리트라고 믿었던 기반이 사실은 무대 소품이었던 것처럼 발밑이 흔들렸다.

“그럼, 너는 뭐였어?”

엉망진창 어질러진 방에 반듯하게 서 있는, 남동생의 전 여자 친구도 아니게 된 그녀에게 쉬어버린 목소리로 물었다.

“너는 하루히코의 뭐였어? 대체 왜 그 아이랑 사귀는 척을 했어?”

“하루히코와는 친구였어요.”

머뭇거리지도 않고 세쓰나가 대답했다.

“부탁을 받아서 연인인 척했어요. 하루히코는 자취를 시작한 뒤로 ‘결혼을 생각하는 사람은 누구 없니’, ‘없다면 괜찮은 여자를 소개할 테니 만나보렴’ 같은 부모님의 말씀에 집요하게 시달려서 힘들어했어요. 그래서 사귀는 척을 하고 인사하러 가달라고 부탁해서 알겠다고 했어요.”

“하루히코에게 제안한 사람은 접니다.”

더러운 바닥에 무릎 꿇은 고이치가 괴롭게 말했다.

“저와 하루히코의 관계를 밝힐 수는 없었고, 부모님이 귀찮게 군다면 이 여자에게 그런 척만 해달라고 하면 어떠냐고 말했어요. 하루히코는 회사 여자들에게도 인기가 많고 아는 여자도 많으니 부탁할 상대는 얼마든지 있었겠지만, 만약 연인인 척하다가 뭔가 일이 생기면 어쩌나 싶어서 싫었어요. 그래도 돈을 주고 고용한 가정부라면 딱히 그럴 일도 없을 테고.”

“가정부가 아니라 가사 대행이라고 몇 번을 말해야 알겠어?”

“똑같잖아, 뭐가 달라.”

냉담하게 바라보는 세쓰나를 무릎 꿇은 채로 고이치가 노려보았다. 그렇군, 이 두 사람은 처음 만나는 것이 아니다.

"두 사람, 대체 무슨 관계야? 전부터 알고 지냈어?"

대답한 것은 시선을 내리깐 고이치였다.

"관계라고 할 것도 없어요. 하루히코 녀석, 혼자 살기 시작한 건 좋아도 끼니 챙기는 건 무관심해서, 점심에 구내식당에서 냉모밀 한 그릇만 먹고 그만일 때도 많아서 한때 심각하게 말랐었어요. 그래서 제가 가사 대행을 의뢰했죠. 인터넷에 검색해보니 카프네라는 회사가 제일 평이 좋아서, 돈은 얼마나 들어도 좋으니 여자이고 요리 실력이 제일 뛰어난 사람을 보내달라고 부탁했어요."

그렇게 해서 세쓰나가 하루히코의 집에 찾아왔다.

"저는 2주만 계약했는데, 기간이 끝난 뒤에는 하루히코가 직접 이 여자의 파견을 연장한 것 같았죠…… 무슨 수를 어떻게 썼는지는 모르지만, 하루히코 집에 가면 매번 네가 있어서 정말 눈에 거슬렸어."

시비를 거는 고이치를 세쓰나는 꿈쩍하지 않고 바라보았다.

"나는 하루히코한테 식사를 준비해달라는 의뢰를 받았어. 그래서 일주일에 세 번 집에 가서 오후 7시부터 오후 9시까지 두 시간 동안 일한 거고. 보수를 받고 한 일이야. 그걸 네가 참견할 권리는 없어. 널 방해한 적도 없을 텐데."

"흥, 입만 살았네. 너, 사실은 하루히코를 좋아했지? 보면 알겠더군. 바지런히도 돌보더라. 척만 해야 했던 주제에 마음이 있었지?”

“나보고 연인인 척하라고 한 건 너잖아? 너 정말 도련님이구나? 언제나 자기 상황이랑 감정만 우선이고 그게 충족되지 않으면 성질을 부리며 주변 사람에게 어떻게든 하라고 요구해. 분풀이하려고 날 부른 건 알겠는데, 나는 네가 부리는 사람이 아니고 그 정도로 한가하지도 않아. 돌아가겠어.”

움직이려는 세쓰나의 발밑으로 뭔가가 소리를 내며 던져졌다. 지갑이었다. 까만 가죽에, 유명 명품 로고가 새겨져 있었다.

“어딜 멋대로 가려고 해? 돈을 받고 집안일을 하는 게 네 일이잖아? 돈이라면 얼마든지 낼 테니 방을 깨끗하게 치우라고.”

“카프네는 정해진 요금 이상은 받을 수 없고, 나는 요리 전문이야. 네 의뢰를 받을 생각은 없어.”

순간 고이치의 얼굴이 가오루코도 위기감을 느낄 정도로 증오스럽게 구겨졌다. 그러나 걱정한 것과 같은 폭력 사태는 벌어지지 않았다. 고이치는 부잣집 도련님 같은 얼굴을 배신하는 비열한 미소를 지으며 말했다.

“너, 하루히코랑 섹스했냐?”

세쓰나는 힐끔 보기만 해도 심장이 얼어붙을 듯한 경멸 어린 시선으로 대응했다.

“네가 왜 그런 억측을 하는지 모르겠지만, 나와 하루히코는 친구이고 그런 건 필요 없었어.”

"친구, 친구, 아까부터 그 소린데 거짓말 같아. 하루히코랑 그렇게 찰싹 달라붙어 있으면서 걔를 좋아하지 않을 여자가 있을 리 없잖아. 아니면 너, 그쪽이냐?"

"정말이지 너는 너 자신 이외의 인간을 대하는 상상력과 섬세함이라고는 한 톨도 없구나. 하루히코도 왜 너 같은 거랑 사귀었는지 모르겠다. 결혼한 뒤에도 관계를 이어가고 싶다느니, 그런 쓰레기 같은 소리를 아무렇지 않게 하고."

"아무렇지 않을 리가 있냐!"

갑자기 고이치가 폭발하듯이 외쳐서 가오루코의 몸이 반사적으로 굳었다.

"아무렇지 않았겠냐고. 하지만 나도 어쩔 수 없었다고……!"

고이치가 오도카니 선 가오루코에게 고개를 돌렸다. 매달리듯 올려다보는 눈에서 눈물이 뚝뚝 흘렀다. 남동생의 시신을 발견했던 청년은 쓰레기로 어지러운 바닥에 또 이마를 댔다.

"죄송합니다. 제가 하루히코를 배신하고 상처를 줘서, 그래서 그 녀석은 분명…… 정말 죄송합니다."

"미나토 군, 그때 연락해서 얘기했었지. 하루히코의 시신은 해부까지 했지만 자살이 의심되는 점은 없었어. 왜 죽었는지 모르는 채 끝났지만, 네가 책임을 느낄 이유는 없어. 아마 그 아이의 수명이 거기까지여서."

"아니야, 아니에요. 그럴 리 없어요, 하루히코는 저 때문에 자기 스스로……"

“적당히 해.”

불온한 소리와 함께 날아온 뭔가가 고이치의 뺨을 때렸다.

으앗, 하고 신음한 고이치는 뺨을 움켜쥐고 고개를 숙였고, 빈 맥주 캔을 집어 던진 세쓰나는 얼음 같은 눈빛으로 그를 내려다보았다.

“아까부터 잠자코 듣는데 너는 하루히코가 너 때문에 죽었으면 좋겠나 보다? 하루히코가 나 때문에 괴로워하다 자살했다, 나는 그만큼 하루히코에게 사랑받았다고 생각하고 싶어? 대체 왜 이렇게 자기중심적이야? 지금 네 앞에 있는 사람은 하루히코의 누나야. 그런 소리를 들으면 기분이 어떨지 조금이라도 생각했어? 너는 매번 그래. 하루히코에게도 좋아한다고 자기 감정을 밀어붙이기만 하고 하루히코의 감정은 하나도 생각하지 않았지. 하루히코가 뭘 감당했는지 알려고 하지 않았어.”

“뭐? 그러는 너야말로 뭘 아는데!”

“모르지. 가족이든 연인이든 친구든, 같은 집에 살았어도 섹스를 했어도 인간은 자기 이외의 인간에 대해 제대로 알 수 없어. 안 것 같은 기분이 들어도 결국엔 착각이야.”

하지만, 하고 그녀가 작게 읊조리듯 말했다.

“하루히코는 너무 많은 사람에게 사랑받았고 너무 많은 사람이 필요로 했어. 그런 일이 29년간 쉼 없이 이어져서 웃고 있었어도 사실은 지쳤었어. 그건 알아.”

마음을 진정하려는 듯이 숨을 내쉰 세쓰나가 고이치를 바라보았다.

"네가 무슨 말을 해도 하루히코는 이제 설명도 못 하고 변명도 못 해. 이건 공평하지 않아. 그 이상 네 멋대로 말하지 마. 하루히코를 정말로 좋아했다면 이제 가만히 두라고."

한 방 먹은 듯한 표정을 지은 고이치가 입술을 떨며 입을 다물었다.

그러다가 뭔가 북받친 듯이 자기 목을 움켜쥔 그는 목뼈가 부러질 정도로 고개를 푹 숙였다.

"회사의 약품이 도난당했어."

그리고 무겁게 잠긴 목소리로 말했다.

"하루히코와 같은 연구 개발 부서에 대학 후배가 있는데, 그 녀석한테 들었어. 실험에 쓰는 동물을 안락사할 때 쓰는 약이 소량이지만 도난당했다고."

가오루코는 숨이 턱 막혔다.

"정말로?"

"정말이에요. 일이 커지면 안 되니까 내부적으로 조사를 진행했는데, 아직 누가 훔쳤는지 몰라요. 하지만 후배 말로는 관리 기록으로 보아 도난당한 시기가 하루히코의 생일 전후인 것 같다고 해요."

고이치가 얼굴을 감쌌다.

"관계자들은 전부 엄격한 조사를 받았어요. 하지만 하루히코는 생일에 휴가를 냈고 이후 그렇게 돼서 조사를 못 했죠. 게

다가 저도 후배에게 듣고 알았는데, 하루히코는 상사에게 퇴직 상담을 했다고 해요."

그런 건 모른다. 아무것도 듣지 못했다.

"대체 뭐냐고요. 저는 전혀 몰랐는데 그 녀석이 그랬대요. 그걸 저는 죽은 뒤에야 알아서…… 그 녀석, 주위에 자길 아껴주는 사람도 정말 많았는데 대체 왜? 나한테 말도 없이? 도대체 왜, 꼭 사라질 준비를 해왔던 것처럼."

견디지 못하겠는지 고이치는 바닥에 엎어졌다. 오열하며 떨리는 그의 턱을 가오루코는 안개 낀 것만 같은 의식으로 바라보았다.

머릿속에 영상이 마구잡이로 흘러갔다. 퇴직하고 싶다고 상사에게 상담하는 하루히코. 신변 정리를 하면서 회사 약품을 훔치는 하루히코. 스물아홉 살 생일날에 유언장을 도쿄 법무국에 맡기고, 누나의 생일 선물과 세쓰나에게 줄 선물을 날짜에 맞춰 도착하도록 신청한다. 누나와 저녁을 먹은 뒤, 집에 돌아온 하루히코는 침대에 누워 훔친 약을 마신다.

"만약 정말로 그랬더라도, 그게 안 되는 일일까."

무거운 침묵을 조용한 목소리가 깨트렸다.

축축해진 얼굴을 들고 의미를 모르겠다는 표정을 지은 고이치를, 세쓰나가 짙은 초콜릿색 눈으로 응시했다.

"누구든 원해서 태어난 게 아니야. 자기 의지와 관계없이 태어나고, 어디에서 어떻게 자랄지도, 어떤 일을 겪을지도 선택할 수 없어. 그렇다면 죽는 방법만큼은 스스로 선택해도 좋다고 생각해. 목숨도 인생도 그 사람만의 것이니까 그 정도는 허용해도 돼."

고이치는 움직이는 것도 잊고 넋이 나간 듯이 세쓰나를 바라보았다.

아파트 최고층에는 외부 소리도 전혀 들리지 않는다. 귀가 아플 정도의 고요 속에서 얼마나 시간이 흘렀을까. 머리가 온통 흰머리로 뒤덮일 것 같다고 가오루코가 생각했을 때, 불쑥 목소리가 들렸다.

"하루히코는 행복했을까."

아무것도 없는 허공을 올려다보며 고이치가 중얼거렸다.

"그 녀석, 언제 만나도 웃기만 했어. 나 같은 놈을 전부 긍정하는 것처럼 웃어줬어……. 나한테만 그런 게 아니야. 누구든지, 만나는 사람 모두에게 그랬어. 나도 알아. 내가 그 녀석을 좋아했던 것처럼은, 그 녀석은 나를 좋아하지 않았어. 내가 필사적으로 매달리니까 어울려줬을 뿐인 건 알고 있었어. 그래도 괜찮으니까 그 녀석이 곁에 있어주길 바랐어. 하지만, 그렇게 늘 다른 사람한테만 선물을 주는 산타클로스처럼 살면서 하루히코는 행복했을까."

고이치의 목소리가 떨렸다.

"정작 나는 좋아한다고 말만 늘어놓고 그 녀석에게 아무것도 해주지 않았어."

바닥에 엎드린 고이치는 목 놓아 꺼이꺼이 울었다.

묵묵히 그를 바라보던 세쓰나가 발길을 돌렸다. 돌아가려는 줄 알았는데, 주변에 어질러진 빈 캔과 과자 봉지를 줍기 시작했다. 가사 대행 서비스라도 자기는 요리 전문이라고 했으면서. 발밑의 빈 맥주 캔을 세쓰나가 주우려고 했을 때, 가오루코가 먼저 그것을 주웠다. 깔끔한 신식 부엌의 찬장을 멋대로 열어서 찾아낸 쓰레기봉투 한 장을 손에 들었고, 다른 한 장은 세쓰나에게 건넸다.

그렇게 한 시간 가까이에 걸쳐 쓰레기만 정리하고 고이치의 아파트를 나섰다.

돌아오는 길은 거의 기억이 없다.

문득 정신을 차리자 벌써 역 개찰구를 지났고, 다음으로 정신을 차렸을 때는 달리는 전철 좌석에 앉아 있었다. 눈앞에는 손잡이를 잡은 세쓰나가 있었다. 다음 순간에는 번잡한 하치오지역을 걷고 있었고, 그다음에는 주차장에 세워둔 경트럭 앞에 있었다. "타세요." 세쓰나가 시키는 대로 했고, 다음으로 정신을 차렸을 때는 자택 아파트 주차장에 경트럭이 선 참이었다. 어둠에 잠긴 하늘을 배경으로 우뚝 선 아파트의 창문 여기저기에 조명이 켜졌다. 이름도 모르는 사람들이 생활하는 빛, 살아 있는 빛에 왠지 가슴이 미어졌다.

"올라왔다 가."

조수석 문을 열며 가오루코가 말하자, 세쓰나는 묵묵히 경트럭에서 내렸다.

엘리베이터를 타서도 둘 다 말이 없었다. 9층에 내려 복도를 걸어 끝에서 두 번째 문을 열었다. 세쓰나는 얌전히 뒤를 따라왔다.

동거하던 사람이 떠난 집은 고요하고 어두웠다. 가오루코는 거실 조명을 켜고, 조금 쌀쌀한 것 같아서 난방을 약하게 틀었다. 상복을 벗지도 않고 소파에 앉자, 묵직하게 몸이 무거워져서 다시는 일어나지 못할 것만 같았다.

"너도 앉아."

입구에 서 있던 세쓰나가 이쪽으로 다가왔다. 고양이처럼 발소리가 나지 않는다. TV를 마주 보며 놓인 소파에, 가오루코와는 반대쪽 끝에 그녀가 앉았다.

"도키 씨로부터 신규 의뢰 얘기를 들은 건 작년 2월 중순이었어요."

또렷하게 잘 들리는 목소리로, 사이를 두지 않고 세쓰나가 말했다.

"노미야 하루히코라는 독신 남성 집에 2주간 일주일에 두 번씩 가서 사흘분씩 요리를 만들기. 가능한 한 이른 시일에, 라는 내용이었어요. 원래 신규 의뢰는 최소 3주 전에 예약이 들어오지 않는 한 받지 않는데, 그때는 마침 단골 이용자가 멀리 이사해서 일정이 빈 김에 받아들였죠."

세쓰나에게 의뢰가 들어오기 약 한 달 전, 하루히코는 신주쿠 아파트에서 혼자 살기 시작했다. 아버지와 엄마의 반대로 쉽게 본가를 떠나지 못한 하루히코였지만, 일이 바빠져서 통근하기 편리한 집을 구하기로 했다. 지금 생각해보면 고이치와 의논했을지도 모르겠다. 하루히코와 고이치의 아파트는 거리가 그렇게 멀지 않다.

"미나토 군이 카프네에 의뢰했다는 그거네. 하루히코가 식사를 자주 걸러서."

"맞아요. 신규 이용자여서 청소 담당자와 둘이 방문했는데, 사실 청소 쪽은 필요 없을 정도로 집이 잘 정돈되었고 깨끗했어요. 그래도 식사를 제대로 하지 않는다는 건 냉장고를 보고 알 수 있었어요. 영양 젤리와 음료, 영양제, 그런 것만 들어 있었죠. 실제로도 처음 만났을 때 하루히코는 되게 말랐었어요."

고이치의 말을 들었을 때는 예상을 벗어난 정보가 너무 많아서 그저 혼란스러웠다. 다시 한번 그녀에게 설명을 듣는 지금에서야 강렬한 위화감을 느꼈다.

"정말이야? 그야 우리 엄마가 하루히코를 절대 부엌에 들이지 않았고 자취 경험도 거의 없긴 했지만 자기 식사도 챙기지 못할 정도로 맹한 녀석은……."

"그런 능력이나 성격의 문제가 아니고, 그때 하루히코는 자기 방임에 가까운 상태였던 것 같아요."

단어의 의미는 안다.

하지만 그것과 자신이 아는 하루히코가 도저히 연결되지 않았다.

"그렇게 드문 일은 아니에요. 제가 담당하는 고객 중에도 일 스트레스 때문에 건강하게 살 의욕을 잃고 시중에 파는 반찬이나 즉석식품도 챙겨 먹지 못해서, 보다 못한 가족이 의뢰한 분이 있어요. 당사자가 일상생활에 지장을 느낄 정도로 무기력해지거나 옆에서 봤을 때 뭔가 이상한 징조가 있으면 주변 사람도 알아차리는데, 하루히코는 멀쩡하게 회사에 다니고 일도 잘하고 친구들과도 변함없이 어울렸어요. 미나토 고이치가 걱정해서 카프네에 의뢰하지 않았다면 계속 그러지 않았을까 싶어요. 하루히코 본인도 전혀 자각이 없었어요. 첫날 얼굴을 봤을 때는 왜 가사 대행 서비스를 부탁한 건지도 모르겠다는 태도였죠. 위기감이 전혀 없었어요."

하루히코가 혼자 살겠다고 했을 때, 걱정은 전혀 없었다. 남동생은 어려서부터 뭐든 잘했으니까 그랬다. 자기 손으로 집안일을 해야 하는 생활에도 금방 익숙해져서 잘 해낼 줄 알았다. 그것이 바로 부모님의 자랑스러운 아들 하루히코일 터였다.

그런 남동생이 스스로 살고자 하는 의욕을 잃고, 자신이 말라가는 것도 자각하지 못하다니, 그건.

"하루히코답지 않아."

목소리를 쥐어짜듯 말하자, 세쓰나가 이쪽을 정면으로 응시했다. 마치 뭔가 확인하는 것처럼.

"가오루코 씨, 취직해서 본가를 떠난 뒤로 하루히코와 같이 지낸 적은 없죠. 하루히코와 같이 밥을 먹을 기회는 있었나요?"

"그랬지…… 취직하고서도 가끔 본가에 가서 가족이랑 밥을 먹었고, 걔 생일에는 좋아하는 고깃집에 데리고 가기도 했어."

세쓰나의 눈가에 살짝 그늘이 졌다.

무엇에 대한 것인지는 모르겠지만 세쓰나가 뭔가를 짐작하고 슬픔을 느끼는 동시에 실망했다는 것을 직감으로 알았다.

"뭐야. 그런 걸 왜 묻는데? 너 뭐 아는 거 있어? 말해줘, 전부."

짧은 침묵을 사이에 둔 뒤 세쓰나가 입을 열어,

"하루히코는 미각 장애가 있었어요."

라고 차분하게 말했다.

"처음 담당하는 사람에게는 음식물 알레르기 이외에도 몇 가지 질문을 해요. 좋아하는 음식이 뭔지, 싫어하는 음식이 뭔지, 어떤 것을 먹고 싶은지. 하지만 하루히코는 뭐든 괜찮다고만 말했죠. 그것 자체는 별로 드문 경우는 아니에요. 하지만 그때까지 식생활을 고려하면, 식사에 관심도가 아주 낮아 보였어요. 미각 장애를 알게 된 건 세 번째 방문 때였어요. 냉장고에 있던 음료가 상해서 나중에 버리려고 테이블에 내놨는데, 퇴근한 하루히코가 그걸 마셨어요. 말릴 새도 없이 아무렇지 않은 얼굴로 컵 한 잔을 쭉 들이켜더군요. 그래서 혹시 싶었죠. 얘기를 들어보니 맵고 달고 쓴 것 정도만 어렴풋이 판별할 수 있고, 기본적으로 뭘 먹어도 맛이 거의 느껴지지 않는다고 했어요.”

“……잠깐만. 그거 진짜야? 하루히코 얘기 맞아?”

“제가 알던 하루히코 얘기예요.”

“미각 장애라니…… 언제부터? 하루히코, 그런 소리 나한텐 전혀 안 했는데.”

“정확하게는 본인도 모르는 것 같은데, 초등학교에 입학할 무렵부터 그랬다고 했어요. 혹시 이건 이상할지도 모른다고 중학생 때쯤 자각하기 시작했고, 고등학생이 되고 혼자서 병원에 가본 적도 있다고 해요. 하지만 검사를 받아도 특별한 원인을 몰라서 스트레스성이라는 진단을 받았다고 해요. 다음에는 부모님을 모셔 오라고 해서, 이후로 병원에는 가지 않았다고 말했어요.”

마룻바닥에 균열이 생기고 발밑이 무너지는 기분이었다.

아기였던 하루히코, 뒤뚱뒤뚱 걸음마를 시작한 하루히코, 두 살 무렵에 벌써 말문을 떼고 사랑스럽게 웃어서 누구나 귀여워했던 어린 시절의 하루히코. 초등학생, 중학생, 고등학생, 대학생, 그리고 직장인이 될 때까지. 하나뿐인 누나로서 하루히코의 어떤 시절이든 분명히 지켜보았다. 때로 원망하고 열등감을 느끼기도 했지만 늘 그 이상으로 따뜻한 애정을 넘치도록 전해준 남동생이었다.

그런데 어째서, 그렇게 중대한 사안을 남동생이 아니라 그녀에게서 들어야 하는가.

"걔는…… 어려서부터 가리는 게 없었어. 여주도 피망도 셀러리도 뭐든 싫어하지 않고 잘 먹었고 맛있다고 웃었어. 그야말로 천사 같은 얼굴로 말했단 말이야, 맛있다고. 하루히코가 그렇게 말하며 웃으면 부모님도 기분이 아주 안 좋을 때도 바로 웃곤 하셨어. 딱딱한 분위기도 금방 부드러워졌단 말이야. 응?"

세쓰나의 옆얼굴을 매달리는 심정으로 바라보았다.

"그게 전부 거짓말이었어? 걔는 그렇게 어릴 때부터 우리 앞에서, 사실은 맛도 모르면서 맛있다고 웃었다는 거야?"

세쓰나는 이 질문에는 대답하지 않고 차분하게 말을 이었다.

"계약 기간인 2주가 지나고, 이번에는 하루히코가 직접 정기 계약을 하고 싶다고 카프네로 연락했어요. 그래서 주 3회, 집에 찾아가 식사를 준비하게 됐죠. 제가 오전부터 저녁까지는 스케줄이 차 있어서 오후 7시에 하루히코의 아파트를 방문해 요리하기로 해서 자연스럽게 퇴근한 그 애와 대화할 기회가 늘었어요."

토요일 티켓 때마다 그녀가 만든 요리를 보고 의도를 알아차렸던 것처럼, 그녀가 하루히코에게 만들어줬다는 요리들이 순간 머릿속에 떠오르면서 그 의미를 이해했다.

처음 먹었던 것은 비명이 나올 정도로 매운 펜네 아라비아타와 목이 타들어갈 듯이 달콤한 터키식 디저트 바클라바. 매운맛은 혀에 자극이 강하고, 실제로도 하루히코는 냉면을 먹을 때면 늘 새빨개질 정도로 김치를 넣어 맵게 한 것을 선호했다. 세쓰나가 만든 매운 아라비아타는 맛을 잘 모르는 하루히코를 통증과 열기로 자극했을 테고, 이어서 디저트로 나온 달짝지근한 바클라바는 하루히코가 간신히 인식할 수 있는 '단맛'을 증폭했으리라.

다음으로 먹은 것은 애니메이션이나 만화책에 나오는 큼지막한 통뼈 고기였다. 맛은 물론이고 그런 요리를 먹는다는 것 자체가 흥분되는 경험이다. 맛의 감동을 모르는 하루히코를 그녀는 그렇게 여러 감각으로 즐겁게 해주려고 했다.

시각으로 즐기는 방향이라면, 무지개색 피자와 컬러풀한 팝콘 역시 그랬다. 세쓰나는 영화를 보며 같이 먹었다고 말했다. 분명 그때 하루히코는 가오루코도 그랬듯이 미각 이외의 감각으로도 식사를 즐겼을 것이다.

"저는 성격이 이래서 친구가 없는데, 하루히코와는 왠지 마음이 맞았어요. 유난스럽게 상대한테 맞추려는 점은 별로였지만 의견이 부딪쳐도 받아들이고 어떤 사람이든 존중하려는 면은 대단하다고 생각했어요. 제가 그 애의 식사를 만든 건 돈을 받고 한 일이니까 사실은 그럴 필요가 없는데, 하루히코는 늘 기뻐하며 고맙다고 말했죠. 그게 생각보다 기분 좋았어요."

아무것도 없는 공간을 응시하는 세쓰나의 눈빛이 아득했다.

"원래 고객과 개인적인 관계를 맺는 것은 바람직하지 않지만, 도키 씨 허가를 받아 쉬는 날에 같이 외출하기도 했어요. 식물원이나 저렴한 채소 시장이나 산나물 채취 투어 같은 데

다녔어요. 하루히코는 같이 있어도 일절 묘한 분위기를 풍기지 않아서 안심하고 곁에 있을 수 있었어요. 그 무렵에 카프네에서 아동복지시설의 가사 대행 활동을 시작했고요. 그 얘길 했더니 하루히코도 돕기 시작했죠. 그뿐만 아니라 회사 총무부에 제안해서 기부금을 받아주기도 했어요. 그러다가 활동이 매주 토요일 티켓으로 바뀐 뒤로도 하루히코는 계속 도와줬어요. 많은 도움을 받았고 같이 일하는 것도 즐거웠어요. 힘을 보태준 만큼 언젠가 은혜를 갚고도 싶었어요. 그래서 연인인 척하고 부모님께 인사하러 가달라고 부탁했을 때 받아들였죠. 누굴 소개해주겠다는 말이나 빨리 결혼하면 좋겠다는 소리를 듣는 것에 하루히코가 지친 걸 보면 알았으니까. 일단 결혼 전제로 사귀는 상대가 있다고 얼굴을 보여주면 그쪽 부모님 마음도 조금은 진정되겠다 싶어서 협력하기로 했어요."

부모님이 결혼을 재촉했다는 소리를 하루히코는 단 한 번도 가오루코에게 말하지 않았다. 그러나 아버지와 엄마라면 그랬을 것이다. 하루히코가 결혼해서 손주라도 생기면 부모님은 다시 하루히코를 집으로 데려올 수 있다고 생각하지 않았을까.

그리하여 작년 한여름인 7월, 하루히코가 데려온 그녀와 만났다.

"죄다 거짓말이었네. 하루히코도 너도. 뭐가 뭔지 모르겠다."

웃음이 새어 나왔다. 웃길 것 하나 없는데 웃음이 멈추지 않았다.

"제가 거짓말을 한 건 맞지만 하루히코는 아니라고 생각해요."

"뭐가 아니야? 남자 동료와는 불륜을 했고 너랑 결혼을 전제로 사귄다고 우리를 속이고, 미각 장애에 관해서도 비밀로 했어. 대체 뭐야, 정말 노미야 하루히코 얘기 맞아? 정말로 내 남동생 얘기냐고?"

공격하듯이 거친 목소리를 내도, 세쓰나는 그저 똑바로 바라볼 뿐이었다.

"하루히코는 속이려 했던 게 아니고 아무에게도 상처를 주고 싶지 않았을 거예요. 맛있다고 웃으면 모두가 웃게 되니까 계속 그렇게 했죠. 미나토 고이치가 절실히 의지하면서 네가 없으면 살 수 없다고까지 말하니까 상대의 마음이 변할 때까지 만나기로 했어요. 미나토 고이치는 산타클로스라고 했지만, 제가 보기에 하루히코는 훨씬 서툰 인간이었어요. 남의 감정에 민감해서 아무와도 싸우지 않으려고, 슬프게 하지 않으려고, 괴롭히지 않으려고, 매번 어떻게든 상황을 모면하는 방법을 썼죠. 그게 오랜 세월 쌓이고 쌓여서 결과적으로 거짓말이 됐을 뿐이에요. 적어도 속일 생각은 없었어요."

"그래도 나를 속였어. 하루히코도 너도."

잘 알고 있다고 여겼던 남동생에 대해 사실은 무엇 하나 몰랐다는 것. 남동생이 자신을 믿어주지 않은 것. 그리고 분명 가족 중 누구도 하루히코를 이해해주지 못했다는 것. 가족에게도 이해받지 못한 채로 하루히코가 죽은 것.

갑자기 눈앞에 닥친 여러 가지 사실에 감정이 엉망으로 무너져서, 수습할 수 없는 혼란 상태에 빠진 탓에 마음은 손쉽게도 분노라는 수단을 선택했다. 속았다고, 날 속였다고 피해자인 척 굴어서, 중요한 것을 전혀 알아차리지 못했던 자신에게서 눈을 돌려 고통에서 도망치려 했다.

자신의 비겁함을 자각하면서도 잘못한 건 그녀와 하루히코라는 듯이 계속 침묵했다. 두 손을 상복 치마 위에서 움켜쥐었는데, 세쓰나가 일어나는 기척이 느껴졌다.

"가오루코 씨 얘기, 하루히코에게 자주 들었어요."

그녀가 차분하게 말했다.

"어렸을 때부터 잘 보살펴주던 누나이고 부모님이 옭아매려고 하면 늘 자기 편을 들어주었다고요. 하루히코는 가오루코 씨 얘기를 제일 많이 했어요. 가오루코 씨가 하루히코를 사랑했던 것처럼 하루히코한테도 가오루코 씨는 세상에서 가장 소중한 누나였을 거예요."

실례할게요.

마지막의 마지막까지 차분한 목소리로 말하고, 이제는 죽은 남동생의 전 연인이라는 관계조차 아니게 된 여자는 발소리도 내지 않고 나갔다.

4장

1

5월이 됐다. 설명서에 적힌 대로 비료를 주고 흙이 마르면 물을 듬뿍 주면서 돌본 아가베 베네수엘라가 여러 겹 포개진 통통한 잎 사이로 빛깔이 옅고 소박한 새잎을 피웠다. 돌봐도 아무 변화가 없었던 식물이 갑자기 보여준 생명의 힘을, 가오루코는 쪼그리고 앉아 뚫어지게 바라보았다.

가로수 잎도 어느새 어린잎의 부드럽고 덧없는 색에서 산뜻하고 심지 굳은 비취색으로 바뀌었다. 잎 사이로 비단실처럼 흘러넘치는 햇빛도 피부에 튕기는 듯한 열기와 강도를 지녔다. 벌써 완연한 초여름이다. 그리고 분명히 계절은 달음박질해서 무더운 여름으로 갈 것이다.

부모님한테 교대로 몇 번이나 전화가 왔으나 받지 않았다. 용건은 짐작이 갔고, 지금은 말할 기분이 아니었다.

가만히 있으면 하루히코, 그리고 그녀가 의식을 점령한다.

생각하기 싫어서 가오루코는 직장의 같은 부서로 이동해 온 후배를 위해 지금까지 공탁 사례를 정리한 매뉴얼과 관련 문서를 만들었다. 후배가 감격했으나 "마음 쓸 것 없어"라고 웃지도 않고 답했다. 자기 자신을 위해 한 일이니 감사는 정말로 필요 없었다.

화요일은 다음 날부터 5일간 연휴에 들어가는 관계로 일이 바쁜 탓에, 퇴근할 때는 이미 녹초가 됐다. 전철 진동에 흔들리면서 집에 도착해 요리할 생각을 하자 지긋지긋해져서, 오늘 저녁은 즉석식품을 사서 해결하기로 했다. 이럴 때 내 사정만 생각하면 그만이니 혼자 사는 생활은 편하다.

미나미노역에서 내린 가오루코는 역 앞 마트로 갔다. 밤 10시까지 영업하는 마트는 밤하늘 아래에서 휘황찬란하게 조명을 밝히고 빛났다. 평소에는 제일 먼저 청과물 코너로 가 채소와 과일을 보는데, 오늘은 즉석식품 코너로 직행했다. 평소보다 저녁 시간이 늦었고 마흔이 넘은 몸을 고려해 해초 샐러드, 칡 전분 소스를 얹은 두부조림을 장바구니에 담았다. 최근 몸무게가 조금 늘어서 이 정도로 자제해야 하는 걸 알지만, 이상하게 고기를 먹고 싶었다. '반값' 스티커가 붙은 닭튀김이 눈에 들어와서 이걸 살까 하고 손을 내미는데, 손수 쓴 메모가 머릿속에 선명하게 떠올랐다.

'전자레인지로 반쯤 해동하고 예열한 오븐 토스터로 3분간 가열(튀김옷 표면에 기름이 지글거릴 때까지). 가열을 마치면,

토스터 안에 3분간 두고 잔열로 중심부까지 데우기.'

가오루코가 식자재 관리를 위해 부엌에 둔 노란색 포스트잇에 제법 분위기 있는 달필로 적힌 문장이, 프라이드치킨이 담긴 반찬 용기 뚜껑에 붙어 있었다. 프라이드치킨을 만들어준 지 벌써 2주가 넘었는데 그 메모를 보면 왠지 아까워서 먹을 수 없었다. 언젠가 특별한 날에. 혹은 그녀가 또 집에 와서 같이 밥을 먹을 때. 그렇게 생각해 냉동실에 소중히 넣어두었다.

결국 닭튀김은 장바구니에 담지 않고 반찬 코너를 떠났다. 미아가 된 기분으로 통로를 걷다가 색색의 캔이 나란한 매대가 눈에 들어와서 가오루코는 빨려 들어가듯이 그곳으로 갔다.

발포주(맥주와 비슷하지만 맥아 함량을 낮추어 더 가볍고 저렴하게 즐길 수 있도록 만든 일본식 술) 캔이 진열된 매대 주변은 공기가 썰렁했다. 분홍, 노랑, 하늘, 주황. 컬러풀한 캔들이 아무런 죄도 없는 표정을 하고서 우리를 마시면 기분이 좋아 질 거야, 하고 유혹하는 것처럼 보였다. 그래, 분명 즐거워지지. 머리가 멍해져서 깊이 생각하지 못하게 되고, 몸 내부의 파열 직전이었던 풍선에서 공기가 빠진다. 일시적인 현상에 불과하다는 것은 안다. 그러나 한순간이라도, 아주 잠깐이라도 싫은 일을 잊고 즐거울 수 있다면 뭐가 나쁘지. 목구멍을 내려가는 탄산의 감촉을 떠올리자 침이 샘솟았다.

괜찮아. 끊으려고 하면 바로 끊을 수 있으니까. 벌써 한 달 가까이 한 방울도 마시지 않고 살았으니까. 그러니까 오늘쯤은 조금만 마셔도 괜찮을 거야.

그런데 손이 움직이지 않았다.

색색의 모자이크화 같은 매대 앞에 멈춰 선 채 떠올린 것은 그녀의 얼굴이었다. 여기 있는 캔을 사서 돌아가도 딱히 뭐라고 할 사람도 없다. 그러나 그녀에게서 받은 것, 그와 함께 맡겨진 신뢰와도 같은 것을 배신하게 된다.

샐러드와 두부조림만 든 가벼운 에코백을 들고 집에 돌아왔다. 비누로 꼼꼼히 손을 씻은 가오루코는 냉장고에서 프라이드치킨이 든 반찬 용기를 꺼냈다. 뚜껑에 붙은 메모에 써 있는 대로 프라이드치킨 두 조각을 전자레인지로 반쯤 해동한 다음 오븐 토스터로 데웠다. 안을 잘 살펴 도톰한 튀김옷 표면에 기름이 지글거린 시점에 불을 끄고 그대로 잔열로 완성되기를 기다렸다. 타이머를 맞춰 정확히 3분을 재고 오븐 토스터를 열자, 말할 수 없이 좋은 냄새가 부엌에 퍼졌다.

황금색 프라이드치킨이 너무 아름다워서 노리다케의 하얀 사각 접시를 꺼내 찢은 양상추와 방울토마토도 곁들여 담았다. 테이블에 앉은 가오루코는 "잘 먹겠습니다"라고 소리 내어 합장하고, 뜨거운 프라이드치킨을 손으로 잡고 먹었다. 바삭바삭한 튀김옷, 흘러나오는 육즙. 닭고기는 감칠맛 덩어리를 씹는 것만 같았고, 향신료의 강렬한 향이 코를 지나가서 오로지 이 말만 생각났다.

"맛있다."

아무도 없는 테이블 저편으로 말을 던진 순간, 가슴이 타들어갈 정도로 생각했다.

이대로 끝나는 건 싫다.

가오루코는 의자 소리를 내며 일어나 몸을 앞으로 기울이고 거실로 달려갔다. 물티슈로 손을 닦고 좌식 테이블에 놓아둔 스마트폰을 집었다. 어쩌지. 뭐라고 말하면 될까? 끙끙 고민했지만 지금 심정을 솔직히 말하기로 했다.

'지난번에는 너한테 말을 심하게 했어. 미안해. 다시 한번 제대로 대화할 수 있을까?'

몇 번이나 다시 읽어 오탈자나 어떤 거짓도 없는 것을 확인하고 보내기 버튼에 손가락을 가져갔다. 그러나 좀처럼 누르지 못했다. 속였다는 비난을 들은 그녀는 이걸 읽고 어떻게 생각할까. 자기 사정만 생각하는 인간이라고 화만 내지 않을까.

그러나 지금 움직이지 않으면 그녀와는 분명 이걸로 끝이다.

단전에 힘을 주고 버튼을 누르려는 순간, 갑자기 높다란 전자음이 울려서 가오루코는 심장이 멎을 정도로 놀랐다.

전화가 왔다. 화면에 '도키와 도키코'라고 표시되었다.

"네, 노미야입니다."

"아, 갑자기 죄송해요, 카프네의 도키와입니다. 메시지 치는 게 귀찮아서 곧바로 전화를 거는 쇼와(1926년~1989년에 해당하는 일본의 연호) 출생 여자라 죄송해요."

"아니요, 저도 비슷하게 쇼와 여자이니 신경 쓰지 마세요. 그런데 무슨 일이세요?"

"다음 주 토요일 티켓 말인데요. 노미야 씨, 참가해주실 수 있나요? 황금연휴이니 다른 일정이 있으시면 그쪽을 우선하셔도 좋습니다만."

티켓. 그래, 티켓이 있었다. 가오루코는 속사포처럼 대답했다.

"일정은 아무것도 없어요. 꼭 참가하고 싶습니다."

"만세……! 기뻐해서 죄송해요, 연휴에는 특히 일손이 부족해서 정말 살았어요. 그리고 이번 주 토요일 말인데요, 셋짱이 건강상 문제로 쉬게 돼서 저와 페어를 꾸리게 될 텐데 괜찮으신가요?"

엇, 하고 반응했다.

"건강상 문제요? 그 사람도 몸이 안 좋을 때가 있나요?"

"노미야 씨, 셋짱하고 닮아가시네요. 본인이 약한 모습을 보이는 걸 싫어해서 태어난 이래 열도 한 번 난 적 없다는 듯한 얼굴을 하는데, 가끔은 몸 상태가 나빠지더라고요. 그래도 심각한 건 아니니까요."

따뜻한 눈으로 지켜봐달라는 뉘앙스가 도키코의 목소리에서 느껴졌다. 그걸로 '가끔은' 상태가 나빠진 적이 지금까지 몇 번이나 있었다는 것을 알았다.

무슨 지병이라도 있나요, 하는 말이 목까지 나왔으나 결국 묻지 못하고 전화를 끊었다.

세쓰나는 이제 죽은 남동생의 전 여자 친구도 아니다. 나와 그녀 사이에는 아무것도 없다.

그러니 개인적인 사정을 궁금해해도 되는지 알 수 없었다.

5월 첫 번째 토요일, 가오루코는 하치오지역에서 도키코를 만나 버스를 탔다.

오전에 방문한 곳은 본가에서 독립해 자취하는 남자 대학생의 연립주택이었다. 그런데 기다리고 있던 사람은 그의 모친이었다. "너무 지저분해서요"라고 현관에서 모친이 심각하게 말한 대로, 3월 하순에 입주했다는 원룸은 상태가 어지간했다.

여기 사는 청년이 ADHD 진단을 받은 사실은 미리 모친에게서 들었다. "아들은 도무지 정리할 줄을 몰라서요, 저도 며칠 전에 여기 왔다가 말문이 막혔어요" 하고 힘없는 목소리로 말한 모친에게 최대한 유연하게 맞장구를 치며 가오루코는 방을 정리했다. 경험을 쌓은 덕에 두 시간 만에 방을 제법 깔끔하게 치울 수 있었다. 그러는 동안 도키코도 일주일은 먹을 양의 요리를 만들었다.

"왠지 석연치 않은 표정이시네요, 노미야 씨."

일을 마치고 점심을 먹으러 근처 패밀리 레스토랑에 들어가자, 도키코가 다정하게 미소를 지으며 말했다.

표정에 드러났나. 가오루코는 음료 코너에서 가지고 온 우롱차를 마시며 머쓱해했다.

"지금까지 방문처는 환자를 돌보는 분이나 아이를 키우는 한 부모 가정이 많았어요. 또 도키와 씨도 같이 갔었던 쌍둥이를 혼자 키우는 엄마 같은 분들이요. 이렇게 말하면 좀 그런데, 그런 분들이 티켓을 받는 것은 이해할 수 있어요. 하지만 이번 청년은 보기에 경제적으로 그다지 곤란한 것 같지 않았으니, 처음부터 평범하게 가사 대행을 맡겨도 좋지 않나 하는 생각이 어쩔 수 없이 드네요."

하지만, 하고 말을 이으며 한숨을 쉬었다.

"돌봄 중인 사람이나 한부모가족은 괜찮아도 이번 같은 경우는 안 된다는 건, 따지고 보면 단순히 제 호불호에 불과하다는 것도 알고 있어요. 그 사람이 얼마나 곤란한지 수치화할 수도 없고, 지나가는 인간이 외부에서 본다고 알 수도 없죠. 제 감정으로 멋대로 사안을 판단하는 건 옳지 않다고 생각하는데, 그렇다면 어떻게 해야 공평한지도 잘 모르겠어요."

동그란 눈으로 이쪽을 바라보던 도키코가 진지하게 말했다.

"노미야 씨, 너무 성실해서 귀찮은 사람이라는 말을 들으며 살아오신 분이겠어요."

"네, 엄마한테도 들었어요. 그것 때문에 사귀던 사람에게도 결혼 직전에 차이기도 했고요."

"저는 좋아해요, 귀찮을 정도로 성실한 노미야 씨 같은 사람요. 또 노미야 씨가 하신 말씀은 사실 티켓의 근간과 연관되어요. 활동을 시작한 지 1년 가까이 지났지만 저 역시 지금도 고민해요. 이래도 괜찮을까, 뜻 있는 분들의 선의를 착취하는 것은 아닐까.”

가오루코에게 도키코는 망설이지 않고 자기 길을 힘차게 나아가는 사람처럼 보였기에 놀랐다. 도키코는 쓴웃음을 짓고 음료 코너에서 가지고 온 멜론 소다를 한 모금 마시곤 말을 이었다.

“지금은 오랫동안 이용하는 고객에게 티켓을 드릴 때 ‘지인 중에 집안일로 곤란해하는 분이 계시면 건네주세요’라고 부탁드려요. 그러나 처음에는 ‘가사 대행을 부탁할 경제적 여유가 없는 분’이라는 조건이 있었어요.”

“그런데 그걸 없앴네요?”

“네. 그런 조건을 붙이면 정말로 도움이 필요한 분들이 오히려 티켓을 사용하기 어려워질 수 있다는 말을 들었어요.”

하루히코 씨한테서요. 도키코는 그렇게 말했다.

“목적이 ‘절박할 만큼 사정이 어려운 사람만을 대상으로 삼아 도와주고 싶다’였다면 조건을 엄격하게 정해야 할 거예요. 그러나 ‘사정이 어려운 사람을 최대한 놓치지 않고 도와주고 싶다’가 목적이라면, 회색 지대인 사람들도 받아들이는 편이 좋다. 그러면 다양한 측면에서 도움이 필요한 사람들이 회색 지대로 녹아들어 도움을 청하기 쉬워진다. 넌지시, 마음 편하게 손을 빌려줄 수 있다고.”

제대로 말이 나오지 않아 그저 도키코의 이야기에 귀를 기울였다.

미나토 고이치와 세쓰나에게서 자신은 전혀 몰랐던 하루히코의 모습을 들었다. 남동생이 사실은 어떤 인간이었는지 알수 없어져서, 누나인데 아무것도 몰랐던 사실에 타격받기도했다. 그러나 도키코가 말하는 하루히코는 너무도 하루히코다웠다.

"과연 옳은 말이다 싶어서 지금의 활동 형태로 바꾸었어요. 저기, 카프네라는 회사 이름의 의미를 아시나요?"

"포르투갈어로 '사랑하는 사람의 머리카락에 손가락을 넣어 빗겨주는 행위'를 나타내는 말이죠. 일본어로 번역하기 어려운 뉘앙스라고 하던데요."

"역시. 이런 걸 잘 조사하는 노미야 씨가 좋아요. 저는 회사를 시작하기 전에 일을 두 탕이나 뛰면서 무아지경으로 일했어요. 지칠 대로 지쳐서 돌아오면 딸들은 보통 자고 있는데, 그얼굴을 보면 역시 마음이 놓여요. 아이의 머리카락은 참 부드럽고 매끄럽고 따뜻하죠."

가오루코도 무심코 웃으며 고개를 끄덕였다. 손끝에 되살아나는 매끄러운 감촉은 자기 아이가 아니라 어린 하루히코의 것이었지만.

"사랑스러워요. 잠든 딸들의 머리카락을 만지면서 너무 바빠 마음을 잃어가는 사람들이 이런 시간을 가질 수 있게 돕는일을 하고 싶다고 생각했어요. 그래서 창업할 때 회사 이름으로 삼았죠. 이런 얘기를 했더니 하루히코 씨, 멋지다고 웃었어요. 그 친구의 미소는 왠지 천연기념물 같죠."

미소 짓는 도키코가 문득 이렇게 말했다.

"만나고 싶다."

가오루코도 뭔가 차오르는 것을 견디며 고개를 끄덕였다.

지금은 너를 잘 모르겠어.

그래도 다시 한번 더 만나고 싶어, 하루히코.

패밀리 레스토랑을 나와 또 버스로 이동했다. 버스가 붐벼서 도키코와 2인 자리에 어깨를 붙이고 앉았다.

"오후의 방문처는 티켓 활동으로 가는 것이 두 번째예요. 부인이 치매에 걸린 남편을 돌보시죠."

"그렇군요. 저도 남 일 같지 않네요. 힘드시겠어요."

"네, 부인이 참 굳센 분이라 허리가 아픈데도 뭐든 스스로 하려고 하셔서요. 그걸 걱정한 카프네 이용자분이 티켓을 두 차례 선물했어요. 그리고 노미야 씨, 지난번 티켓으로 도우러 갔던 사람이 셋짱과 하루히코 씨예요."

"네?" 하고 놀라는 가오루코를 보며 도키코가 살포시 웃었다.

"셋짱과 하루히코 씨는 최강 콤비로 평판이 대단히 좋았어요. 일부러 부인이 감사 편지를 회사로 보낼 정도였으니까요. 두 번째 티켓을 담당하게 된 우리 부담이 커졌긴 하지만 같이 열심히 해요."

방문처는 아담한 단층집이었다. 임대식 건물인지, 주변에 상자 모양의 똑같은 집이 세 채 나란했다. 도키코와 가오루코를 맞이한 사람은 백발이 아름다운 노부인이었다.

"미안해요, 두 번이나 신세를 져서."

그렇게까지 미안한 기색은 없이 시원시원하게 말하는 부인을 보고, 가오루코는 세쓰나와 비슷하다고 생각했다. 아마 자세가 곧고 서 있는 모습에서 힘이 느껴지기 때문이다.

부인이 돌보는 남편은 안방에서 쉬고 있는 듯했고 가오루코는 1층 거실 청소를 부탁받았다. 욕실과 화장실은 어떻게 할지 묻자 "그런 곳은 괜찮아요, 내가 할 테니까"라는 대답이 돌아왔다. 아픈지 허리를 문지르는 부인을 보며 가오루코는 참견은 금물이라는 세쓰나의 말을 떠올렸지만, 그만 참지 못하고 말해버렸다.

"오늘은 사양하지 않으셔도 돼요. 또 간병 보험은 이미 쓰고 계실 것 같은데, 선생님도 서비스를 이용하시면 어떨까 해요. 계속 환자를 돌보고 집안일을 하려면 너무 힘드실 테니까요."

부인은 눈을 동그랗게 뜨더니 미소를 지었다.

"그러네, 정말 고마워요. 그런 서비스 이용도 고려해야 한다고 생각은 하는데, 최대한 내 힘으로 생활하고 싶은 마음도 있어요. 나보다 훨씬 더 곤란한 사람은 이 나라 안만 따져도 아주 많을 테니까요. 정말로 아무리 도와도, 곤란한 사람도 괴로운 사람도 눈물 흘리는 사람도 사라지지 않아요."

진실을 꿰뚫은 말에 놀란 가오루코는 거실 벽에 걸린 사진을 알아차렸다. 흑인 아이들과 웃으며 찍힌 여성은 부인이었다. 옆에 선 동양인 남성은 남편일까. 두 사람의 사진은 그것 이외에도 몇 장이나 있었다. 경치도 같이 찍힌 사람들도, 그들의 피부색도 옷차림도 다양했다.

가오루코의 시선을 알아차리고 부인이 설명했다.

"나와 남편은 한 의료 단체에서 활동했어요. 내가 조산사, 남편이 의사였죠. 아프리카, 인도, 아프가니스탄, 이런저런 곳에 갔어요. 동일본대지진 때도 다음 날 도호쿠로 달려갔죠."

그녀가 이름을 댄 인도주의 의료 단체는 가오루코도 잘 알았다. 세계적으로 유명하고, 하루히코가 유산 기부를 바랐던 단체였기 때문이다.

"우리는 특정 종교나 사상에 구애되지 않고, 어떤 신앙과 사상과 처지를 가졌든 상관없이 목숨의 위기에 직면한 사람들을 도와왔어요. 때로 분쟁 지역에서는 병원 시설이나 지원 거점이 공격받을 때도 있어서, 나도 테러로 동료를 잃은 적이 있어요. 치안이 좋지 않은 지역이면 납치의 타깃이 되기도 하죠. 그래서 자신만 아는 기호를 적어서 봉인한 것을 사무국에 맡겨 놓고 실제로 납치당했을 때 암호를 통해 본인 확인을 하기도 해요."

부부는 젊어서부터 세계 각지를 다녔고, 겨우 1년 전까지만 해도 임대한 이 집에는 단기간만 돌아올 뿐이었다. 그녀의 말에 힘이 깃든 것은 전부 그녀 자신의 체험에서 나온 말이기 때문이다. 가오루코도 남을 돕고 싶은 마음은 있다. 그러나 이들처럼 때로는 자신의 목숨도 위태로운 곳에 찾아가서 전력을 다하는 것은 엄청난 각오가 필요하다. 스스로 할 수 있을지 물으면, 솔직히 자신이 없다.

"무례한 질문이라면 죄송해요. 그런 삶을 어떻게 선택하실 수 있었나요? 지금 말씀하신 대로 위험이 바로 옆에 있는 길이잖아요. 그런데, 왜."

불쾌해할지도 모른다고 생각했으나 부인은 미소를 지었다.

"제일 처음에는요, 직장에서 알게 된 남편에게 첫눈에 반해서 분쟁지 아이들을 돕고 싶다는 남편을 쫓아갔어요."

"네?"

"그러다가 거기에서, 머리로는 알고 있었지만 실상은 무지했던 현실을 봤죠. 직접 보고 말았으니 그 일에 내 힘을 쏟을 수밖에 없었어요. 누군가 울고 있는 것을 봤을 때, 도와주고 싶어 하는 마음은 누구에게나 있다고 생각해요. 그렇게 믿어요. 내 감정이 시키는 대로 향했던 다양한 곳에서 많은 엄마와 아기를 만났어요. 가슴이 미어질 정도로 슬펐던 적도 많았지만, 언제 어디서나 목숨은 보석 같았어요. 다만 너무 열중하는 바람에 내 아이와는 만나지 못했지만요."

쾌활하게 웃는 부인을 뚫어지게 바라보았다. 아이가 없는 것은 자신도 그녀도 마찬가지다. 그런데 이 사람은 어쩜 이토록 맑은 미소를 지을 수 있는 걸까.

그런 가오루코를 부인이 어딘지 어리둥절한 표정으로 바라보았다. 너무 뚫어지게 봐서 당황했다.

"왜 그러세요?"

"아니요…… 올해 2월 말이었던가, 전에도 카프네에서 도움을 주러 오셨는데, 그때 청소를 해준 남자분도 똑같은 질문을 했었어요. 그 사람과 당신이 왠지 모르게 닮은 것 같아서요."

하루히코와 닮았다는 소리는 지금까지 들어본 적 없다.

하루히코는 엄마와 닮아 용모도 매력적인 데다 쾌활하고 솔직한 성격이어서 누구에게나 사랑받았다. 그런 남동생과 자신은 정반대라고 줄곧 생각했었다.

"……제 남동생일 거예요."

"어머나, 그래요? 남동생분이 얼마나 잘해주셨는지 몰라요. 잘 지내나요?"

네, 라고 웃으며 대답해도 좋았을 것이다. 어쩌면 앞으로 다시는 만날 일이 없을지도 모를 사람이다. 그렇다면 잘 지낸다고 대답해서 안심하게 두는 편이 낫다.

그러나 지금 가오루코는 입을 다물고 말았고, 부인은 곧바로 뭔가 알아차린 표정을 지었다. 죽음을 가까이에서 느껴온 사람임을 알 수 있는 순간적인 반응이었다. 그래서 3월 생일날에 하루히코가 떠났다고 알렸다.

"그래요…… 슬프네요. 당신은 더 그렇겠죠. 고인의 명복을 빕니다."

"고맙습니다. 저기, 죄송한데 전에 남동생이 왔을 때 어땠는지 알려주실 수 있을까요? 동생이 뭔가 이상해 보이지 않았나요?"

자기 때문에 하루히코가 죽었다고 미나토 고이치는 울면서 말했다. 그와 하루히코가 다니는 제약 회사에서 도난당한 약품은 고이치의 말대로 연구직이었던 하루히코라면 훔칠 수 있었을 것이다.

그러나 자세히 알아보고 싶어도 하루히코의 시신은 이미 화장해서 뼈가 됐다. 하루히코가 왜 죽었는지 알 방법은 이미 없다. 설마 그럴 리 없다고 부정하다가도, 그래도 혹시 모른다는 생각이 빙글빙글 반복된다. 벌써 오랫동안 제대로 잠을 자지 못하는 날이 이어졌다.

부인은 죽기 전인 하루히코와 만났다. 그때 하루히코는 어땠을까. 무슨 생각을 했을까. 아주 사소한 것이라도 좋으니 알려주면 좋겠다고, 매달리듯 부탁하는 가오루코를 부인은 맑은 눈으로 가만히 바라보았다.

"동생분이 이 방을 아주 깨끗하게 청소해주었어요. 당신처럼 청소하면서 내 추억담을 흥미롭게 들었죠. 신비한 사람이었어요. 뭐랄까, 같이 있기만 해도 마음이 따뜻해지는 것 같았죠. 하지만 어떻게 표현하면 좋을까요, 그다지 진심에서 우러난 삶을 살지 못하는 듯한 얼굴이었어요. 다양한 곳에서 처지가 제각각인 사람을 만났기에 그런 걸 왠지 모르게 느끼게 되거든요. 그래서 '할머니의 괜한 오지랖이지만, 너 자신에게 솔직하게 살고 있니? 네가 바라는 것, 원하는 것을 손에 넣으면서 살아가지 않으면 안 돼' 같은 소리를 했다고 기억해요."

"그래서 동생은……?"

부인은 가오루코의 옆쪽 공간을 아득한 눈빛으로 바라보았다.

"그는 한동안 잠자코 있더니 '제가 원하는 게 뭔지 잘 모르겠어요'라고 불쑥 말했어요. 아주 예전부터 그랬기에 뭔가 갖고 싶고 이런 걸 하고 싶다는 바람을 확고하게 지닌 사람을 보면 눈부시다고 했어요. 그런 사람에게 약하다고 마지막에는 웃더군요. 왠지 뭔가…… 안타까운 마음이 드는 미소였어요. 그 사람은 자기가 원하는 것이 뭔지 잘 모를 정도로 다른 사람이 원하는 것에 맞춰 살아왔을지도 모른다고 생각했어요."

하루히코는 너무 많은 사람에게 사랑받았고 너무 많은 사람이 필요로 했어, 그런 일이 29년간 쉼 없이 이어져서 웃고 있었어도 사실은 지쳤었어.

세쓰나의 목소리가 귓가에 되살아나 목구멍이 붓기라도 한 듯 욱신거렸다. 하루히코가 언제부터 그랬는지 기억하지 못한다. 그러나 아직 초등학교에도 들어가지 않은 어린 시절부터 하루히코는 제 고집을 부리지 않는 아이였다. 항상 기분이 밝았고 사람들에게 환하게 웃어 보였고, 그런 만큼 더욱 사랑받았고, 이쪽으로 오라고 내미는 손에 웃으며 따랐다.

"'원하는 게 뭔지 모르겠다면 좋아하는 걸 생각해보면 어때?' 하고 동생분에게 말했어요. 그랬더니 그 친구, 한참 생각에 잠겼어요. '그래도 제가 하고 싶은 것과 주변 사람들이 저에게 바라는 것이 엇갈릴 때가 있어요'라고 했죠."

"그래서 뭐라고 말씀하셨어요?"

"'그럴 때 선택해야 하는 건 네 마음이야'라고 대답했죠. '네 인생도 네 목숨도 너만의 것이니까 너만이 어떻게 쓸지 정할 수 있어. 설령 누가 무슨 말을 하든 네가 생각한 대로 하면 돼'라고요. 그랬더니 동생분, 아주 투명하게 맑은 얼굴로 웃었어요. 고맙다고 하면서요."

그때 하루히코는 도대체 무슨 생각을 했을까.

투명하게 맑은 미소 뒤편에서 무엇을 결정했을까.

두 시간이 지나 가오루코 그리고 음식들을 냉장고에 넣은 도키코가 인사하자, 부인이 허리를 문지르며 밝게 웃었다.

"두 분, 정말 고마워요. 다음에는 카프네에 가사 대행 서비스를 부탁하려고 해요. 조만간 또 연락할 테니 잘 부탁해요."

밖으로 나오자, 시간이 멈춘 것처럼 머리 위로 흐릿한 하늘이 펼쳐졌다. 낮 4시를 지난 시각이었다. 버스 정류장까지 갔는데 도키코가 "죄송한데요, 노미야 씨" 하고 말했다.

"저는 셋짱 집에 음식 배달을 하러 가려고 해요. 노미야 씨, 가는 길이 반대 방향이어서 여기에서부터 혼자 가셔야 하는데 괜찮으세요?"

도키코는 물건이 가득 차 빵빵한 에코백을 들어 보였다. 장

보러 가는 것도 힘들 정도로 상태가 안 좋다는 건가. 아무에게도 신세 지지 않고 사는 것처럼 외톨이 늑대 같은 얼굴을 한 그애가.

가오루코는 곧바로 말했다.

"저도 같이 가도 될까요?"

세쓰나에게 물어보겠지만 아마 거절할지도 모른다고 도키코가 말했다.

"전에도 말씀드렸는데, 약한 모습을 보이기 싫어하는 아이예요. 상태가 안 좋아도 절대로 티를 내지 않는 길고양이 같은 성격이어서요. 노미야 씨 앞에서는 애를 쓰니까 특히 더 싫어할지도 몰라요."

"애를 쓴다고요? 그런 걸 해요?"

"하던걸요, 정말 대놓고. 하루히코 씨 앞이라면 좀 더 힘을 뺐을 테고 내 앞이라면 좀 더 스스럼없어요."

보도를 걸으며 도키코가 웃었다.

"그건 어린애가 언니를 앞에 두고 우물쭈물하는 느낌과 비슷한 것 같아요. 셋짱, 낯을 가리고 외동이어서 신경 쓰이는 사람 앞에서는 퉁명스럽게 구는 면이 있어요. 언뜻 들었는데 토요일에 티켓을 마치면 셋짱이 노미야 씨 댁에서 저녁을 만든다면서요."

"네, 하지만 그건 저를 배려해서 그래주는 걸 거예요. 제가 하루히코의 누나니까."

"그러네요. 그건 확실히 그럴지도요. 그 두 사람은 절친이었
으니까. 그래도 셋짱이 그런 식으로 솔선해서 남과 어울리는
건 의외로 귀한 일이에요. 노미야 씨의 사람됨을 보고 좋아하
게 됐으니까 그럴 거예요."

얼마 지나지 않아 도키코의 스마트폰에서 알림이 울렸다.
새로 온 메시지를 확인한 도키코는 눈썹을 축 늘어뜨렸다. 가
오루코는 고개를 끄덕였다.

"역시 상태가 안 좋을 때는 어지간히 마음을 터놓지 않은 사
람이 아닌 한 가까이 오는 게 싫겠죠. 저도 그건 이해해요. 실
례하겠습니다."

"아, 잠깐만요. 정말 바로 이 근처여서요. 노미야 씨, 죄송하
지만 제가 셋짱이 어떤지 보는 동안 이걸 냉장고에 넣어주시
겠어요? 그리고 조금만 기다려주세요. 노미야 씨만 괜찮으시
면 같이 밥 먹고 가요. 일전에 셋짱을 따라가주셔서 감사했으
니까 대접하고 싶어요."

그러고 보니 미나토 고이치의 집에 동행했을 때, 다음에 같
이 밥을 먹으러 가자고 도키코에게 말했다. 괜히 마음을 쓰게
한 것은 알지만 역시 세쓰나의 상태가 마음에 걸려서, 가오루
코는 도키코와 함께 연립주택으로 갔다.

연립주택은 외벽이 그레이와 오프화이트 두 색상으로 칠해
진 2층 건물로, 세쓰나는 2층의 서쪽에서 두 번째 집에 살았다.
도키코가 당연하다는 듯이 지갑에서 열쇠를 꺼내 문을 열어서

가오루코는 내심 놀랐다. 세쓰나와 도키코는 단순한 회사 동료보다 훨씬 가까운 관계로 보였다.

"셋짱, 나 왔어."

어스름한 현관으로 들어가며 도키코가 침착한 목소리로 말을 걸었다. 좁은 현관에 세쓰나가 늘 신고 다니는 블랙 컴뱃 부츠 한 켤레가 놓여 있었다. 바로 오른쪽에 세탁기가 있고, 그 조금 앞이 부엌이었다.

"들어갈게."

넌지시 말을 걸며 문을 연 도키코는 잘 부탁한다는 듯이 가오루코에게 살짝 고개를 숙이고 방으로 들어갔다. 문이 닫히기까지의 짧은 1, 2초 사이에 조명이 켜지지 않은 텅 빈 마룻바닥과 구색처럼 놓인 좌식 테이블, 방 안쪽에 있는 침대가 보였다. 침대 위의 하얀 이불이 누워 있는 인간의 형태로 부푼 것도.

"열은 쟀어? 물 좀 줄까?"

"……도키 씨, 안 와도 된다고 했잖아. 괜찮으니까 집에 가요."

"응, 바로 갈 거야. 그래도 가기 전에 포카리스웨트 마실 수 있겠어? 달걀찜이나 즉석 죽처럼 간단히 먹을 수 있는 거 사 왔으니까 냉장고에 넣어둘게."

언뜻 들려오는 말대로, 오래 쓴 티가 나는 에코백을 열자 전자레인지로 데우기만 하면 되는 달걀찜과 콘 수프, 각각 달걀과 매실 장아찌와 연어가 들어간 즉석 죽들, 푸딩 등이 들어 있었다. 최대한 소리가 나지 않게 소형 냉장고 앞에 무릎을 꿇고 문을 연 가오루코는 순간 숨이 턱 막혔다.

냉장고 안은 깨끗하게 정돈되어 있었다.

아니, 그보다는 음식이 거의 들어 있지 않아 텅 빈 상태였다. 각 단의 선반이 하얘서 눈이 부실 정도이고, 냉장고 안쪽 벽까지 또렷하게 보였다. 그나마 들어 있는 것이라면 팩에 담긴 영양 젤리 세 개쯤, 미네랄워터 페트병이 문 안쪽 선반에 한 병, 멀티 비타민, 철분 영양제병, 그게 전부였다. 간장이나 마요네즈처럼 어느 집에나 당연히 있을 조미료 하나 없다.

심장이 메마른 소리를 내며 뛰었다. 가오루코는 일단 도키코가 사 온 식재료를 최대한 조용히 냉장고에 넣었다.

숨을 죽이고 일어나 부엌을 둘러보았다. 싱크대에 물기가 있었다. 식기 건조대에 파란 민무늬 머그잔이 있으니 저걸 씻은 거겠지. 가스레인지는 1구짜리였다. 얼룩 하나 없었다. 아담한 부엌을 구석구석 확인해도 국자나 프라이팬, 요리용 젓가락, 식칼 같은 도구가 보이지 않았다. ……어쩌면 보이지 않는 곳에 가지런히 수납한 걸지도 모른다. 아니, 그렇잖아. 그녀가 지금까지 얼마나 화려한 솜씨를 보여줬던가?

싱크대와 벽의 좁은 틈에 끼운 듯이 놓인 쓰레기통을 본 순간, 심장박동이 흐트러졌다.

냉장고에 있던 것과 같은 영양 젤리 빈 팩이 구겨져서 몇 개나, 잔뜩 쌓여 있었다. 그 외에는 휴지와 종잇조각뿐이다. 식재료를 다듬은 흔적은커녕 밖에서 파는 음식을 사서 먹은 낌새도 보이지 않았다.

우두커니 선 가오루코는 쓰레기통 아래에 자그마한 은색의 무언가가 떨어진 것을 알아차렸다. 무릎을 굽혀 살펴보니 약 포장재였다. 원래 더 커다란 포장재일 텐데 두 정 분량만큼 자른 것이다. 약은 이미 없었다. 먹고 남은 포장재를 쓰레기통에 버리다가 무심코 떨어뜨린 모양이다.

'이매티닙 100'이라고 은색 포장재에 인쇄된 약 이름은 무척 생소했다.

이건 타인의 사생활이라고 이성이 경고했다. 그러나 알고 싶다는 욕망이 더 강했다. 초조함과 비슷한 심경으로 가오루코는 스마트폰을 꺼냈다. 검색은 고작 2초 만에 끝났다.

……왜.

제일 처음 머릿속에 떠오른 말은 이것이었다.

왜 나는 몰랐지? 당연하다. 그녀와는 생판 남이니까.

왜 그녀는 알려주지 않았지? 그것도 당연하다. 하루히코와 그녀는 친구였을지 몰라도 나와는 그에도 미치지 못한 관계일 뿐이니까.

세쓰나에게 하루히코 이야기를 들었을 때와 같다. 속이 뒤집히고 무너지는 느낌이다. 지금까지 내가 본 것은 뭐였는지 알 수 없어진다.

"그럼 갈게. 무슨 일 있으면 연락해. 아무 일 없어도 연락하고. 또 올게."

도키코가 방에서 나왔다. 가오루코는 얼른 추리닝 주머니에 은색 포장재 조각을 쑤셔 넣었다. 갈까요, 하고 도키코가 입술만 움직여 말했다. 먼저 밖으로 나간 도키코를 따라 가오루코도 운동화를 신고 발소리를 내지 않으며 밖으로 나갔다.

마지막으로 돌아보았으나 침대에 누워 있을 그녀의 모습은 문에 붙은 뿌연 유리에 가려져 보이지 않았다.

밖으로 나와 보니 오후 4시 반 경치는 아직 낮과 다르지 않게 밝았다. "해가 길어졌네요" 하고 도키코가 하늘을 올려다보며 말했다. 평화로운 그 목소리를 듣자 갑자기 참을 수 없어져서 가오루코는 지금 막 훔쳐 온 은색 포장재 조각을 꺼냈다.

갑자기 손바닥 위에 등장한 그것을 본 도키코는 눈을 크게 떴다.

"떨어져 있었어요. 쓰레기통 옆에."

변명도 못 될 변명을 하고, 가오루코는 얕게 호흡하며 말을 이었다.

"검색해보니 만성 골수 백혈병 환자가 먹는 약이었어요. 그게 맞나요?"

도키코는 한참이나 묵묵히 이쪽을 바라보았다.

그러고는 뭔가 알아차렸다는 듯이 맑은 눈을 천천히 깜박이고 말했다.

"조금 이르지만 밥을 먹을까요. 자주 가는 맛집이 있어요."

2

도키코가 데리고 간 곳은 아담한 백반집이었다. 가게 앞에 비닐지붕이 달린 예스러운 외관이고, 현관문에 포렴(음식점 같은 가게 입구 처마에 늘어뜨리는, 상호가 적힌 막)이 흔들렸다. "여기는 티켓 활동을 지원해주시는 분의 가게예요" 하고 도키코가 말하고, 단골답다 싶게 스스럼없이 현관문을 열어 안으로 들어갔다. 딸랑, 종소리가 작게 울렸다.

아직 오후 5시 전이어서 손님은 거의 없었다. 천장과 벽에서 지내온 세월의 길이가 느껴졌지만, 청소가 꼼꼼해서 깔끔했다. 앞치마를 걸치고 삼각 두건을 두른 노부인이 나오더니 도키코를 웃으며 환영했다.

도키코는 가장 안쪽 테이블에 앉아 주방 벽에 즐비하게 붙은 길쭉한 직사각형 메뉴판을 가리켰다.

"노미야 씨는 뭐 드시겠어요? 저는 닭고기 달걀덮밥이요. 여기 닭고기 달걀덮밥은 세상에 태어나길 잘했다 싶은 맛이어서 그 비법을 훔치려고 오랜 세월 다니는데 여전히 따라 하질 못하겠어요."

"그럼 저도 같은 걸로."

닭고기 달걀덮밥 두 개요, 하고 외친 도키코는 찬물을 한 모금 마셨다.

"저는 노미야 씨와 처음 만났을 때부터 꼭 같이 술을 마시러 가고 싶었어요."

"술 마시러 가자는 거 진심으로 하신 말씀이었네요."

"당연히 진심이죠. 은근 낯을 가려서 진심이 아니면 그런 말을 못 하거든요. 그런데 셋짱이 신신당부했어요. 차나 밥이라면 괜찮아도 노미야 씨에게 절대 술을 먹이지 말라고."

겸연쩍은 쓴웃음이 흘러나왔다.

"저는 남동생이 급사하기 전에도 불임 치료가 잘 안 됐고, 그걸 계기로 이혼도 해서 많이 망가졌었어요. 그래서 술로 도망치고 말았죠. 오노데라 씨가 그걸 막아줬어요. 냉장고에 사둔 술을 한 방울도 남기지 않고 버려서요."

"……셋짱이 너무 큰 실례를 저질렀습니다. 노미야 씨, 그런 무모한 행동을 겪으면서도 셋짱과 계속 잘 지내셨네요."

"뭐, 그때는 무슨 이렇게 말도 안 되는 사람이 있나 싶었지만…… 그래도 오랜만이었어요. 누가 그렇게 걱정해주는 게요. 그때 이후로 마시지 않고 지내요."

대화가 끊기자, 도마 위에서 뭔가 써는 소리와 프라이팬으로 뭔가 볶는 소리 등이 들렸다. 도키코는 찬물을 한 모금 더 마신 뒤, 이야기를 시작했다.

"셋짱의 병을 알게 된 건 3년쯤 전이에요. 직장 건강검진에서 혈액검사에 문제가 있어서 재검사했더니 만성 골수 백혈병이라고 했대요. 보통 CML이라고 부르는데, 그거라고 진단을 받았어요. 치료를 위해 휴직하고 복귀했지만, 그때 셋짱이 다니던 호텔 레스토랑은 일이 워낙 힘들어서 치료로 약해진 몸에는 너무 가혹했어요. 그래서 퇴직하고 우리 회사에서 가사 대행을 시작했는데요.”

“오노데라 씨의 전 직장이 어디였죠?”

“호텔 R이요.”

놀랐다. 도쿄 도심의 고급 호텔이 아닌가.

“셋짱은 고등학교를 졸업하고 4년제 전문대학에서 공부해 조리사 자격증과 영양사 자격증을 땄어요. 평소에는 보다시피 뭐에도 미련 없는 느낌이지만 뭘 하겠다고 정하면 반드시 끈질기게 해내는 아이여서 학교에서도 직장에서도 늘 열심히 했죠. 저랑 딸들을 레스토랑에 초대한 적도 있어요. 너무 아름다운 곳이어서 많이 긴장했지만 정말 기뻤고, 나오는 요리가 전부 꿈만 같이 맛있었어요.”

소녀처럼 미소 지은 도키코에 가오루코도 덩달아 입매가 느슨해졌다.

“도키와 씨와 오노데라 씨, 정말 가까운 사이네요. 오래 알고 지내셨어요?”

“네, 벌써 20년이 되네요. 딸들을 낳고 사랑의 도피를 한 상대가 도망친 뒤로 저는 가정부 소개소에 취직했어요. 이렇다 할 학력이나 경력도 없었지만, 집이 레스토랑을 운영해서 요리는 조금 할 수 있었거든요. 이거라면 직업으로 삼을 수 있겠다 싶었고, 당시 취직한 소개소가 어린이집도 운영해서 딸들을 맡길 수 있는 게 컸죠. 그래서 제가 스물세 살 때 셋짱 집에 파견되었어요."

도키코는 계속 이야기하려고 입술을 움직이다가 일자로 꾹 다물더니 가오루코를 바라보며 미소 지었다.

"옆길로 샜는데, 아무튼 셋짱이 약을 복용하는 이유는 그거예요. 저는 셋짱에게 설명을 듣기 전까지 만성 백혈병은 급성 백혈병이 만성화한 것을 말하는 줄 알았는데요."

"부끄럽지만 저도요."

"우리 똑같네요. 그런데 그게 아니라 두 가지는 별개여서, CML은 진행이 비교적 완만하고 대부분 사람은 증상도 별로 없고, 일상생활을 하면서 약으로 치료할 수 있어요. 실제로 셋짱도 정기적으로 병원에 다니며 평범하게 일할 수 있고요. 셋짱, 사실은 우리 회사의 인기 스타예요. 셋짱의 요리에 반한 재이용자와 계약으로 일주일간 아침 점심 저녁 스케줄이 꽉 차서 신규 고객은 한 달을 기다려야 해요."

그때 앞치마가 잘 어울리는 노부인이 닭고기 달걀덮밥을 가지고 왔다. 달짝지근한 향이 나는 몽글몽글한 달걀에 닭고기와 황갈색 양파가 듬뿍 들었고, 신선한 파드득나물이 절묘한 색채 조합을 이루었다. "자, 먹죠. 따뜻할 때 먹는 게 최고예요" 하고 도키코가 젓가락을 건네서 가오루코도 "잘 먹겠습니다" 하고 합장하고, 금빛으로 번쩍이는 닭고기 달걀덮밥을 한 입 먹었다. 되직하게 지은 쌀밥에 달콤한 국물이 잘 배어서 아주 맛있었다. 부드러운 달걀은 입안에서 순식간에 녹았다.

"최고네요."

"그렇죠. 세계 닭고기 달걀덮밥 선수권이 있으면 틀림없이 전 세계를 석권할 거예요."

"도키와 씨. 지금 하신 얘기, 제가 걱정하지 않게끔 부드럽게 풀어서 말씀하신 거죠? 저도 아까 도키와 씨가 오노데라 씨와 대화하시는 동안 인터넷으로 알아봤을 뿐이라 아직 그렇게 자세히 알지는 못하지만, 분명 오노데라 씨의 병은 획기적인 약이 발명돼서 일상생활을 하면서 치료할 수 있게 됐고 10년 생존율도 90퍼센트에 가깝다고 해요. 하지만 아무래도 먹는 약이 항암제이다 보니 부작용이 있는 사람도 적지 않아요. 투약 초기에는 부작용도 가볍고 치료 효과도 있는데 약이 잘 안 듣거나 갑자기 부작용이 생기기도 하고요."

젓가락질을 멈춘 도키코는 눈을 동그랗게 떴다.

"겨우 5, 6분 동안 그렇게 많이 찾아보신 거예요? 역시 하루히코 씨의 누님이네요. 그 친구도 때때로 놀랄 정도로 예리하고 똑똑했어요."

"저는 하루히코와 비교하면 전혀요. 그 아이는 저와 세상을 보는 방식이 달랐어요. 걔는요, 어렸을 때 아침 뉴스에 관광지가 나왔는데 사람들이 한가득 모인 화면 구석에 깨알처럼 보이는 사람을 가리키며 '저 사람 되게 슬퍼한다'라고 울먹이는 표정으로 말하는 애였어요."

"하긴, 조금 속세와 거리를 둔 어린 왕자 같은 친구였죠."

슬픔 어린 미소를 지은 도키코가 작게 한숨을 쉬었다.

"말씀대로 셋짱의 치료는 간단하지 않았어요. 약에 과민 반응하는 체질인지, 부작용이 너무 강해서 복용량을 줄이거나 약 자체를 바꾸고 휴약하기를 반복하다가 간신히 진정된 게 1년 조금 전이에요. 셋짱도 지기 싫어하는 마음이 강해서 그런 와중에도 가사 대행 일을 했는데, 너무 힘들어할 때도 있었어요. CML은 증상이 완화된 상태를 일정 기간 유지하면 단약할 가능성이 있어요. 그러나 셋짱은 부작용이 심해서 복용량을 조절한 케이스여서 약이 필요 없는 생활로 돌아갈 때까지 아직은 시간이 걸릴 거예요."

"……그 약을 먹는 동안에는 임신도 할 수 없죠."

"네, 유산이나 태아에 이상이 생길지도 모르는 위험이 있어서요. 원래 연애 관련해서 거리를 두는 편이긴 했는데, 병이 생긴 뒤로는 남성을 아예 차단했어요. 하루히코 씨는 신기했죠. 남자와 그렇게 편하게 웃는 셋짱은 처음 봤어요."

……그녀 앞에서 아이 이야기를 몇 번이나 했던가.

불임 치료가 잘 안 됐다고 울며 호소했고, 아이를 보면 납치하는 망상을 한다고 말했다. 이외에도 분명 자각 없이 몇 번이나 그랬을 것이다. 아이를 갖고 싶다고 생각한 적은 한 번도 없다고 그녀는 말했다. 그렇다고 해서 무슨 말이든 해도 되는 건 아니다. 자기 마음대로 그녀가 건강하고 젊어서 아무 문제 없는 인간이라고 단정하고 배려가 없었다. 그게 괴로웠다.

"식으니까 일단 드세요" 하고 도키코가 말해서 젓가락질을 멈췄던 가오루코는 닭고기 달걀덮밥을 먹었다. 맛있다, 정말로. 그러나 하루히코는 이런 맛도 몰랐다. 모른다는 것을 29년간 숨겼다.

아마도 그런 남동생을 이해해줬던 유일한 사람이었던 그녀도, 젤리나 영양제로 영양을 기계적으로 섭취하기만 하지 자기 자신을 위해서는 아무것도 만들지 않는다. 방문처에서 우연히 만났을 뿐인 사람들에게는 그토록 섬세하고 다정하게 그들을 위한 요리를 만드는 그녀가.

"오노데라 씨가 아플 때면 아까처럼 도키와 씨가 상태를 보러 가시나요? 친척이나 다른 가족은요?"

닭고기 달걀덮밥과 된장국, 톳조림과 채소 절임을 전부 비우고, 계속 마음에 걸렸던 바를 물었다. 물을 마시던 도키코는 조용히 컵을 테이블에 내려놓고 가오루코를 똑바로 응시했다.

"노미야 씨, 저는 셋짱과 친하지만 그래도 타인이에요. 지금 말씀드린 것까지가 제가 말할 수 있는 아슬아슬한 선이라고 생각해요. 셋짱이 없는 자리에서 그 이상을 멋대로 말하면 월권행위예요."

"하지만 제가 오노데라 씨에게 직접 물어도 분명 아무것도 말해주지 않을 거예요. 저는 그 사람에게 심한 말을 했어요. 오노데라 씨는 잘못한 게 전혀 없고 오히려 저에게 정말 잘해주었을 뿐인데, 그걸 전부 짓밟아버리는 소리를 했어요.”

“노미야 씨와 셋짱 사이에 무슨 일이 있었는지 저도 알아요. 사실은 셋짱이 앞으로 노미야 씨는 티켓에 참가하지 않을지도 모른다, 참가하더라도 페어 파트너는 자기가 아니라 다른 사람으로 바꾸는 편이 좋을 거라고 얘기했어요. 이번에는 어쩌다 보니 셋짱의 건강 문제와 겹쳐서 급히 저와 페어를 이뤘지만, 사실은 한동안 제가 노미야 씨와 함께하면서 어떤 분과 상성이 잘 맞을지 고민해볼 생각이었어요. 만약 노미야 씨가 더는 참가하지 않으신다면 어쩔 수 없고요.”

그렇게 되더라도 할 말 없는 소리를 세쓰나에게 했으면서, 그녀가 실제로 거절 의사를 보였다는 사실을 알자 심장 부근이 조여들었다.

도키코의 새까만 눈동자가 이쪽을 응시했다.

“노미야 씨는 왜 셋짱에 대해 알고 싶으세요? 불쌍하다고 생각하시는 거면 괜찮아요. 계절이 바뀔 때 조금 상태가 안 좋아질 뿐이고, 셋짱 곁에는 저도 있어요.”

“……모르겠어요. 말로 하기 어려워요. 하지만 불쌍해서 그런다거나 하는 건 아니에요. 저는.”

말을 찾고 또 찾았지만, 발견한 말은 너무도 졸렬했다.

그러나 그것이 본심이었다.

“오노데라 씨에게 뭔가 해주고 싶어요. 그 사람이 웃고 기뻐할 만한 일을 해주고 싶어요. 저한테 해준 것처럼요.”

미닫이문이 열리는 소리와 함께, 노부인이 "어서 오세요" 하고 친근하게 인사하는 소리만 들려왔다.

오랜 침묵 뒤, 도키코가 접시에 한 조각 남은 오이 절임을 입에 넣고 일어났다.

"나가죠."

역시 안 되는 건가. 기분이 가라앉으려는 가오루코에게 도키코가 다정하게 웃었다.

"이제 차를 마시러 가요."

어디 카페라도 들어갈 줄 알았는데 도키코가 간 곳은 식당에서 몇 분 떨어진 작은 공원이었다. 개구쟁이 아이라면 끝에서 끝까지 순식간에 달릴 법한 작은 공간을 산울타리와 철조망으로 두른 뒤, 부지 중앙에 원형 모래사장과 빨강과 파랑으로 칠한 그네를 설치한 소박한 공원이다. 초등학교 저학년 정도로 보이는 여자애 셋이 그네를 타며 놀고 있었다. 부지 여기저기 놓인 벤치에는 지팡이를 짚은 남성 노인과 책을 읽는 여성이 있었다.

"셋짱 집에 다니던 시절, 퇴근길에 여기에서 자주 쉬곤 했었거든요."

도키코는 벤치의 흙먼지를 털고 앉아서 조금 거리를 두고 앉은 가오루코에게 자판기에서 산 차가운 캔 커피를 건넸다.

"설탕이 많이 들어가서 자제해야 하는데, 달콤한 캔 커피를 너무 좋아해요.”

“단 건 마음의 영양분이죠.”

“아하하, 셋짱이 할 법한 대사다. 제가 셋짱 집에서 일하기 시작했을 때는 이미 어머니가 안 계셨어요. 고용주인 셋짱의 아버지에게서 혹시 셋짱의 엄마라고 주장하는 여자가 찾아오면 언제든 바로 연락을 달라는 말을 들었죠. 더 자세한 사정은 듣지 못했어요.”

도키코는 캔 커피를 따서 한 모금 마셨다. 가오루코도 그렇게 했다. 오늘은 아침부터 계속 흐려서 그런지 온실 속에 있는 것처럼 후덥지근해서 차갑고 달짝지근한 커피가 맛있었다.

“셋짱의 아버지는 대기업에 다녔고, 제가 출산하는 동안 내뺀 남자에게 머리카락 한 올이라도 먹이고 싶을 정도로 반듯한 분이었어요. 도호쿠 지방 출신으로 알고 있고, 과묵하긴 해도 제 휴일이나 월급도 배려해서 맞춰준 사려 깊은 분이었죠. 하지만 너무 성실한 탓에 지친 것처럼 보였어요. 회사 요직에서 일하느라 바쁜 사람이 혼자 집안일과 아홉 살 딸아이를 돌보는 것은 쉽지 않았죠. 게다가 그 전까지 집안일은 아내가 도맡았기에 딸과 어울릴 시간을 별로 갖지 못했던 아버지였으니 더욱 그랬어요. 그래도 어떻게든 해보려고 했으나 결국 지쳐버려서…… 처음 집을 방문했을 때, 아버지가 노력한 흔적이 곳곳에서 보였어요. 그리고 셀 수 없이 많은 빈 술병도.”

거꾸로 뒤집은 캔이 싱크대에 나란히 놓인 광경이 순간 머릿속을 스쳤다.

"셋짱은 하루걸러 집에 오는 가정부를 처음에는 멀리서 지켜봤어요. 모르는 사람이 오면 고양이가 가구 아래 숨어서 빤히 쳐다보잖아요, 그런 느낌이었어요. 경계는 하지만 호기심도 있고, 자기와 맞을지 안 맞을지 살피는 용의주도함도 있는 재미있는 꼬맹이였어요. 또 그때 아홉 살이었던 셋짱은 최고로 귀여웠어요. 푸딩을 좋아한다고 해서 만들어줬더니 '세상에서 제일 맛있어'라는 홀딱 반할 소리를 하며 처음으로 웃어줬죠. 사랑에 빠지는 것도 불가항력이죠?"

웃는 도키코를 따라 가오루코도 웃었다.

"정말 동일 인물 얘기예요? 저는 작업복에 투박한 부츠를 신고 무뚝뚝한 표정인 그 사람 말고는 모르는데."

"그 무정한 느낌이 매력적이라고 고객 중 연배 있는 언니들에게 호평이에요. 처음에는 멀리서 지켜보았지만 점차 제가 집안일을 하고 있으면 가까이 다가왔어요. 문득 기척을 느껴서 이렇게 돌아보면요, 제 손놀림을 빤히 들여다보고 있었어요. 처음에는 귀엽다고만 생각했는데, 자기도 배우려고 한다는 걸 얼마 뒤에 깨달았어요. 제가 빨래를 개키면 말없이 옆에 앉아서 제 손놀림을 훔쳐보며 같이 일했어요."

"그래도 되는 거였나요?"

"후후, 당연히 아이한테 전부 해달라고 하면 가정부로서 입지를 잃죠. 그래도 셋짱은 한창 자랄 나이에 같은 성별인 어머니가 부재한 상황이었고, 스스로를 챙기는 일을 배우는 것은 셋짱에게도 필요하다고 판단해서 아버지와 상의해 이런저런 집안일을 같이 하기로 했어요. 저는 그날 한 일을 노트에 적어 두었죠. 아버지는 매일 퇴근이 늦다 보니 제 근무 시간 중에 마주칠 날이 거의 없어서 그런 방법으로 집 상황과 셋짱에 대해서 전달했어요. 오늘은 셋짱이 빨래한 걸 절반이나 개켰어요, 셋짱이 요리를 그릇에 담을 때 도와줬어요, 라고 적으면 아버지가 '아이가 폐를 끼쳐서 죄송합니다'나 '저희 딸이 그런 일도 해낼 수 있다니 놀랍네요'라고 답을 적어주셨죠. 그러다가 셋짱이 요리를 가르쳐달라고 졸라서 식사 준비도 같이하기 시작했어요. 배우는 게 빨랐죠. 워낙 똑똑하기도 했지만, 다른 무엇보다 셋짱은 절실했어요. 최선을 다해 요리를 배워서 먹여주고 싶은 사람이 있었기 때문이겠죠. 열심히 하는 셋짱을 보면서 생각했어요. 이 아이에게 뭔가 만들어서 먹여주는 행위는 '좋아해요'라는 마음을 전하는 것이라고."

캔 커피를 한 모금 더 마시고 도키코가 흐린 하늘을 올려다보았다.

"처음에는 샐러드나 양배추 절임처럼 쉬운 것부터 시작해서 초등학교 5학년이 됐을 때는 달걀찜과 생선조림도 만들 줄 알게 됐어요. 제가 만든 식사에 셋짱이 만든 반찬 하나를 더 놓는 게 규칙처럼 됐죠. 아주 느린 변화였지만, 셋짱의 요리가 추가된 뒤로 부엌 구석에 놓인 빈 술병이 줄어들기 시작했어요.

저녁 시간에 맞춰서 아버지가 퇴근하는 날도 아주 조금씩 늘었어요. 그러다가 10월이 됐는데, 셋짱 아버지가 불쑥 도시락싸는 법을 알려달라고 하는 거예요."

"도시락이요?"

눈을 동그랗게 뜬 가오루코에게 도키코가 미소를 지었다.

"네, 셋짱의 초등학교 운동회를 위해서. 그 전에는 제가 도시락을 쌌거든요. 아버지는 일 때문에 가지 못해서 대신 제가 응원하러 갔는데, 그해는 휴가를 받았다고 어물어물 말씀하시는 거예요. 저는 의욕이 완전 하늘을 찔렀죠. 주먹밥 만드는 법부터 철저하게 가르쳤어요. 당일에는 도시락 레시피만 넘겨주고 저는 쉬었는데, 나중에 셋짱이 도시락 사진을 보여줬어요. 아버지와 같이 만든 커다란 주먹밥 도시락. 세상에서 제일 행복한 여자애처럼 웃었죠."

왜일까.

흐뭇한 이야기를 듣고 있는데 그 너머에 기다리고 있는 것이 두려웠다. 어두운 하늘에서 쏟아지는 비처럼, 도키코의 목소리에는 씻을 수 없는 슬픔이 엉겨 붙어 있었다.

"……정말로 모르겠어요. 여러모로 조금씩 좋아지는 것처럼, 저한테는 그렇게 보였거든요. 셋짱이 6학년일 때는 아버지 생일에 처음으로 케이크를 구웠고 아버지도 정말 기뻐하셨어요. 대체 뭐가 계기였을까, 아니면 그런 건 없었을까. 적어도 제게는 아무것도 보이지 않았어요. 6월이었어요. 셋짱이 2박 3일

체험 학습으로 집을 비웠을 때였죠.”

먼 곳을 응시하는 도키코의 눈에 깊은 슬픔이 서렸다.

“아버지는 제가 발견했어요. 셋짱이 없어서 다행이라고, 그때 번쩍 든 생각이 그거였어요. 아버지도 일부러 체험 학습 기간을 골랐을지도 모르겠네요. 체험 학습 마지막 날은 부모가 역까지 데리러 가야 하는데, 당장 수습할 게 너무 많아서 제가 데리러 간 게 전철이 도착하고 세 시간이나 지났을 때였어요. 기다리다가 지쳤겠죠, 셋짱은 역 벤치에서 꾸벅꾸벅 졸고 있었는데 아버지가 아니라 제가 온 걸 보고 깜짝 놀랐어요.”

길게 숨을 내쉰 도키코는 가방에서 손수건을 꺼내 이쪽으로 내밀었다. 가오루코는 고개를 젓고 자기 가방에서 꺼낸 손수건으로 눈가를 눌렀다.

“셋짱은 뭐든지 야무지게 해내는 아이로 성장했지만 딱 하나, 약속을 잡고 만나는 걸 잘 못해요. 평소에는 시간을 정확하게 지키는데, 누구와 어디에서 몇 시에 만나기로 했을 때만은 지각해요. 상대방을 기다리는 게 두려워서 그럴지도 모른다는 게 제 생각이에요. 그때 셋짱은, 몇 시간이나 기다렸는데도 아무도 오지 않았으니까.”

하루히코가 돌연히 죽은 사실을 그녀에게 알리고 하치오지 역 앞 카페에서 만났던 때가 생각났다. 20분이나 지각한 그녀는 무표정으로 자리에 앉았다. 그 모습이 뻔뻔해 보여서 뭐 이런 사람이 다 있냐고 화가 치밀었다.

“셋짱은 도쿄의 네리마에 살던 이모가 맡아서 키웠어요. 독신이고 음식점을 경영하셨는데, 셋짱을 정말 소중히 아끼셨죠. 전문대학을 졸업한 셋짱이 유명 호텔에 취직했을 때는 굉장히 기뻐하셨어요. 셋짱이 호텔 레스토랑에 초대했다고 말씀드렸죠? 그때 이모분도 저희랑 같이 가셨어요. 나이프와 포크를 우아하고 아름답게 사용하는 분이셨죠. 하지만 재작년에 코로나로 돌아가셨어요. 제대로 면회할 수도 없었고 셋짱도 치료가 제일 힘들 때여서, 정말 괴로웠어요.”

“그러면 오노데라 씨의 친족은 이제 어머니뿐……?”

“네. 하지만 어머니는 어떻게 지내는지 아예 몰라요. 셋짱은 죽었다고 생각한다고 했어요. 저는 셋짱을 나이 차이 나는 여동생처럼 여기지만, 그래도 역시 뭔가 일이 터지면 타인이에요. 너무 안타깝고 슬프지만요.”

도키코가 진지한 눈으로 이쪽을 바라보았다.

“제가 아는 셋짱 이야기는 이게 전부예요. 고마워요, 노미야 씨. 셋짱이 웃으면 좋겠다고 말씀해주셔서요.”

*

반쯤 멍하니 걷고, 버스를 타고, 전철을 타고, 정신을 차리자 집에 도착했다. 가오루코는 세면대에서 손을 씻고 어둑어둑한 거실에 조명을 켜고 소파에 앉았다. 3인용은 역시 혼자 앉기에 너무 크다. 세쓰나와 여기 앉아 팝콘과 피자를 먹으며 영화를 보던 때는 딱 좋았는데.

문득 유리문 옆에 둔 커다란 테라코타 화분이 눈에 들어왔다. 최근 들어 급격히 윤기와 활력이 넘치는 도톰한 중남미 식물이.

가오루코는 온 힘을 다해 무거운 화분을 거실 조명 아래로 끌어와 각도를 바꿔가며 사진을 몇 장이나 찍고는 그중 제일 예쁘게 나온 것을 메시지에 첨부했다.

'너의 아가베 베네수엘라, 새롭게 잎이 났어. 생명의 아름다움이 느껴진다.'

매일매일 정갈하게 살아가자는 세미나 강사가 쓸 법한 문장 같다고 생각하면서도 보냈다. 그대로 소파에서 기다렸으나 좀처럼 답이 오지 않았다. 컨디션이 그렇게 안 좋은가. 아니면 무시하는 걸까.

디로롱, 하고 알림이 울린 것은 목욕을 마치고 부엌에서 물을 마실 때였다. 가오루코는 전속력으로 거실로 달려가 좌식 테이블에 올려둔 스마트폰을 집어 들었다.

'돌봐주셔서 고맙습니다. 가오루코 씨 댁에서 무럭무럭 자라는 것 같으니 그대로 돌봐주시면 저도 좋겠어요.'

멀어지는 등이 보이는 듯한 문장이었다.

가오루코는 배에 힘을 주고 재빨리 답변을 쳤다.

'이건 하루히코가 너에게 주는 선물이니 내가 계속 키울 수 없어. 어디까지나 네 아가베 베네수엘라한테 우리 집 지붕을 빌려줄 뿐이라는 걸 명심하도록. 그나저나 도키와 씨한테 몸이 안 좋다는 말 들었어. 괜찮다면 마실 것이나 먹을 것, 그밖에 원하는 것이 있으면 가지고 갈 수 있는데?'

보내기. 숨을 참으며 단숨에 친 탓에 한숨을 쉬고, 물을 한 번 더 마시는데 알림이 디로롱 울렸다.

'장문은 읽기 힘들어요.'

디로롱, 하고 사이를 두지 않고 또 울렸다.

'몸 관리도 제대로 못 해서 부끄럽네요. 앞으로 티켓 활동에 참가할 수 있을지도 확실하지 않으니 도키 씨와 상담해서 도키 씨 혹은 다른 분과 페어를 이루시면 좋겠습니다. 먹을 것은 충분하니 걱정하실 필요 없습니다.'

타인 대하듯 서먹서먹한 태도를 한층 더 연마했군. 발끈해서 답을 쳤다.

'너, 밥은 제대로 먹고 있는 거야? 설마 내 동생처럼 바보같이 영양 젤리나 영양제 같은 아무 맛도 없는 것만 먹으며 대충 때우고 있는 건 아닌지 걱정이야.'

이번에는 '디로롱'까지 5분쯤 걸렸다.

'설마 우리 집에 와서 뭔가 보기라도 한 건가요.'

'무슨 소리이신지.'

'도키 씨가 왔을 때, 부스럭거리는 소리가 들린 것 같았는데 그거 설마 그쪽인가요.'

‘무슨 황당한 소리이신지.’

여기에서 답이 멈췄다. 망했나. 실패했는지도 모른다.

싸우고 싶은 건 아니다. 기분 상하게 하고 싶은 것도 아니다. 머리를 식히고 지금 가장 필요한 말을 생각했다. 문득 떠오른 것은 그녀가 힘들어했던 자신에게 물었던 말이었다.

‘뭐 먹고 싶은 거 없어?’

바로 읽음 표시가 떴다. 그러나 답이 없었다. 아무리 기다려도 없다.

이제 답이 오지 않을지도 모른다는 생각이 들었을 무렵, 디로롱 하고 알림이 울렸다.

‘이제 저한테 상관하지 마세요.’

침대에 누웠으나 한참이 지나도 잠들지 못했다. 생각은 금방 막다른 골목에 접어들어 도무지 답을 찾지 못하고 제자리만 맴돌았다.

상관하지 말라고 했으니 묵묵히 물러나는 것이 현명하고 어른스러운 행동이리라. 달라붙으면 폐가 될 뿐이다. 쫓아가 매달리려고 하는 것은 제 아집이다.

그런 생각만 하다가 어느새 깜박 졸았나 보다. 사고의 파편이 두서없이 떠올랐다가 녹고, 녹았다가 또다시 번뜩 반짝이며 막 잠들려던 머릿속에 갑자기 그 목소리가 선명하게 들렸다.

‘나도 좋아해. 주먹밥과 푸딩, 내가 제일 좋아하는 거.’

가오루코는 눈을 번쩍 뜨고 일어났다.

망설인 것은 딱 1초였다.

내 인생, 내 목숨을 어떻게 쓸지는 나만이 정할 수 있다. 바라는 바가 있다면 우물쭈물해선 안 된다. 인간은 언제 어떻게 될지 모르니까. 하루히코를 전혀 이해하지 못했고 아무것도 해주지 못했다. 그걸 세쓰나와도 똑같이 반복해서는 안 된다.

테이블 위 스마트폰을 집어 들었다. 화면의 시계가 벌써 밤 10시가 넘었다고 알려주었지만 당장 전화를 걸었다. 신호는 네 번 가다가 끊겼다.

"어? 노미야 씨, 무슨 일이세요?"

"밤늦게 죄송합니다. 그것도 전화로. 메시지 치는 게 귀찮아서 곧바로 전화를 거는 쇼와 출생 여자라서요."

"아니요, 그건 저도 그러니까……."

"부탁드릴 게 있어요. 간곡히."

전화 너머에서 도키코는 몹시 망설였다. 그야 그렇지, 당연하다. 그러나 상관하지 않고 여차저차하게 부탁했다.

아집이겠지, 쓸데없는 참견이겠지, 묵묵히 물러나는 것이 현명한 어른의 행동이겠지.

그러나 이제 상관없다. 자신이 얼마나 형편없고 꼴불견이며 한심한지, 지긋지긋할 정도로 잘 안다. 여기까지 와서 그런 것에 연연하지 않겠다. 거절한다면 어쩔 수 없다. 지금은 그저 마음이 시키는 대로 달려가겠다.

그녀에게 알려주고 싶다.

정말 많이 고마웠다고. 네가 내게 해준 것이 분명 앞으로도 나를 살게 할 거라고.

3

좀 더 일찍 도착할 계획이었는데, 그레이와 오프화이트 색상 외벽의 2층짜리 연립주택 앞에 가오루코가 섰을 때는 이미 정오가 지난 시각이었다.

목적지는 연립 2층의 서쪽에서 두 번째 집. 쳐들어가는 것처럼 펌프스의 굽 소리를 또각또각 내며 계단을 올라가 현관문 앞에 버티고 선 가오루코는 진보라색 칠부 소매 원피스가 흐트러지지 않았는지 확인하고 초인종을 눌렀다. 딩동, 현관문 너머로 안쪽에서 울리는 소리가 희미하게 들렸다. 잠시 기다려도 응답이 없어서 한 번 더 누르자, 20초 정도가 지나 작게 발소리가 들렸다.

"……네."

문을 연 세쓰나가 짙은 초콜릿색 눈을 크게 뜨고 바로 문을 닫으려고 했으나, 가오루코는 문틈에 펌프스 끝을 밀어 넣었다.

"실례하겠습니다."

"거절합니다."

"실례하겠습니다!"

"거절합니다!"

문틈으로 어깨를 밀어 넣어 세쓰나를 거의 들이받다시피 하며 집 안으로 들어갔다. 가오루코는 한숨을 쉬고, 원피스 자락을 탁탁 털며 자기보다 키가 큰 연하의 여자를 봤다.

"너 말이야, 문을 열 때는 체인을 걸어야지, 위험하잖아. 그리고 여자 혼자 사는 집에는 카메라 달린 인터폰도 필수야. 방범 의식이 낮네."

"들이닥친 장본인이 무슨 소리예요."

"자석으로 붙이는 인터폰, 인터넷으로 쉽게 사니까 다음에 가지고 올게."

"필요 없어요. 방범이고 뭐고 별로 상관없어서."

얇은 맨투맨에 후드를 걸치고, 추리닝 바지를 입은 세쓰나는 항상 만두 모양으로 묶던 머리카락을 어깨로 늘어뜨렸고 얼굴은 열에 들떠 있었다. 역시 상태가 아직 안 좋구나. 마흔한 살의 여자에게 쉽게 떠밀릴 정도로.

"아침이랑 점심, 먹었어?"

"……네, 먹었어요. 그만 돌아가시면 좋겠는데요, 피곤해서요."

"먹었다는 거, 여기 휴지통에 든 젤리를 말하는 거네. 그러면 아직 배가 차진 않았겠다."

가오루코는 가지고 온 미니 아이스박스를 불쑥 내밀었다.

"같이 밥 먹자."

세쓰나는 불쾌하게 눈썹을 치켜올렸다.

"저는 돌아가시라고 말했는데요."

"일단 뭔지 보고 나서 말해. 조금이라도 좋고, 마음이 내키지 않으면 안 먹어도 되니까."

"혹시 도키 씨한테 뭐라도 들은 거예요?"

내치는 듯한 목소리였다. 가오루코를 노려본 세쓰나는 버릇없이 혀를 찼다.

"사무실에 관엽식물, 소금물 부어서 전멸시켜야지."

"내가 억지로 물어본 거야. 도키와 씨는 네 개인 사정이라고 몇 번이나 거절했어."

"뭘 어디까지 들었는데요? 내가 자살자 유족인 거요? 만성 골수 백혈병이라는 이름도 번잡한 병이라는 거요? 그래서 그쪽은 내가 불쌍해서 돌보려고 오셨나 봐요?"

세쓰나가 미소 지었다. 세상 무엇보다 부드러우면서 더없이 차가운 미소였다.

"가오루코 씨는 다정하시네요. 정말 고맙습니다. 하지만 마음만으로 충분하니 돌아가세요."

"별로 불쌍하다고 생각하지 않아. 그냥 네가 밥을 잘 챙겨 먹었으면 좋겠어. 안 그래도 치료만으로 힘들잖아. 상태가 안 좋을 때는 제대로 챙겨 먹어서 몸을 돌봐야지."

"수분도 영양도 필요한 만큼 섭취하고 있어요. 이런 건 가오루코 씨보다 제가 잘 알아요. 자격증도 있으니까."

"하지만 먹는다는 건 살아가는 데 필요한 영양을 섭취하는 것만이 다는 아니잖아. 그래서 너도 음식의 맛을 모르는 하루히코를 위해 다양한 요리를 만들었잖아? 맛있다고 느끼는 게, 즐겁다고 느끼는 게, 기쁘다고 느끼는 게 살아가기 위해 얼마나 중요한지 너야말로 잘 알고 있을 거야."

세쓰나는 입을 다물었다. 처음 만났을 때부터 그녀는 대담무쌍하게 나와 열두 살이나 연하인데도 듬직하다고 생각했다. 그러나 지금, 머리는 푸석푸석하고 추레한 실내복 차림으로 서 있는 세쓰나는 너무도 불안해 보였다. 아하.

가만히 내버려둘 수 없다는 이 마음. 그녀가 처음 하루히코와 만났을 때 느낀 감정도 이런 것 아니었을까.

"나는 혼자 자취를 시작하자마자 자신을 돌보지 않고 방치한 하루히코를 몰라. 그래도 지금 너를 보면 알겠어. 분명 그 아이도 이랬겠지."

"그러니까 뭐 어쨌다고요?"

늑대가 으르렁거리는 것처럼 나직하게 말한 세쓰나가 매서운 눈으로 노려봤다.

"꼭 목적을 갖고 살아야만 하나요? 아무것도 바라지 않는 게 그렇게 이상해요? 별로 상관없잖아요. 저도 하루히코도 남한테 폐를 끼치지 않았어요. 아무와도 가깝게 지내기 싫고 내 아이 같은 건 생각만으로 소름 끼치고, 살면서 하고 싶은 일도 하나 없지만, 열심히 일해서 세금을 내고 남에게 불평하지 않고 매일매일 살아왔어요. 그게 뭐가 나쁜데요?”

“전혀 나쁘지 않아. 나는 그저 네가 맛있다고 느낄 수 있길 바랄 뿐이야.”

“그러니까 그게 쓸데없는 참견이라고 하잖아요. 그런 걸 해 달라고 제가 언제 부탁했어요? 유산 문제도 정리되었으니 저랑 그쪽은 아무 관계도 없어요. 이제 저한테 상관하지 말라고 했을 텐데요. 그쪽이 저를 어떻게 생각하는지 모르지만, 저는 아버지 일은 아무렇지도 않고 병도 아무래도 좋아요. 어차피 죽으면 전부 끝나니까.”

괜찮아. 사람은 반드시 언젠가 죽고, 죽으면 전부 끝나니까.

전에도 그녀는 말했다.

그것이 그녀를 지키는 부적이었을까.

그런 말을 자신에게 들려주면서, 살아 있는 한 몇 번이고 가차없이 덮치는 아픔을 견뎠을까.

“알았어.”

상처 입은 짐승 같은 그녀를 바라보며 확실하게 말했다.

“네가 하고 싶은 말은 잘 알겠으니까 일단 이거 먹어.”

“사람 말을 좀 들……!”

“린카도 같이 만들어줬어.”

더욱 날카로운 말을 뱉으려 했을 게 분명한 세쓰나가 말을 뚝 멈추고 미간을 찌푸렸다.

“기억 안 나? 처음에 너랑 같이 티켓으로 방문했던 날, 두 번째 방문처에서 만난 초등학생 여자애."

"······기억하는데요, 왜 그 아이가."

"나 혼자서는 어려워서 도와달라고 부탁했어. 네 몸이 안 좋다는 소리를 듣고 걔, '어른이면서 몸 관리도 못 하나 봐?'라고 종알대며 같이 만들어줬어."

늘 날카롭게 벼린 말로 대꾸하던 세쓰나가 아무 말도 못 했다. 가오루코는 안쪽 방으로 들어가라고 손짓으로 재촉하고 자신도 뒤를 쫓았다. 방 중앙의 좌식 테이블과 옷걸이, 서랍장, 서랍장 위의 거울과 탁상시계, 그리고 침대만 있는 살풍경한 방이다.

가오루코는 미니 아이스박스를 열어 오목한 반찬 용기를 꺼냈다.

뚜껑을 열자, 유리 용기에 담긴 푸딩이 네 개 나타났다.

"도키와 씨 레시피를 빌려서 만든 거야."

충분히 식혀 차가워진 푸딩 하나를 세쓰나 앞에 놓고, 챙겨 온 플라스틱 스푼도 놓았다.

"이건 만든 지 얼마 안 돼서 아직 조금 따뜻하긴 한데."

또 다른 반찬 용기를 꺼내 뚜껑을 열었다.

김을 꼼꼼히 둘러 삼각형 꼭대기만 하얀 밥이 보이는 주먹밥 여섯 개가 랩에 싸인 채 놓여 있었다. 도키코는 초등학생 시절 세쓰나가 보여준 도시락 사진을 십여 년이 지난 지금도 스마트폰에 소중히 간직했다. 그래서 당시 주먹밥을 완벽하게 재현할 수 있었다. 김을 두른 방식도, 랩으로 싼 것까지.

다만 그 맛만큼은 눈앞의 그녀만이 안다.

"이쪽의 아름다운 삼각형이 내가 만든 거. 이쪽에 재롱 부린 모양이 린카 거. 네가 그 아이한테 말했었지. 주먹밥을 만들 줄 알면 인생의 전투력이 올라간다고. 그래서 그 아이, 직접 밥을 지어서 자기 것과 엄마 것까지 주먹밥을 자주 만드나 봐."

볶음 주먹밥에 고전하던 한 달 전과 비교해 눈이 휘둥그레질 정도로 솜씨가 좋아진 린카의 주먹밥을 푸딩과 나란하게 세쓰나 앞에 놓았다. 가오루코는 자기가 만든 주먹밥을 집었다. 세쓰나는 마치 심통 난 아이처럼 입술을 앙다물고 주먹밥을 건드리려 하지 않았다.

가오루코는 '짝!' 소리를 내며 손을 모았다. 세쓰나의 어깨가 살짝 흔들렸다.

"잘 먹겠습니다."

정성스레 랩을 벗기고 삼각형 주먹밥의 꼭대기를 깨물었다. 그에 이끌린 듯이 세쓰나도 주먹밥을 집어 느릿느릿 랩을 벗기고 삼각형 꼭대기를 조금 깨물었다. 한 입, 또 한 입. 밥을 꼭꼭 씹고 또 한 입 먹었을 때, 그녀의 눈동자가 일렁거렸다.

미리 도키코가 연락해둔 덕분에 가오루코가 일요일 아침 8시 전에 찾아갔는데도 지카코는 쾌활하게 환영해줬다.

"안녕하세요. 저는 이제 출근하니까 딸이랑 같이 해주세요.

집에 있는 거 자유롭게 쓰셔도 돼요.”

“정말 죄송합니다, 휴일 아침에 무례한 부탁을.”

“그러니까, 일요일이니까 더 자고 싶은데.”

오늘도 양 갈래로 머리를 묶은 린카가 팔짱을 끼고 떡 버티고 서서 투덜댔다. 구두를 신으며 지카코가 딸을 보며 웃었다.

“마음에 두지 마세요. 부끄러워서 저러는 거예요. 사실은 아침 7시에 일어나서 제 도시락으로 주먹밥을 만들어줬답니다.”

“그런 얘기는 금지야!”

모녀의 말다툼에 가오루코는 웃었다. 진심에서 우러난 기분 좋은 웃음이었다. 전에 만났을 때보다 생기 넘치고 기운이 생긴 지카코가 “노무라 씨” 하고 진지하게 얼굴을 바라보았다.

“제대로 인사를 못 드려서 마음에 걸렸는데 오늘 뵐 수 있어서 다행이에요. 전에 여기 오셨을 때, 몰라볼 정도로 방을 깨끗이 정리해주셔서 정말 감사했어요. 너무 깨끗해져서 어지럽히기 아까워서, 저도 딸도 자주 정리하고 청소하게 되더라고요. 완벽하게 깔끔히 유지하진 못해도, 지금은 일하고 돌아왔을 때 갑자기 우울해지지도 않아요. 집에 와서 딸과 만나는 게 즐거워요. 정말 고맙습니다.”

지카코가 고개를 깊이 숙여서 “무슨 말씀이세요, 별로 대단한 일도 아닌걸요” 하고 가오루코는 허둥지둥 손을 저었다. 지카코가 생긋 웃었다.

“잘되면 좋겠어요. 어려워하지 마시고 딸을 마음껏 부려먹으세요.”

부엌으로 간 가오루코는, 먼저 사 온 5킬로그램짜리 쌀로 터질 것 같은 에코백을 내려놓고 먼저 손을 꼼꼼히 씻었다. 마찬가지로 손을 씻고 키친타월로 물기를 닦으며 린카가 고개를 갸웃거렸다.

“달걀 된장이라면 그 키 크고 눈초리 험악한 사람이 우리 집에 왔을 때 만든 거죠? 인터넷에서 검색하면 만드는 방법이 나오지 않나?”

“그럴지도 모르지. 그래도 그 친구가 만든 것과 최대한 같은 맛을 내고 싶어. 그래서 그 달걀 된장을 먹은 네 기억력에 기대를 걸고 있어, 린카.”

주먹밥과 푸딩, 내가 제일 좋아하는 거. 세쓰나가 전에 린카 앞에서 한 말이다. 푸딩은 도키코한테 레시피를 배울 수 있었다.

그러나 그녀가 ‘제일 좋아하는 음식’인 주먹밥은 뭘까.

도키코에게 이야기를 들은 직후라 바로 짐작이 갔다. 초등학생인 세쓰나가 아버지와 함께 만들었던 운동회 도시락의 주먹밥. 세쓰나는 일부러 사진으로 남겨 도키코에게 보여주었다고 한다. 그때 세쓰나는 세상에서 가장 행복한 소녀처럼 웃었다.

그렇다면 그 주먹밥에는 뭐가 들어갔을까?

도키코가 보내준 사진으로 주먹밥의 형태와 김을 두른 방식은 알 수 있어도 당연히 내용물까지는 투시할 수 없다. 그래서 계속 생각해봤다. 이를 득득 갈며 뇌세포가 녹을 정도로 생각하다 불현듯 계시가 내려온 것처럼 떠올랐다. 세쓰나와 두 번째 티켓 활동으로 모친을 돌보는 야기 씨 댁에 방문했을 때, 세쓰나의 각종 요리에 감격하던 그녀는 어떤 요리에 시선을 주고 말했다.

"아, 달걀 된장! 나 이거 정말 좋아해요, 우리 엄마도 예전에 자주 만들어줬어요. 어라, 아오모리 출신이세요?"

그래, 그거다. 세쓰나는 어느 방문처에 가든 반드시 순한 된장과 달걀을 함께 조린 달걀 된장을 만들었다.

방문처의 사람들 각자의 사정에 맞춘 요리를 만드는 세쓰나가 왜 이 하나만큼은 빼놓지 않고 매번 만들었을까? 그건 그녀가 자신이 찾아간 집의 지친 사람들에게 먹이고 싶었던 것, 자신에게 보물과도 같은 요리이기 때문이 아닐까.

그때 그 여성이 "아오모리(도호쿠 지방에 속하는 현) 출신이세요?"라고 물었으니 아마도 향토 요리 같은 것이겠지. 그러고 보니 도키코는 말했었다. 세쓰나의 아버지가 도호쿠 출신이라고.

그러나 가오루코는 레시피를 모른다. 세쓰나가 만든 것을 보기만 했지 맛을 본 적도 없다. 혹시 몰라 도키코에게 물었으나 "저는 만들어본 적이 없어요. 게다가 만드는 법을 찾아보면 만드는 사람에 따라 다양하게 변형될 법한 요리여서요"라고 했다. 그래서 세쓰나가 달걀 된장을 만들었던 가정의 누군가에게 협력을 구하기로 했다. 지카코에게는 도키코가 연락했다.

"음…… 뭐, 대충 이런 맛이었던 것 같은데요?"

"정신 차려, 린카! 너의 어리고 팔팔한 뇌만 믿는다고!"

"아줌마, 압박 장난 아니야······."

설탕과 된장, 때로 미림도 넣고 용량을 바꿔가며 달걀 된장을 대량 생산하다가 어느 순간 마침내 "아, 이걸지도" 하고 린카가 말했다. 설탕을 제법 많이 넣은 달콤한 된장과 달걀을 함께 프라이팬으로 조리고, 거기에 가늘게 썬 파를 풍미 내는 정도로만 솔솔 넣는다. 달콤하고 부드럽고 감칠맛도 풍부해서, 확실히 따뜻한 밥과도 주먹밥과도 상성이 뛰어날 것이다.

그 후, 부엌에 린카와 나란히 서서 갓 지은 밥으로 주먹밥을 만들었다. 이때 린카의 주먹밥 솜씨가 많이 늘었다는 것을 알아채고 가오루코는 찡해졌다.

"어, 아줌마 왜 울려고 해요? 무서워라. 그리고 아줌마가 사 온 이 쌀, 되게 번쩍거리는데 이거 뭐예요?"

"우오누마 지역의 고시히카리(일본의 쌀 품종)인 '유키쓰바키'야. 남은 쌀은 어머니랑 같이 먹어."

"세 컵밖에 안 썼는데? 아줌마 너무 많이 샀다. 더 작은 봉지로 사면 좋았잖아. 이거 엄청 비쌀 것 같은데? 국가 공무원은 이런 거 살 수 있구나!"

"너도 될 수 있어. 너는 앞으로 원하면 뭐든지 될 수 있어. 어려울 것 같으면 나한테 연락해, 네가 원하는 걸 반드시 이루어줄게."

"그러니까 아줌마, 압박감 장난 아니라고······ 그리고 미안,

국가 공무원은 됐어요. 나는 요리하는 사람이 되고 싶은 것 같아."

그렇게 말하는 린카를 그만 뚫어지게 바라보다가 또 눈물이 차오른 가오루코에게 "그 눈초리 험악한 사람한텐 절대로 말하면 안 돼!"라고 린카가 거의 물어뜯을 기세로 말했다. 그러더니 자기가 만든 주먹밥과 가오루코가 만든 주먹밥을 랩으로 정성껏 싸서 반찬 용기에 넣고 가오루코의 손에 들려주었다.

세쓰나는 묵묵히 주먹밥을 먹었다. 엄청난 속도로 하나를 해치우더니 바로 한 개를 더 손에 들고 랩을 벗겨 크게 베어 물었다. 가오루코는 놀라면서도 페트병에 챙겨 온 차를 부엌에 있는 컵에 따라 앞에 놓아주었다. 세쓰나는 바로 차를 다 마시고 또 주먹밥을 먹었다.

이어서 두 번째를 해치우고 세 번째를 집어 들어 랩을 벗기던 세쓰나는 갑자기 고개를 숙이더니 꼼짝하지 않았다.

"왜 그래, 속이 안 좋아졌어?"

급체를 해도 이상하지 않을 속도로 먹었기에 당황했는데, 그런 분위기가 아니었다. 세쓰나의 어깨가 희미하게 떨렸다. 머리카락에 가려진 얼굴, 그 눈가 언저리에서 뚝뚝 투명한 비가 떨어졌다.

"죄송해요……."

푹 잠긴 목소리가 말했다.

“하루히코에 대해서, 계속 숨겨서, 죄송해요.”

“……네가 사과할 거 없어. 너는 잘못한 게 없는걸. 이제는 말하지 못하는 하루히코를 위해서 너는 입을 다물어준 거잖아? 나야말로 심한 말을 해서 미안해. 너는 잘못 없어.”

“다들 사라졌어.”

고개를 숙인 그녀의 눈물 젖은 얼굴이 어린애처럼 일그러졌다.

“엄마도 아빠도, 이모도, 하루히코까지 사라졌어.”

주먹밥을 쥔 채로 팔에 얼굴을 묻은 세쓰나가 자칫 부러질 정도로 고개를 숙여서, 가오루코는 얼른 테이블 너머로 가 등을 쓰다듬었다. 늘 뻔뻔하면서 늠름해 보였던 등은 뼈가 완만한 산맥처럼 도드라져서 생각 이상으로 가냘팠다.

“생일에, 같이 점심을 먹었어요. 같이 축하한다고 말하고, 하루히코는 저녁에 누나가 고깃집에 데리고 간다고 웃었고, 그렇게 활기찼었는데, 왜?”

“……그러게, 왜일까. 나도 지금도 생각해.”

“그날 헤어질 때 저보고 건강히 지내라고 해서 어디 멀리라도 가는 것처럼 말한다고 생각했어요. 유언장, 그때 이미 쓴 걸까? 왜? 역시 하루히코도 아빠처럼? 나는 또 몰랐던 거야? 그때 내가 뭐라고 말했으면 아직 여기 있었을까?”

딸꾹질하며 목소리를 쥐어짜는 모습이 너무 가슴 아파서 그녀를 끌어안았다. 기미타카조차도 이렇게 있는 힘껏 안은 적이 없었다.

“네 잘못 아니야. 너는 늘 열심히 했잖아. 너도 괴로운데, 최선을 다해 다른 사람을 소중히 대했잖아. 술로 도망쳤던 나를 도와주려고 했지. 밥하러 올 때마다 냉장고를 살피고 괜찮은지 확인해줬지. 그래, 나는 이제 괜찮아. 너 덕분이야.”

시야가 물에 잠긴 것처럼 번졌다. 필사적으로 그녀를 끌어안고 머리카락을 쓰다듬고 등을 쓸었다.

“고마워. 하루히코 몫까지 고맙다고 네게 말하고 싶었어. 그래서 오늘 여기에 온 거야.”

얼마 지나지 않아 세쓰나가 열이 난다는 걸 알았다. 가오루코는 허둥지둥 세쓰나의 어깨를 부축해 침대에 눕혔다. 수분 보충을 시키는 편이 좋을까. 어제 도키코가 이온음료를 사서 넣어뒀을 것이다. 침대에서 멀어지려는데, 원피스 옷자락이 당겨졌다.

세쓰나의 얼굴은 베개에 파묻혀서 보이지 않았다. 그러나 옷자락을 붙잡은 손가락에 절박한 힘이 담겼다.

사라지지 말아요. 그렇게 말하는 것처럼.

가오루코는 얇은 이불을 들추고 살그머니 침대에 누워서 세쓰나를 안았다. 뜨끈한 등이 떨고 있었다. 괜찮아, 괜찮아. 속삭이며 등을 일정한 리듬으로 다정하게 두드리고 머리를 계속 쓰다듬었다.

서서히 품 안에서 세쓰나가 차분한 호흡을 되찾았고 잠이

든 것 같았다. 희미한 숨결에 귀를 기울이자 사랑스러움을 통증에 가까울 정도로 조린 듯한, 뭔가가 이 아이를 해친다면 분명 나는 온 힘을 다해 싸우리라 생각하게 되는, 격렬하면서 애틋한 것이 뱃속 깊숙한 곳에서 솟구쳤다.

내 아기.

굶주린 적도, 심한 폭력에 노출된 적도, 생명의 위기에 처한 적도 없이, 나는 분명 행운을 누리며 살아왔다. 그런데도 나는 항상 여기 있어도 될지 몰라 불안했고, 더 사랑받기를 원했고 뭔가 부족한 것 같았다. 행복해지고 싶다고 생각했다. 행복이란 어떤 것인지도 몰랐으면서.

그래도 너를 가질 수 있다면 나는 줄곧 갈구하던 것을 손에 넣을 수 있을 것 같았다.

지금까지 상처받은 것도, 내내 쓸쓸했던 것도, 네가 태어나면 전부 보상받을 수 있고 너와 기미타카와 셋이서, 내가 계속 머물러도 괜찮은 따뜻한 가정을 일굴 수 있다고 생각했다.

네 의사와 상관없이 태어나게 하는 죄를 갚기 위해서 준비한 것은 아주 많았다. 너를 태울 유아차와 수월하게 드나들 현관의 미닫이문. 네가 어떤 꿈을 꾸든 있는 힘껏 응원하기 위해 모아둔 돈. 아기를 보면 미소가 지어지는 내 뺨. 너를 얻기 위해 몇 번이고 시술받은 내 난소, 내 자궁. 그런데도 너를 얻지 못해서 너덜너덜해진 내 마음. 무슨 일이 있어도 반드시 너를 지키겠다는 맹세. 어떤 순간에도 너를 끝까지 사랑하고 싶다는 소원.

그걸 너에게 주는 일은 아마 이제 없겠지.

대신 이 아이에게 줘도 될까?

사실은 자기야말로 쓰러질 것 같으면서 상처받은 사람을 보면 그냥 두지 못하는, 그러면서도 그런 티를 조금도 보일 줄 몰라 뻔뻔하게 구는, 이 어쩔 수 없는 아이에게.

*

꿈을 꿨다.

꿈속의 가오루코는 세일러복을 입고 있었다. 세일러복은 고등학교 교복이다. 다섯 살 정도의 어린 하루히코와 손을 잡은 채 울면서 본가 근처 강변길을 걷고 있었다. 엄마도 아버지도 나를 인정하지 않고 돌아보지도 않는다. 그 어디에도 머물 데가 없다는 심정으로, 남동생의 조막만 한 단풍잎 같은 손의 온기만을 의지해 터벅터벅 걸었다.

점차 해가 저물었다. 하얀 참억새가 출렁이는 강 너머가 오싹할 정도로 아름다운 주황색으로 불탔다. 아아, 이제 집에 가야 해. 밖이 어두워졌는데 하루히코를 데리고 다니면 또 엄마한테 혼난다. 또 아버지를 실망하게 할 거다.

발걸음을 돌리려는 그때, 손이 당겨졌다. 하루히코가 동글동글한 눈으로 올려다보았다.

“저쪽으로 가자. 누나, 같이 돌아가자.”

돌아가자, 라며 하루히코가 가리킨 것은 활화산 화구처럼 불타는 저녁 하늘이었다. 머뭇거리는데 하루히코가 누나의 손을 잡아끌며 걸었다. 아직 이 세상이 어떤 곳인지 제대로 모를 남동생이 별로 망설이지 않는 발걸음으로 똑바로 저녁놀을 향해 걸어가서, 두려운 마음이 들어 다리에 힘을 주었다. 목소리가 뒤집히고 조금 떨렸다.

“하루짱이 사라지면 누나는 또 아버지랑 엄마한테 혼날 거야. 빨리 집에 가자.”

하루히코는 오래 맑은 눈으로 아무 말 없이 올려다보았다.

갑자기 가슴 아플 정도로 다정하게 웃더니 “응” 하고 아이답게 고개를 끄덕였다. 어떤 음식을 줘도 맛있다고 천사처럼 웃던 것과 같은 얼굴로.

그 시점에서 눈이 떠졌다.

눈꺼풀을 올렸을 때, 지금 자신이 어디에 있고 언제인지를 순간적으로 잊어 가오루코는 꼼짝하지 못했다. 품 안에는 세쓰나가 잠들어 있다. 그 무게와 온기가, 서서히 여기가 현실이라는 실감을 전해주었다. 갑자기 참을 수 없어서 가오루코는 눈물이 넘쳐흐르는 눈가를 눌렀다.

그 아이에게는 어딘가 멀리, 가고 싶은 곳이 있었을까. 살고 싶은 곳이 있었을까.

그걸 우리가 애정이라는 이름표를 붙인 속박으로 방해했을까. 그 아이는 대체 어떤 마음으로, 사소한 일로 틀어지고 심장이 짓눌릴 것 같은 가족이라는 굴레 속에서, 맛도 모르는 음식을 계속 먹고 맛있다고 웃으며 말을 걸어 모두를 달래왔을까.

하루히코. 나는 그때 너를 데리고 네가 가자고 가리킨 아름답고 자유로운 곳으로 걸어가야 했다.

그만큼의 용기와 강인함을 지니고 네가 아무것도 속일 필요 없는, 누구에게도 연기할 필요도 없는 곳으로 데리고 갔어야만 했다. 나는 너의 유일무이한 누나였으니까.

세쓰나를 깨우지 않으려고 딸꾹질을 필사적으로 참으며 숨을 죽이고 침대에서 나왔다. 소리 나지 않게 좌식 테이블의 티슈를 몇 장 뽑아 눈가에 대고 어떻게든 숨을 가다듬었다. 가슴이 아프다. 폐도 아프다. 산다는 것은 이렇게나 아프다.

웅웅, 하고 진동하는 소리가 들린 것은 그로부터 잠시 뒤였다.

가방에 손을 넣어 찾아낸 스마트폰을 보자, 화면에 오후 3시 2분이라는 시각이 떴다. 메시지가 와 있었다.

'갑자기 미안. 하고 싶은 말이 있는데 잠깐 시간 내줄 수 있을까?'

가오루코는 놀라면서 답변을 보냈다.

4

급한 일이 생겨서 오늘은 돌아갈게. 냉장고에 남은 주먹밥과 푸딩을 넣어뒀어. 가스레인지 위에 냄비는 된장국이야. 잘 챙겨 먹고 푹 쉬어. 밤에 또 연락할게.

수첩을 찢어 메모를 남기고, 가오루코는 잠든 세쓰나를 깨우지 않고 연립주택을 나섰다. 약속 장소까지는 버스를 타고 갈 수 있다. 약속 10분 전에 도착한 그곳은 가오루코 취향의 고급스러운 카페였다. 처음 만났을 때부터 이런 세심한 배려를 잘하는 사람이었다.

"가오루코."

카페를 둘러보는데 안쪽 테이블에서 기미타카가 손을 들었다. 일요일인데 출근했었는지 차콜그레이 양복 차림이었다.

"일요일에 미안해. ……오늘 무슨 일 있었어? 그거 당신 전투복이지."

기미타카는 테이블 맞은편에 앉은 가오루코의 칠부 소매 원피스를 보고 눈을 동그랗게 떴다. 이 진보라색 에이라인 원피스는 특히 좋아하는 옷이라 바로 지금이다 싶을 때 입는다고, 맞선 식사 자리에서 기미타카에게 말한 기억이 있다.

"당신, 잘도 기억하네."

"대화 물꼬를 트려고 옷을 칭찬했더니 진지한 얼굴로 '이거 제 전투복이에요'라고 말해서 강렬했거든. 그다음에 들었던, 유치원 때 매일 아침 생피망을 먹으며 피망 편식을 극복했다는 이야기도 진짜 재미있었지만. 또 고등학생 때 수영부의 구노기 군을 짝사랑해서 인정받으려고 열심히 연습하다가 전국

수영 대회에 나갔다는 얘기도."

"나한테 그건 끊임없는 노력의 서사시이지 웃기려고 한 얘기는 아니었는데. 당신, 다른 손님들이 우리 쪽을 쳐다볼 정도로 웃었지."

"응, 무난하게 끝내려고 했던 식사 자리에 그렇게 웃긴 일화가 엄청 많은 여자가 올 줄 몰랐으니까 오히려 재미있었어."

그때 직원이 가오루코가 주문한 홍차를 가지고 왔다.

기미타카는 커피를 한 모금 마시고 명료한 어조로 말을 시작했다.

"하고 싶은 얘기는 니시카와 다쿠토 군에 관한 일이야."

좌식 테이블 아래에서 웅크리고 잠든 여동생을 곤란한 표정으로 지켜보던, 어른스러운 소년이 생각났다.

"지난주에 그 아이가 나에게 전화를 걸었어. 많이 긴장한 티가 났지만 당신한테서…… 노미야 가오루코 씨에게 명함을 받았다고 야무지게 말하더군. 우선 그 아이와 만나 얘기를 듣고, 이후 아동상담소와 행정 직원과 함께 어머니와도 대화를 거듭해서 나눴어. 결론부터 말하면, 그 아이와 노노카는 한동안 아동보호시설에서 지내게 됐어."

곧장 말이 나오지 않아 가오루코는 간신히 고개를 끄덕였다.

"그 아이의 어머니는 휴식과 정신적인 보살핌이 필요한 상태였어. 이때까지 정말, 최대한 힘을 짜내면서 아이들을 키웠을 거야. 제대로 된 상태를 갖춰서 다시 셋이 살 수 있는 날을 맞이할 수 있도록 조치하는 게 최선이라고 합의했어. 아동상 담소의 개입을 경계하는 부모도 드물지 않은데, 이번에는 다쿠토가 사이에서 중재한 덕분에 큰 도움이 됐지. 어머니도 받아들였고. 아직 어린 노노카를 많이 걱정했지만, 다쿠토와 같은 시설에 간다는 얘길 듣고 안심한 것 같았어."

다행이라고 가볍게 말해도 될지 모르겠다. 그래도 아이들과 모친이 요청한 도움이 제대로 받아들여진 것에 속이 쓰릴 정도로 안도했다.

"고마워."

북받친 목소리로 말하자 기미타카는 테이블 위에서 두 손을 맞잡았다.

"그건 내가 할 말인데."

"나는 아무것도 안 했는걸. 당신 명함을 준 게 다지, 전부 그 아이와 당신이."

"처음 만났을 때, 당신이 그 아이에게 해준 말을 들었어. 며칠, 몇 개월, 몇 년이 흘러도 언제든 얘기해도 괜찮다고, 그냥 빈말이 아니라고. 그 아이는 그 말 덕분에 다른 사람을 믿겠다는 마음이 들었을 거야. 믿으려는 마음이 생기지 않으면 도움을 청하지도 못해."

고마워. 가오루코에게 같은 말을 건네는 기미타카의 목소리는 진지했다. 그렇게 진지하게 사람을 대하는 그를 좋아했다.

"그리고" 하고 기미타카는, 이번에는 조금 영문 모르겠다는 표정을 지으며 테이블 아래에 뒀던 종이봉투를 들었다.

"뭐가 뭔지 잘 모르겠지만…… 이걸 오노데라 세쓰나 씨에게 돌려주라고 부탁하던데. 오노데라 씨라면 하루히코가 결혼할 상대라고 소개했던 사람이지?"

이쪽으로 건넨 큼직한 종이봉투를 가오루코도 눈을 동그랗게 뜨며 받았는데, 제법 무거웠다. 무릎에 올려 봉투 입구를 벌려 보고 아, 하고 소리를 냈다.

세월이 느껴지는 커다란 철제 프라이팬이다.

철제 뚜껑 아래로 하얀 종이가 삐져나와 있었다. 뚜껑을 살짝 들어 꺼내보니, 색연필로 그림을 그린 도화지였다.

'피자 맛있었어요. 고맙습니다.'

초록 색연필로 자유분방하게 적힌 글자 아래에 그림도 있었다. 정수리에 만두처럼 머리를 묶고 방긋 웃는 여자다.

눈시울이 뜨거워졌다. ……있잖아, 이거 봐.

밥을 짓고 먹여서 좋아하는 마음을 표현하고 싶은 사람을 잃었을 너는, 그래도 만드는 걸 멈추지 않았다. 진지하게 무언가를 믿는 것처럼 계속 만들어왔다.

네가 만난 사람들을 위해서 요리 하나하나에 담은 것은, 이렇게 누군가의 기쁨이 됐다. 맛있다고 환히 웃음 짓게 하고 살아갈 힘을 주었다.

"가오루코, 오노데라 씨와 가깝게 지내?"

"……응. 일이 좀 있어서, 지금은 매주 같이 사람들 집을 방문해서 청소하고 요리해.”

“그래. 그래서 당신 분위기가 달라졌구나.”

자기도 모르게 눈이 동그래졌다.

“그래?”

“응. 힘이 생긴 것 같달까, 우리가 막 결혼했을 때로 돌아간 것 같아.”

커피를 마신 기미타카가 시선을 내리깔았다.

“내가 이런 소리를 할 주제는 못 되지만, 당신이 잘 지내는 것 같아서 다행이야.”

이렇게 기미타카와 마주 앉은 것은 다섯 달 만이었다. 전보다 약간 마른 듯한 얼굴을 가오루코는 바라보았다.

“잘 지내지 못했어. 당신이 나가고, 거기에 하루히코도 죽은 뒤로는 술독에 빠졌고 아파트도 쓰레기장처럼 만들었어. 그야말로 망가진 인간이었어.”

“……그랬구나. 정말 미안해.”

“오늘 당신과 만나는 것도 두려웠어. 어떤 표정을 지으면 좋을까, 날 어떤 얼굴로 볼까, 고민하면서 여기까지 왔어. 기미타카.”

막연하게, 그러나 분명하게 그와 만나는 것이 이번이 마지막임을 알았다.

묻는다면 지금뿐이다. 듣는다고 뭐가 달라진다고 생각하지 않는다. 그래도 알기 위해 제대로 노력하지 않으면, 자신의 일부는 내내 시간이 멈춘 채 굳어버릴 것이다.

"나와 헤어지자고 생각한 이유가 뭐였어?"

"몇 번이나 말했지만 당신은 잘못한 게 전혀 없어. 전부 내 책임이고."

"그건 이제 됐어. 그런 말을 듣고 싶은 게 아니야. 나는 당신이 이혼하고 싶다고 말을 꺼냈을 때 탐정을 고용해서 뒷조사했어. 어디서 여자랑 바람을 피우나 싶어서."

기미타카는 굉장히 놀란 표정을 지었다.

"당신한테는 아무 문제도 없고, 매일 열심히 일만 하더라. 바람을 피우는 게 차라리 나았어. 하지만 그만큼 당신은 나한테 질린 걸지도 모르지. 나, 불임 치료 때문에 계속 날카롭게 굴었고, 부부 관계도 거의 사라졌고, 유산한 뒤로는 완전히 무너져서 당신한테 툭하면 화를 냈으니까 그래서 내가 싫어진 거구나 생각했지만…… 그렇지만 나, 결국 당신의 말로는 아무것도 듣지 못했다는 걸 당신과 헤어지고 나서 깨달았어."

다시 시작하는 것은 이제 바라지 않고 사과를 받을 생각도 없다.

그저 부부이면서 사실은 아무것도 이해하지 못했던 그의 진심을 조금이라도 듣고 싶었다. 그게 아무리 뾰족하게 심장을 꿰뚫는 것이라도 결사적으로 받아들이겠다. 그래야만 비로소, 거기에서부터 시작할 수 있을 것 같다.

기미타카는 말없이 이쪽을 바라보았다. 눈을 살짝 가늘게 뜬 표정은 눈이 부신 것처럼 보이기도 했다. 시선을 내리깐 뒤로 긴 침묵이 이어졌다.

"어렸을 때, 개를 키웠어."

당혹스러우면서도 가오루코는 "그랬구나" 하고 맞장구를 쳤다.

"시바견처럼 생겼는데 잡종이었을 거야. 정서 교육을 위해 부모님이 유기견을 입양해서 나한테 돌보게 했어. 사람을 너무 잘 따라서 집 지키는 용도로는 전혀 맞지 않았지. 그다지 똑똑하지도 않았고. 그래도 나를 보면 꼬리를 빙빙 흔들며 좋아한다고 표현하는 그 개를 정말 좋아했어."

하지만, 하고 기미타카의 눈이 어두워졌다.

"초등학교 5학년 때, 아버지가 개를 멀리 야산에 버렸어. 아버지가 요구한 성적을 내가 받지 못했기 때문에."

소리를 내지 못한 채 무릎 위에서 손을 움켜쥐었다.

"……아버님, 매년 설날 때만 뵀지만 그런 인상은 아니셨는데."

"그랬지, 나이를 드시고 유해지긴 했어. 아버지는 그런 일을 한 것도 기억하지 못할 테고, 나한테 했던 다른 일들도 아마 별것 아니라고 생각하겠지. 그래도 나는 평생 아버지를 용서하지 못해."

용서하지 못한다는 목소리가 너무도 차분해서, 그렇기에 그 생각이 기미타카 안에 얼어붙은 땅처럼 계속 딱딱하게 남아 있다는 걸 알았다.

“그런 방법을 훈육이나 교육이라고 믿는 부모도 아직 적지 않았던 시대니까 내가 특별히 심한 처사를 당했다고 생각하진 않아. 다만 성인이 되고도 결혼에 대한 갈망이나 내 가정을 꾸리고 싶다는 마음은 일절 없었어. 오히려 평생 그런 쪽에 가까이 가기 싫었지. 나는 내 가족이라는 존재를 좋다고 생각한 적이 한 번도 없었어.”

기미타카는 숨을 고르려는 듯 커피를 딱 한 모금 마셨다.

“하지만 서른 넘어서도 독신으로 있었더니 주변에서 이런저런 말이 들리기 시작했어. 내가 생각해도 한심해. 필요 없다고 확신하면서도 한편으로 결혼도 안 하고 가정을 꾸리지 않는 내가 아직 어른이 되지 못한 것 같기도 했어. 나는 겉모습에 신경을 쓰니까 그런 사회적 외압에 약해. 그래서 선생님 친구분 소개로 동갑인 여성과 만나보라는 말을 듣고, 거절할 수 없어서 일단 식사만 하기로 했지.”

거절할 생각이었다고 기미타카는 말했다.

“선생님 체면이 있으니 만나기만 하려고 했어. 그런데 전투복을 입고 나타난 당신이 예상치 못하게 열혈 노력가다운 서사시를 읊는 데다가 ‘저는 결혼 상대를 찾는 중이고 아이도 원해요. 그럴 마음이 없으면 조심스러워 마시고 말씀하세요’라고 디저트를 먹으며 시원시원하게 말하기까지 하고, 왠지 그래서⋯⋯.”

표현을 찾는 것처럼 몇 초를 보낸 뒤, 기미타카가 조용히 말했다.

"시험해보자고, 당신한테는 너무 실례겠지만 그런 생각이 들었어. 당신과 함께라면 내가 그토록 싫어했던 그 가족과는 다른 형태를 일굴 수 있을지도 모른다고."

결혼식에서 턱시도를 입었던, 기절할 정도로 멋있었던 기미타카가 생각났다. 그 후로 아파트에서 둘이 함께 살기 시작한 것, 처음에 집안일 분담으로 조금 다툰 것과 뭘 만들어도 기미타카가 "맛있다, 고마워"라며 먹었던 것도. 기미타카는 언제나 배려심이 있었다. 시험해볼 생각으로 시작한 생활이었어도 상대를 존중했다.

"당신과 사는 거 즐거웠어. 하지만 불임 치료를 시작하고 얼마 지나지 않고부터 밤에 잠을 자지 못했어."

놀라서 바라보자 기미타카가 시선을 내리깔았다.

"처음에는 회사 스트레스인 줄 알았어. 하지만 점점, 당신과 그런…… 섹스할 때 고통스럽기도 해서 대체 왜 이러는지 나도 혼란스러웠는데, 간신히 깨달았어. 나는 아이를 갖고 싶지 않았어."

말이 나오지 않았다.

"……하지만 당신, 그런 말을 하지 않았잖아."

"당신이 열심히 노력했고, 여성인 당신은 나보다 훨씬 육체적으로도 정신적으로도 부담을 지며 병원에 다녔어. 그런 당신에게 아이를 원하지 않는다고 말할 수 없었어. 언젠가는 마음이 바뀔지도 모른다고, 당신이 이렇게 노력하니까 나도 달라질지도 모른다고. 그렇게 생각하면서 몇 년이나 지났고. 그런데 당신이 임신하고 8주 차에 유산했을 때.”

기미타카는 입을 잠깐 다물었다가 말했다.

“안도했어. 당신은 그렇게 충격을 받았는데, 생명이 하나 사라졌는데 나는 마음이 놓였고 그때 모든 게 다 잘못되었다는 걸 깨달았어. 나 같은 남자가 당신과 결혼한 것도, 아이를 가지려고 한 것도, 처음부터 전부 다 잘못이었어.”

카페의 차분한 소란이 고막을 부드럽게 어루만졌다.

유산 확정 진단을 받고 울며 무너졌을 때, 기미타카는 등을 쓰다듬고 안아주었다. 수술을 마친 뒤에도 침대에서 내내 손을 잡아주었다. 지금 떠올려도 기억 속 기미타카는 깊은 슬픔에 젖은 눈으로 자신을 위로했다.

“잘못이었던 걸 깨달아서 이혼하고 싶다고 했어?”

“응.”

“그 속죄로 아파트를 줬고?”

“그런 걸로 당신에게 보상이 되지 않겠지만.”

“그걸, 당신이 여태 그렇게 생각하고 있었다는 걸, 이혼하기 전에 말해줬다면.”

말해줬다면, 어떻게 됐을까.

사실은 아이를 원하지 않는다고 말했다면, 그때 내가 받아들일 수 있었을까. 반쯤 미쳐서 왜, 대체 왜, 하며 그저 기미타카에게 따지고 들지 않았을까. 그리고 나와 함께 기미타카까지 엉망으로 만들지 않았을까. 기미타카도 그걸 알았기에 아무 말 없이 그저 자기 잘못이라고 고집하며 이혼을 요구하지 않았을까.

지금 그가 이렇게 본심을 말할 수 있는 것도, 내가 그걸 받아들일 수 있는 것도, 이제 부부라는 관계가 끝난 타인 사이이기 때문이다.

슬펐다. 타인으로 돌아가서야 비로소 진정한 대화를 나눌 수 있는 우리들이 너무도 슬펐다.

"하나만 물어봐도 될까?"

"응."

"몇 번이나 실패하다가 간신히 임신했을 때, 당신은 점심시간에 전화를 걸어서 이렇게 작은데 살아있다고, 대단하다고 말했었잖아. 그거…… 나를 위해서 거짓말한 거였어? 사실은 기쁘지 않은데 기쁜 척을 해준 거야?"

기미타카의 눈동자에 몹시 괴로운 듯한 빛이 드리웠다.

"나도 모순이라고 생각해. 하지만 당신이 '아이가 생겼어'라고 울면서 알려줬을 때, 그때부터 자주 상상하곤 했어. 당신이 아기를 안고 행복하게 웃는 모습을. 그걸 나는 당신 옆에서 지켜봐. 나는 태어나는 것도 살아가는 것도 괴로운 일이라고 생각해. 아이란 모두 부모의 욕망 때문에 태어나고, 태어난 뒤에도 부모에게 학대당하는 아이가 많아. 보호하고 지원해도 다 따라잡지 못할 정도로 아주 많지. 나는 아무리 해도 아이를 갖는 것은 불행을 겪는 인간을 이 세상에 또 하나 만드는 것이라고 생각하게 돼."

하지만.

"만약 당신과 내 아이가 무사히 태어난다면, 그 아이는 나의 그런 생각을 송두리째 뒤집어주지 않을까. 그 아이를 사랑할 수 있다면 내가 지금까지 겪었던 일은 전부 아무렇지 않아지고 처음부터 새롭게 시작할 수 있지 않을까. 그렇게 생각했어. 나는 그렇게 되기를 바랐어."

기미타카의 모습이 천천히 번지고, 넘쳐흐른 물방울이 뺨을 타고 떨어졌다.

같은 생각을 했다. 그 아이가 태어났다면, 나는 과거에서 자유로워지고 행복한 미래만 바라보며 걸을 수 있을 것 같았다. 그렇게 되기를 기다렸다.

그러나 아이는 태어나지 않았고, 다른 누군가가 자신을 구원하는 것은 불가능하다.

자기 힘으로 과거의 자신을 구하며 어떻게든 살아갈 수밖에 없다. 도키코가 일상을 살아가는 데 질식할 것 같은 사람들을 구하려는 것처럼, 기미타카가 상처받은 아이들을 구하는 것을 자기 사명으로 삼는 것처럼.

"이런 남자여서 미안해. 당신 시간을 빼앗고 심지어 돌이킬 수 없을 상처를 줬어.”

“사과하지 마. 당신과 함께하겠다고 선택한 건 나였고, 게다가 나, 지금도 여전히 당신이 버렸을 때처럼 상처받은 건 아니니까.”

사실이었다. 그를 잃은 데다 하루히코까지 잃었는데도, 지금 나는 매일 세 끼 식사를 제대로 챙기고 일을 하고 웃기도 한다.

그럴 수 있게 도와준 사람이 있다. 부모도 형제자매도 아니고 친구도 아닌데, 무뚝뚝한 태도로 몇 번이나 손을 내밀어줬다.

“솔직히 말해줘서 고마워. 프라이팬도 그 친구한테 전해줄게. 그럼 나는 이만 가볼게.”

“잠깐만, 가오루코. 하나 더 있어.”

일어나려는데 기미타카가 손바닥을 내밀어 막았다. 가오루코가 다시 앉자, 기미타카는 옆 의자에 놓아둔 가방에서 커다란 봉투를 꺼냈다.

테이블에 놓인 연갈색 봉투 하단에 인쇄된 단체명을 보고 가오루코는 놀랐다.

“이건.”

“하루히코가 부탁해서 준비한 자료야. 그 애가 떠나고 수취인 불명이 됐고 여기저기 떠돈 끝에 나한테 왔어. 유품이라고 하긴 어려워도 당신한테 주는 게 제일 좋겠다 싶어서.”

봉투에 가만히 손을 댔다.

“부탁을 했어? 하루히코가 당신한테?”

"우리 사무소가 이 단체의 사업 파트너여서 유산 기부 사례를 홍보하거나 법적 협력이 필요할 때는 변호사를 파견하기도 해서…… 하루히코한테 아무 얘기 못 들었어?"

목소리도 내지 못하고 고개를 끄덕였다. 머릿속에서 온갖 생각이 현기증이 날 정도로 맴돌았다. 지금까지는 의미 없이 뿔뿔이 흩어져 보였던 조각이 형태를 갖추려 했다.

"당신과 살던 아파트에서 나오고 얼마 지나지 않아 상의할 게 있다는 하루히코의 연락을 받았어. 자료와 신청서를 준비해달라는 부탁을 받았고, 회사를 그만둘 생각인 것도 들었어. 아직 준비 중이니까 당신과 부모님께는 전부 마무리 지은 다음에 알리겠다고 했어. 그러고 보니 하루히코, 그때는 아직 나와 당신이 이혼한 줄 몰랐는지 충격을 많이 받았어. 하루히코가 화를 내는 거 처음 봤어."

"화를 냈다고? 하루히코가? 거짓말, 나도 그런 모습은 본 적 없어."

"화냈어. 내가 당신에게 상처를 줬다고."

이혼 사실을 하루히코에게 도저히 말하지 못했다. 걱정 끼치기 싫었고, 누나로서 허세도 있었다. 그러나 하루히코는 전부 알고 있었다. 알고 있으면서 평소처럼 미소 지으며 곁에 있어주었다.

"이 자료도 자기가 알아서 할 테니까 괜찮다고 거절했던 건데, 하루히코의 아파트에 도착하도록 처리만 해뒀었어. 설마 그렇게 될 줄은 몰랐어.”

슬프게 시선을 내린 기미타카를 보다가 생각났다. 기미타카는 하루히코를 친동생처럼 귀여워했고, 하루히코도 기미타카와 만나면 즐거워 보였다. 두 사람은 조금 닮았는지도 모른다. 다른 사람들 눈에 닿을 때 자신의 생생한 면모를 감추고 바람직한 모습, 그들이 자신에게 기대하는 모습을 보이려는 점이.

“고마워, 진심이야. 이렇게 알아서 다행이다.”

곱씹듯이 말하고 가오루코는 커다란 봉투를 들고 일어났다.

“나는 이만 갈게. 잘 지내.”

“응, 당신도.”

챙기려고 한 계산서를 손으로 누르며 기미타카가 웃었다. 어린 소녀처럼 심장이 뛰었다. 가슴 깊이 뿌리 내린 사랑하는 마음은 평생 그대로겠지.

“기미타카. 나와 이혼해서 다행이라고 말할 수 있을 만큼 잘 살아.”

한때 삶을 함께하기로 약속했던 사람이 한 방 맞은 표정을 지었다. 이제 더는 만날 일 없을 그의 눈을 바라보며, 마음을 담아 말했다.

“건강하게, 후회 없도록 잘 살아.”

하루히코 몫까지. 이 말은 가슴속에서만 속삭였다.

이제 더는 뒤돌아보지 않고, 가오루코는 무거운 철제 프라이팬이 든 봉투를 오른손에 들고 연갈색 봉투를 품에 안은 채

밖으로 나왔다.

*

연락도 없이 찾아갔는데 아버지도 엄마도 집에 있었다. 아버지는 서재에, 엄마는 자기 침구만 따로 옮겼는지 하루히코 방에 있었다. 평소 두 분은 그다지 대화를 나누지 않는지도 모르겠다고, 딸이 찾아올 때까지 각자 다른 방에 틀어박혀 있던 부모님을 보며 생각했다.

"갑자기 무슨 일이니? 미리 연락했으면 뭐라도 준비했을 텐데."

거실에 앉으며 말한 엄마는 하루히코의 사십구재 때와 전혀 다르게 기분이 나빠 보였다. 오늘 엄마는 실내복 차림이고 화장도 하지 않았다. 엄마는 가오루코를 대할 때면 언제나 여자가 된다. 전투복 원피스를 입은 딸에게서 시선을 피하고, 벌레라도 씹은 듯한 표정을 지었다.

"연락 없이 오면 뭐 어때. 우린 가족이니까. 가오루코도 문득 우리 얼굴이 보고 싶어서 왔겠지."

한편 아버지는 기분이 좋은 듯해서, 가오루코는 주름이 많아진 아버지의 얼굴을 보며 생각했다. 이 사람은 왜 자신이 아버지와 아들을 사이에 둔 여자들의 신경전에 끼어 있다는 걸 깨닫지 못하는 걸까 의아했던 것. 왜 중요한 것은 침묵하면서 공연히 상처가 되는 말만 입에 담는지 생각했던 것. 어쩌면 이 사람에게 나는 정말로 아무래도 좋을 존재일지도 모른다고 생각했던 것을.

"혹시 집에 들어오는 거 얘기니? 주소를 바꾸려면 신청할 것도 많으니까 서두르는 게 좋겠구나. 아파트를 팔려면 또 수고도 들고……."

"그거 말인데, 나는 집에 돌아올 생각은 없어요. 앞으로 아버지나 엄마 중 한 분이 돌아가시더라도 돌아오지 않아요."

아버지는 품에 보듬던 개에게 갑자기 손을 물어뜯긴 것 같은 표정을 지었다.

딴 데를 보던 엄마는 작게 한숨을 쉬고 이쪽을 힐끔 봤다.

"그래. 너는 그렇게 말할 줄 알았어. 애가 박한 면이 있으니까."

"맞아요. 그건 나도 잘 알아요."

이 화제에 시간을 들일 생각은 없기에 가오루코는 기미타카에게 받은 커다란 봉투를 테이블에 놓았다.

아버지와 엄마는 의아한 듯 미간을 찌푸려 똑같은 표정을 지었다.

"이게 뭐니?"

"하루히코가 기미타카에게 부탁했던 신청서와 자료예요. 하루히코의 동료인 미나토 군, 기억하죠? 그 사람한테 들었는데, 하루히코는 조만간 퇴직하고 싶다고 상사에게 상담했었대요. 회사를 그만두고 이곳에서 일하고 싶었던 것 같아요."

엄마는 눈을 휘둥그레 떴다. 아버지는 말없이 봉투를 바라보았다.

봉투에 인쇄된 것은 하루히코가 티켓 활동으로 세쓰나와 함께 방문했던 집의 노부인이 남편과 함께 인생을 걸고 일했던 인도주의 의료 단체의 이름이다. 또 하루히코가 유언장에 사후 자신의 유산 일부를 기부하겠다는 뜻을 남긴 단체이기도 하다.

특정 종교와 사상에 구애받지 않고, 어떤 인종이나 신앙이나 처지이든 상관없이 생명의 위기에 처한 사람들과 고통에 허덕이는 사람들을 돕는 활동을 하는 단체에 하루히코가 어떤 형태로 관여하려고 했는지는 정확하지 않다. 다만 가오루코가 자료를 살핀 바에 따르면, 단체는 노부인 같은 조산사나 부인의 남편 같은 의사 이외에 약학 지식이 있는 인재도 모집하고 있었다. 하루히코는 대학에서 약학을 공부했고 약사 면허도 있다. 그걸 활용할 생각이지 않았을까.

그러나 부인이 말했듯이 단체에서 일하는 사람은 목숨을 잃을 위험에 직면하기도 한다. 치안이 나쁜 지역에서 납치될 가능성, 분쟁 지역에서 공격받을 가능성도 있다. 실제로 부인은 동료를 테러로 잃었다고 했다.

만약 하루히코가 여기에서 일하고 싶다고 가족에게 밝혔다면 어떻게 됐을까.

아버지와 엄마는 맹렬히 반대했겠지. 절대로 인정할 수 없다고 반쯤 미쳐서 말했으리라. 두 분의 그런 마음은 분명 사랑이라고 불러도 좋을 것이다. 그리고 오랜 세월 하루히코를 속박했던 것이기도 하다.

그래도 하루히코는 가려고 했다.

웃는 얼굴로 갈등을 애써 넘기는 것을 그만두고, 바람직한 모습을 연기하는 것을 그만두고, 진짜 자신으로서 살기 위해 걸음을 내딛으려 했다.

유언장은 그런 의사 표명이다.

유언장을 법무국에 맡겨두면 만약 어느 지역에서 자신이 사망할 경우 가족에게 통보가 가고 유산이 상속된다. 연을 끊는 위자료인 셈이었을까. 아니면 앞으로 늙어갈, 그렇지만 이곳에 두고 갈 부모님에게 할 수 있는 최선을 다하려던 것일까. 하루히코의 마음은 하루히코만 안다. 그러나 하나만은 확실하게 말할 수 있다.

하루히코는 자기 의지로 삶을 그만둔 것은 절대 아니다.

"이런 일을 하고 싶다고 솔직히 말할 수 있는 가족이 아니었죠. 적어도 하루히코에게 우리는."

그것이 너무도 슬펐다. 게다가 새롭게 다시 시작할 수도 없다. 하루히코는 이미 떠났다. 너무도 갑작스럽게.

돌연 엄마가 엉엉 소리를 내며 얼굴을 감쌌다.

하루짱, 하루짱, 하루짱. 어린 시절의 애칭을 부르고 또 부르며 엄마는 울었다. 지금 처음 알게 된 사실에 충격을 받은 것처럼은, 가오루코에게는 그렇게 보이지 않았다. 엄마도 하루히코가 질식 직전이었던 것을, 그 목을 조인 것이 자신들이 사랑이라고 믿었던 것이었음을 사실은 알고 있었다.

아버지가 엄마의 이름을 부르며 어깨를 쓰다듬었다. 아버지의 눈도 촉촉했다. 전과 비교해 많이 야윈 두 분을 바라보며 가오루코도 시야가 번졌다.

가슴은 아프다. 셀 수 없이 실망하고 상처받고, 이제 포기하자고 그토록 스스로 다짐했으면서도 아버지와 엄마가 울면, 그저 그것만으로 이렇게나 가슴이 아파진다.

실망과 체념이 애정을 송두리째 뽑아준다면 차라리 얼마나 편할까. 그러나 사랑은 끈질긴 잡초처럼 가슴에 뿌리내려서 아무리 뽑고 또 뽑아도 아주 조금 내린 비만으로도 이렇게 숨을 되찾는다.

바람 소리가 무섭다고 울먹이며 엄마 침대로 가면, 엄마는 이리 오라며 딸을 품에 안았다. 몰래 귀걸이를 했을 때, 화가 나 뺨을 때린 아버지는 다음 날 딸이 좋아하는 케이크를 사 와 말없이 내밀었다. 어린 하루히코가 고열로 아플 때, 걱정해서 침대 곁에 붙어 있었더니 엄마는 참 다정한 아이라고 속삭였다. 남동생의 침대에 엎드려 잠든 딸을 아버지가 옮겨주었다. 사실은 깨어 있었지만 안아준 것이 기뻐서 잠든 척했다.

나는 이 사람들을 잘라내지 못한다.

버릴 수 없다면 품고 가겠다. 하루히코의 몫까지.

"나는 이제 이 집에 돌아와서 살 일 없어요. 그렇지만 아버지와 엄마에게 무슨 일이 생기면 바로 올게요. 아버지랑 엄마가 돌아가실 때까지, 내가 하루히코 몫까지 돌볼 테니까요. 아무튼 기운 차리세요. 아버지와 엄마를 위해서도, 나를 위해서도."

해야 할 말은 했다, 필요한 것은 전부 전했다. 이제 가슴속을 들여다봐도 아무것도 남지 않았다. 그래서 가오루코는 일어나서 나고 자란 집을 떠났다.

해 질 녘 하늘을 날아가는 새의 지저귐이 들렸다. 주황빛이 내리쬔 강변길에는 서늘한 바람이 불었다. 바람에 흐트러진 머리카락을 누르며 서쪽 방향을 바라본 가오루코는 작게 탄성을 내질렀다.

저녁놀이 하늘을 물들였다. 마치 활화산 화구를 보는 것처럼 붉어진 하늘이 무섭도록 아름다웠다.

누나, 같이 돌아가자.

아직 혀 짧은 소리를 내던, 어린 남동생의 목소리가 생각났다. 아름다운 하늘 너머를 가리키던 가느다란 손가락도. 나를 올려다보던 맑은 눈동자도. 가슴이 찢어질 듯이 괴로워서 눈물이 흘렀다.

누나는 여기에 있을게.

혼자 두고 싶지 않은 사람이 있으니까 여기에서 살아갈게.

종장

휴가를 낸 수요일 낮, 피부과에서 나온 가오루코는 화창한 하늘을 올려다보며 기분 좋게 기지개를 켰다. 그제와 어제는 끄무레한 날씨가 이어져서 빛이 유난히 눈에 부셨다. 오늘은 너무 덥지도 않고 기분 좋은 바람이 불었다.

걸으며 귓불에 손가락을 가만히 댔다. 의료용 티타늄으로 만든 귀걸이를 만져봤다. 막상 귀를 뚫을 때는 긴장했지만 정말 순식간이었고, 상상했던 만큼 통증도 없었다. 그건 그렇고 지금 생각하면 얼음과 안전핀으로 귓불에 구멍을 뚫은 고등학생 때 나는 배짱이 좋았나 보다.

귀를 뚫은 곳이 완전히 아물려면 한 달쯤 걸린다고 한다. 그 에메랄드 귀걸이를 끼우는 날은 조금 나중 일이다.

하치오지역을 향해 걸으며 스마트폰을 꺼냈는데 메시지가 와 있었다.

‘몸이 조금 찌뿌둥해서 그런데 오늘은 취소하겠습니다.’

보낸 시간은 조금 전이었다. 가오루코는 발끈해서 통화 버튼을 눌렀다. 길게 일곱 번 신호가 가고서야 상대의 목소리가 들렸다.

“……메시지 보고 전화 거는 거 그만 좀 하실래요.”

“미안하네. 몸이 안 좋은 건가 걱정이어서. 괜찮아? 갑자기 취소할 정도로 상태가 별로라면 침대에서 일어나지도 못하는 상태야? 그렇다면 문병하러 갈 생각인데.”

“됐어요. 올 생각도 하지 마세요.”

“내일부터 일에 복귀한다고 도키와 씨한테 들었는데 또 상태가 안 좋다니 걱정이네. 병명은 뭘까, 꾀병?”

전화 너머로 침묵이 내려앉았다. 그녀의 떨떠름한 얼굴이 보이는 것 같았다.

“애초에 할 얘기가 뭔데요? 이제 가오루코 씨와 저는 관계없잖아요. 유산 문제도 정리했으니까……”

“잔말 많은 아가씨네. 됐으니까 얌전히 그 낯짝 좀 보이시지.”

전화를 끊고 가오루코는 펌프스 굽 소리를 활기차게 내며 걷기 시작했다. 차츰 웃겨서 웃음이 나왔다. 낯짝 좀 보이라니, 살면서 처음 해본 말이다.

이건 요즘 비밀리에 흠뻑 빠져서 보는 중인 야쿠자 영화들의 영향일지도 모른다.

하치오지역 북쪽 출구 카페는 평일인데도 명랑한 소음으로 가득했다. 안쪽 소파 자리에서는 젊은 여성 둘이 크림과 베리가 듬뿍 올라간 팬케이크를 먹고 있었다. 4인용 테이블에서는 중년 여성 몇 명으로 이뤄진 그룹이 오늘의 런치인 하치오지 나폴리탄 파스타와 새우튀김 세트를 먹으며 쉴 새 없이 웃고 있었다. 2인용 아담한 테이블에서는 양복 입은 신사가 문고본을 읽는 중이었다.

가오루코는 전에도 앉은 창가 테이블에 앉았다. 넉넉하게 들이비치는 햇살이 테이블에 나온 허브티 수면에 빛 알갱이를 띄웠다.

약속 시간은 오후 1시로 잡아두었다. 몇 시에 나타날지 모르나 가오루코는 편하게 의자에 기대 화사한 차향을 즐겼다. 그런 다음 스마트폰을 꺼내 어제 받은 메시지를 봤다.

'고맙습니다. 일단 살아 있습니다.'

미나토 고이치에게서 '만나서 말씀을 나눌 수 있을까요'라는 연락이 온 것은 어제, 회사 점심시간이었다. 가오루코는 특별한 일정이 없었고 고이치도 휴직 중이어서, 퇴근 후에 하치오지까지 찾아온 고이치와 역 앞 레스토랑에서 만났다.

마른 뺨은 아직 초췌해 보였으나 수염을 깎고 말끔한 차림을 한 고이치는 나온 요리에도 손을 대지 않고 회사 약품을 훔친 범인이 밝혀졌다고 말했다. 하루히코와 같은 과에 근무하는 젊은 여성 직원으로, 말기 암인 반려견이 너무 안타까워서 편하게 해주고 싶었다고 울면서 털어놓았다고 한다.

"그 여자의 말처럼 하루히코가 저 때문에 죽었다고 자만했었고 누님께도 너무 무신경한 소리를 했습니다. 정말 죄송합니다."

깊이 고개를 숙인 고이치에게 기미타카에게 받은 그 봉투 이야기를 할지 말지 생각했다. 그러나 가오루코는 결국 말하지 않았다. 이미 이만큼이나 괴로워하는 그에게 하루히코가 숨긴 것을 더 밝히는 것은 망설여졌다.

대신 집에 돌아와 망설이다가 그에게 메시지를 보냈다.

'남동생은 어중간한 마음으로 누구와 사귈 사람은 아니었어요. 하루히코는 자기 나름대로 미나토 군을 소중히 여겼을 거예요.'

고이치에게 답변이 온 것은 가오루코가 이제 자려고 침대에 누웠을 때였다. 디로롱, 알림이 울려 스마트폰을 확인하자 짧은 문장이 적혀 있었다.

일단 이거면 됐다. 적어도 지금은 이것으로 충분하다.

카페에 바이올린 재즈 음악이 흘렀다. 가오루코는 눈을 감고 명랑한 음색에 귀를 기울였다.

역시 하루히코의 죽음은 본인도 예상치 못한 사건이었다.

유언장은 언젠가 닥칠지도 모를 자신의 그날을 대비해 맡겼던 것이고, 이렇게 빨리 다가올 줄은 하루히코도 상상하지 못했을 것이다.

아마도 하루히코의 계획은 가오루코의 생일에 보낸 에메랄드 귀걸이와 아가베 베네수엘라에서부터 이야기가 시작되었을 것이다.

누나의 생일에는 이미 연락을 끊은 다음 행선지를 알리지 않고 어디론가 갈 속셈이었겠지. 그리고 남동생이 보낸 생일 선물이 도착한다. 거기에 함께 온 커다란 화분에 '이건 세쓰나 씨에게 건네줘'라는 카드가 있으면, 누나가 자기 말대로 해줄 거라고 하루히코는 예상했다.

나와 세쓰나를 만나게 한 하루히코의 의도는 무엇이었을까.

아이도 얻지 못하고 남편에게도 버림받았고, 이혼한 사실도 말하지 못하는 누나를 걱정해 세쓰나에게 맡기려 했을까.

아니면 자기 미래를 믿지 못하는 세쓰나를 누나에게 맡기고 싶었을까.

어느 쪽이든 누나는 자기가 원하는 바를 잘 들어주리라 확신한 것이 분명하다. 남동생은 자기가 사랑받는 것을 알았고, 귀찮은 일은 누나에게 척척 미루는 영악한 면도 분명히 있었다.

"어서 오세요."

카페 문이 열려서 가오루코는 그쪽을 봤다.

오늘도 카키색 작업복에 투박한 블랙 컴뱃 부츠를 신어서 전투기 정비사가 기지에서 훌쩍 나온 것처럼 보였다. 키가 크고 자세가 좋아서 유난히 박력 넘치는 점도 여전했다. 10분 지각, 생각보다 일찍 왔다. 손을 든 가오루코를 알아차리고 그녀가 어깨로 바람을 가르듯 성큼성큼 이쪽으로 다가왔다.

"할 말이 뭐예요."

세쓰나는 테이블 맞은편에 앉자마자 붙임성이라곤 하나도 없는 표정과 목소리로 말했다. 가오루코는 메뉴를 가리켰다.

"뭐라도 시키지?"

세쓰나는 뭐라고 반박하려고 입을 열었으나 그때 "주문 정하셨나요?" 하고 여성 직원이 다가와서 불쾌한 표정 그대로 "밀크티요" 하고 주문했다.

"뭐 안 먹어도 돼? 신메뉴인 '딸기 듬뿍 파르페' 맛있어 보이네."

"할 얘기란 게 뭐죠."

상대를 자기 바운더리 안으로 들이지 않겠다는 딱딱한 말투와 얼굴. 한 달 남짓 전, 그녀와 이 카페에서 만났던 날이 생각났다. 그날 그녀는 뻔뻔스럽고 냉담한 인간으로만 보였다. 그러나 지금은 그때 세쓰나가 어떤 심정이었는지 상상이 간다. 지금 눈앞에 앉은 그녀가 시간이 되돌아간 것처럼 감정을 죽인 표정을 짓는 이유도.

"사실은 어제 미나토 군이랑 만났어."

고이치에게서 들은 말을 전하는 동안, 세쓰나는 한마디도 하지 않았다. 굳게 입을 다문 표정은 사흘 전, 하루히코가 유언장을 남긴 이유를 알려줬을 때와 같았다.

일요일 저녁, 본가에서 나온 가오루코는 그 길로 세쓰나의 집으로 갔다. 문을 연 세쓰나는 여전히 열에 들뜬 얼굴이었고 풀어 내린 머리카락 끝이 뻗쳐서 불안정해 보였다.

가오루코는 기미타카에게 받은 봉투를 보여주고 부모님에게 한 것과 같은 설명을 했다. 하루히코는 자기 의사로 죽은 것이 아니며 오히려 그 반대다, 라는 설명을 들으면 세쓰나가 안도한 표정을 지을 줄 알았다. 가오루코가 아주 약간일 뿐이라도 구원받은 심경이었던 것처럼.

그러나 예상과 달리 세쓰나는 여전히 모든 것에 지쳐버린 표정이었다. 테이블 위의 봉투를, 사실은 아무것도 보이지 않는 듯한 눈으로 바라보며 불쑥 말했다.

"그래도 하루히코가 이제 없는 건 변하지 않아요."

가오루코가 고이치와 나눈 얘기를 다 말하자, 세쓰나가 팔짱을 풀고 짙은 초콜릿색 눈동자를 이쪽으로 향했다.

"고작 그런 일로 굳이 불러내지 않았으면 좋겠지만, 약품이 도난당한 걸로 끝이면 뒤숭숭하니까 누가 했는지 확실해져서 다행이네요. 그럼……."

"잠깐만, 본론은 이제부터야. 앉아."

손짓으로 신호하자, 엉덩이를 띄웠던 세쓰나가 미간을 찌푸리면서도 다시 앉았다. 본인은 자각이 없겠지만 그녀는 마음을 터놓은 연상 앞에서는 비교적 순순해진다.

"오늘은 상담할 게 있어서 오시라고 했습니다. 오노데라 세쓰나 씨."

하치오지 지국을 찾은 상담자에게 그러듯이 명확한 발음과 부드러운 어조를 주의하며 가오루코는 두 통의 커다란 봉투를 테이블에 놓았다. 하치오지 시청에서 받아 온 것이다.

양쪽 봉투에서 자료를 꺼내 세쓰나가 읽을 수 있도록 글자 방향을 맞춰 내려놓았다. 자료로 시선을 내린 세쓰나는 미간에 뚜렷하게 선이 생겼다.

"이게 뭐예요."

"이쪽은 도쿄 파트너십 선서 제도에 관한 자료, 이쪽은 양자 결연에 관한 자료입니다."

"그건 보면 알아요. 그게 아니라, 이게 뭐냐고요."

점점 더 눈빛이 험악해지는 그녀에게 곤혹스러운 게 당연하다는 뜻으로 가오루코는 정중하게 고개를 끄덕였다. 이제부터 성심성의껏 설명하겠습니다, 라는 의미를 담아 미소를 지었다.

"우선 파트너십 선서 제도에 관해서. 알고 계시겠지만, 이 제도는 조건을 충족한 신청서를 제출하면 파트너십 선서 제도 허가 증명서를 받을 수 있습니다. 혼인 관계만큼의 법적 효과는 없지만, 그에 준하는 권리가 인정됩니다. 그런 점에서는 양자 결연도 같은데, 법적 효력으로는 양자 결연 쪽이 훨씬 위예요. 호적상으로는 부모와 자식이 되므로 내가 사망할 경우, 세쓰나 씨가 내 재산을 상속할 수도 있습니다. 다만 양자 결연을 하면 나이 어린 쪽이 연장자의 성씨를 써야만 해요. 나와 그쪽의 경우 그쪽이 성을 바꿔야 하죠. 그건 여러모로 고생스러울 테고, 노미야 세쓰나가 되면 아무래도 전투력이 낮아지는 느낌이죠. 그렇다면 역시……."

"장난하자는 거예요?"

좀처럼 감정을 드러내지 않는 그녀 얼굴에 지금은 짜증이 농도 짙게 떠올랐다. 날선 눈빛과 더불어 매몰찬 기세가 어마어마한데 신기하게도 무섭지 않았다.

"아까부터 무슨 소리예요. 파트너십이니 양자 결연이니, 뭔지 모를 소리만 하고. 나도 내 일이 있어요. 그쪽의 놀이에 어울려줄 만큼 한가하지 않아요."

"놀이가 아니고 장난치는 것도 아니에요. 나는 더할 나위 없이 진지해요."

그런 기백이 정면에서 바라본 그녀에게도 전해졌을 것이다. 세쓰나가 입을 꾹 다물었다.

가오루코는 두 개의 자료 위에 양손을 올렸다.

"세쓰나 씨가 나와 이 제도 중 하나를 이용하는 걸 생각해보면 좋겠어요. 그렇게 함으로써 내가 실현하고 싶은 것은, 그쪽에게 혹시 모를 일이 생기면 내가 제일 먼저 연락을 받는 사람이 되는 것. 그리고 그때 그쪽을 도울 수 있게 공적으로 인정받은, 가족에 준하는 처지가 되는 것입니다."

그녀의 눈동자가 당혹감에 흔들렸다.

"지금 세쓰나 씨는 투병 중이죠. 물론 일도 할 수 있고 일상생활도 지장 없이 할 수 있어요. 그러나 때로는 얼마 전처럼 몸 상태가 나빠질 때도 있을 거예요. 언젠가 치료를 다시 해야 하는 상황도, 어쩌면 생길지도 몰라요. 물론 병에 상관없이 예기치 못한 일을 겪을 가능성도 없지 않아요. 그럴 때, 세쓰나 씨가 갑자기 병원에 실려 가더라도 생판 남인 채로는 내가 할 수 있는 일이 거의 없어요. 또 코로나 유행 같은 상황이 되면, 상태가 어떤지 보러 가는 것도 쉽지 않아요. 그러니까 내가 그쪽 곁을 지킬 수 있게 사회적으로 인정받은 신분을 갖게 해줘요."

세쓰나의 얼굴에 깃든 곤혹스러움은 더욱 깊어질 뿐이었다.

"의미를 모르겠네."

잔뜩 잠긴 목소리로 말한 그녀는 늠름한 눈썹을 바짝 치켜올렸다.

"대체 뭘 어떻게 하면 그런 뜬금없는 생각을 하는데요? 당신이 그럴 필요가 대체 어디 있어요. 무엇보다 양자 결연이나 파트너십은 가볍게 써도 되는 제도가 아니에요. 제가 담당하는 가정에도 파트너십을 맺어 함께 사는 여성 커플이 있는데, 그들은 진심으로 서로 사랑해요. 그런 사람들을 위해 존재하는 제도로……."

"말했잖아. 나도 더할 나위 없이 진지하다고. 진지하게 생각해서 지금 너한테 물어보는 거야."

입을 다문 세쓰나를 바라보며 말했다.

"도키와 씨한테 들었어. 네가 지금 받는 치료는 증상이 완화된 상태를 일정 기간 유지하면 약 복용을 그만둘 수 있다고. 매일 빼놓지 않고 약을 먹어야 하는 일도, 부작용으로 상태가 나빠지는 일도 없이 본래 네 생활을 되찾을 수 있어. 그날을 맞이할 수 있게 내가 너를 돕고 싶어. 너는 내가 가장 망가졌을 때 다시 일어날 수 있게 힘을 줬어. 그러니까 이번에는 내가 너에게 빌려주고 싶어.”

세쓰나가 입을 벌렸으나, 입술 사이가 벌어졌을 뿐이지 말은 나오지 않았다. 혼란스럽고 곤란하겠지. 이해한다. 그래도 전부 알고서 결심한 것이기에 말을 이었다.

“갑자기 이런 말을 꺼내서 미안해. 그래도 이것만큼은 알아주면 좋겠는데, 어떤 방법을 선택하든 네가 뭔가 달라질 필요는 없어. 지금처럼 너는 네 집에 살면서 네 일을 하고, 네 페이스대로 지내면 돼. 무리해서 나랑 같이 살 필요는 없고, 하물며 연인처럼 굴 필요도 없어. 만약 언젠가 너에게 소중한 사람이 생기면, 나와의 관계를 끝내고 그 사람과 진정한 관계를 쌓아가면 돼.”

마지막은 아주 조금, 말하면서 가슴이 아팠다. 그러나 마흔한 살에 이혼 경력이 있는 사회인은 강하다. 가오루코는 준비한 것을 테이블에 놓았다.

은색 열쇠를 본 세쓰나는 그게 뭔지 알아차리고 표정이 흔들렸다.

“우리 집 열쇠야. 네 아가베가 어떤지 보고 싶을 때나 혼자 있기 싫을 때는 이 열쇠를 써. 물론 쓰지 않아도 돼.”

열쇠를 그녀의 손이 닿는 곳까지 밀자, 세쓰나는 얼굴을 찡그리며 쥐어짜듯이 말했다.

"대체 뭐 하는 거예요? 동정? 가족도 없고 환자인 여자가 불쌍해서? 쓸데없는 참견이라고 했잖아요. 이제 저한테 상관하지 말라고, 몇 번이나 말했잖아요. 대체 왜 이런 짓을 해요. 당신, 대체 원하는 게 뭐냐고요."

세쓰나는 물어뜯을 듯한 눈으로 날카롭게 말했다. 필사적으로까지 보이는 그녀를 바라보는데 미소가 지어졌다.

가슴에 하얀 꽃이 핀 것만 같은, 따뜻한 바람이 부는 것만 같은, 이런 마음을 사랑스럽다고 부르는 걸까.

"이번 주 토요일 티켓, 또 너랑 페어를 하고 싶어. 그래서 네가 요리하는 동안, 나는 방문처를 깜짝 놀랄 만큼 번쩍번쩍하게 해주고 싶어."

세쓰나의 눈동자가 떨렸다.

"티켓을 마치면 너랑 밥을 먹고 싶어. 전에 못 먹은 따끈따끈한 만두가 좋겠다. 그게 아니라면 네가 좋아하는 걸 내가 만들게. 네 솜씨에는 못 미치겠지만, 나도 자취를 시작한 뒤로 지금껏 요리했으니까 그럭저럭 실력은 있어."

말을 가로막으려는 듯이 입술을 벌린 그녀를 똑바로 바라보았다.

"나는 앞으로도 너랑 있고 싶어."

답은 그것뿐이다. 그저 그것뿐이다.

"하루히코가 없는 건 이제 달라지지 않는다고 네가 말했지. 그 말이 맞아. 설령 그 아이가 자기답게 잘 살고자 했던 거였어도 갑자기 사라져버려서 이제는 돌아오지 않아. 살아가다 보면 아마도 이런 일이 몇 번이고 있겠지. 네가 내 앞에서 사라지는 일도, 내가 네 앞에서 사라지는 일도 있을지도 몰라."

우리 발밑에 있는 것은 그토록 불확실한 세계이고, 그곳에서 살아가는 우리는 훨씬 더 불안정한 존재다. 그 슬픔을 세쓰나는 끔찍할 정도로 알고 있다.

"그래도 나는 너와 함께 있고 싶어. 무슨 일이 있을 때는 네 힘이 될 수 있게 노력하고 싶어. 그러니까 방법을 생각해서 이런 서류를 받아왔지만, 부담스럽다면 둘 다 고르지 않아도 돼. 또 생각해볼 테니까. 뭐든지 좋아. 네가 괴로울 때, 너를 혼자 두지 않을 수 있다면."

테이블 너머에서 혼란스러워 보이는 그녀에게 부드럽게 말했다.

"아무것도 바라지 않아도 돼. 그 누구와도 가까워지지 않아도 돼. 어떤 너라도 좋아. 몇십 년이 지나 하루히코가 준 아가베가 꽃을 피웠을 때, 나는 너랑 같이 보고 싶어."

하루히코. 한참 먼 미래에 꽃을 피우는 식물을 이 아이에게 보낸 너도 분명 나와 같은 말을 해주고 싶었겠지.

함께 살아가자고.

"오노데라 세쓰나 씨, 너는 어때?"

"……뭐가요."

"내가 하고 싶은 얘기는 이게 전부야. 이번에는 네 마음을 듣고 싶어. 그게 제일 중요하니까. 너는 어떻게 하고 싶어?"

평소에는 건드리면 곧장 반응을 보이는 그녀가 지금은 목소리 내는 법을 잊은 것처럼 침묵했다. 망연한 표정인 그녀에게 가오루코는 살짝 고개를 끄덕여 보였다. 괜찮으니까. 아무리 시간이 걸려도 상관없으니까.

이윽고 세쓰나가 작게 입술을 벌렸다.

그러나 싶더니 가오루코의 뒤로 시선을 주고 어깨를 움찔했다.

"……실례합니다. 밀크티 나왔습니다."

타이밍이 나빠 죄송하다는 듯이 겸연쩍어하며 여성 직원이 테이블에 꽃무늬 찻잔을 내려놓았다. 어쩌면 한참 기다리게 했을지도 모른다. "고맙습니다" 하고 가오루코가 말하는 것과 겹쳐 의자 다리가 난폭하게 바닥을 긁는 소리가 났다.

자리에서 일어난 세쓰나는 가오루코와 시선을 마주치지 않은 채 늑대가 으르렁거리듯 나직한 소리로 말했다.

"당신은 동정하는 것뿐이에요. 그런 거에 인생을 낭비하려 하다니 정신 나갔네요."

그러더니 왔을 때와 마찬가지로 바람을 가르듯이 성큼성큼 카페에서 나갔다.

가오루코는 곤란해하는 직원에게 미소를 짓고, 손대지 않은 밀크티를 천천히 맛을 음미하며 마셨다. 동정은 아니고, 인생을 낭비하는 것도 아니다만.

그러나 그 마음이 쉽게 전해지지 않는 것은 당연하다. 인간은 자기 이외의 인간을 전혀 모른다. 안 것 같아도 그건 완전히 착각에 불과하다.

테이블 맞은편의 텅 빈 의자를 응시했다. 만약 거기 있다면 "가버렸네" 하고 명랑하게 웃을 게 분명한 남동생의 모습을 떠올리며 가슴에 아픔을 새겼다.

웃음 아래에 감췄던 하루히코의 마음을 무엇 하나 알아주지 못했다. 이 잘못을 반복하지 않기 위해서 그녀에게 계속 말을 걸고, 그녀의 말에 계속 귀를 기울여야지. 몇 번이든, 몇 번이라도.

괜찮아, 반드시 해내겠어. 나는 노력으로 인생을 일궈온 여자, 가오루코니까.

밀크티를 다 마신 가오루코는 계산하고 카페를 나섰다. 풀 냄새를 머금은 상쾌한 바람이 불어서 휘날리는 머리카락을 손으로 누르며 기분 좋게 미소를 지었다. 파란 하늘에 뜬 새하얀 구름을 보는데, 갑자기 무구한 설원 같은 두유 국물과 그 안에 가라앉은 소면이 생각나서 뜬금없는 식욕에 웃고 말았다. 카페에서 점심 먹는 것을 깜박했기에 점점 배가 고파졌다. 집에 가면 그녀가 제일 처음 만들어준 그 부드럽고 다정한 두유 소면을 만들어야지. 루비 같은 토마토도 넣고, 진갈색 깨도 넉넉하게 뿌려서.

기대감을 품고 걸음을 옮기던 가오루코는 조금 앞에 있는 전봇대 옆에 선 사람의 그림자를 알아보았다. 카키색 작업복에 투박한 블랙 컴뱃 부츠. 만두 머리를 푹 숙이고 오도카니 서 있는 모습.

카페에서 나간 지 10분 가까이 지났을 터이다. 돌아온 걸까? 설마 계속 저기 서 있었던 건 아니겠지. 가오루코는 잰걸음으로 다가갔다.

"왜 그래. 혹시 정말 몸이 안 좋았어?"

세쓰나가 느릿느릿 고개를 들었다. 눈이 빨갛다. 눈가가 잘게 떨리며 입술이 벌어졌으나, 한참 기다려도 아무런 말도 내보내지 못하고 다시 다물어졌다.

바람에 흩날렸을까. 세쓰나의 앞머리가 잔뜩 헝클어져서 가오루코는 자연스레 손을 내밀었다.

도키코의 목소리가 귓가에 생생히 들렸다.

'사랑스러워요. 잠든 딸들의 머리카락을 만지면서 너무 바빠 마음을 잃어가는 사람들이 이런 시간을 가질 수 있게 돕는 일을 하고 싶다고 생각했어요. 그래서 창업할 때 회사 이름으로 삼았죠.'

카프네.

어렴풋하게 체온을 띤 앞머리에 손가락을 얽어 다정하게, 가슴을 채운 마음을 담아 빗어 내렸다.

아이처럼 얼굴을 찡그린 세쓰나도 머뭇거리면서도 손을 뻗어 가오루코의 머리카락을 만졌다.

말로는 이루어지지 않는 것을 전하려는 듯이 살며시, 머리카락에 손가락을 얽었다.

포르투갈어 카프네(cafuné)를 포털 사이트 어학 사전에서 찾으면 '다른 사람의 머리를 쓰다듬는 행동, 머리를 쓰다듬어 잠들게 하는 행위'라고 나온다. 작품에서 언급한 '사랑하는 사람'이라는 의미는 없는데, 머리카락을 빗겨주는 행동 자체가 서로 가깝게 느끼지 않는 한 불가능하다. 한쪽만 일방적으로 호감을 품은 관계라면 할 수 없고 당하는 쪽은 폭력으로 느낄 수 있다. 사전에 소개된 예문도 'Ela fez cafuné no filho até ele adormecer, cantando uma canção de ninar suave(그녀는 아들이 잠들 때까지 부드럽게 노래를 부르며 그의 머리를 쓰다듬었다)'여서 뉘앙스를 충분히 느낄 수 있다. 아들의 평온한 잠을 바라는 엄마의 마음이 어떻겠는가.

이 단어를 작품 속 회사의 이름, 또 제목으로 쓴 《카프네》는 2025년 일본 서점대상 수상작이다. 서점 직원이 가장 팔고 싶은 책을 뽑는 취지인 이 문학상이 발표될 때면 생중계로 챙겨보곤 한다. 좋아하는 작품이 있으면 특히 관심이 가는데, 사실이때는 다른 작품을 응원했다. 결과에 아쉬운 마음도 있었으나 과연 어떤 소설이기에 대상일지 궁금했다. 호기심을 품고 만난 이 작품은 제목처럼 사랑이 가득 담겨 있었다.

주인공 노미야 가오루코의 현실은 비참하다. 이유도 모른 채 이혼했고 임신 시도는 좌절로 돌아갔고 유일한 희망이던 남동생 하루히코까지 돌연사했다. 이런 상황에 마음 다잡고 살 수 있는 사람이 있을까. 술로 도망쳤던 가오루코는 동생의 유언을 이루겠다는 일념으로 하루히코의 전 연인 오노데라 세쓰나와 만난다. 그런데 세쓰나는 유산을 거절한다. 죽은 자의 소원인데 응당 사람이라면 들어줘야 하지 않나. 분개한 가오루코는 그 자리에서 쓰러지는데, 냉정한 사람처럼 보인 세쓰나가 집까지 바래다주고 돌봐준다. 두 사람의 인연은 이렇게 시작된다.

피 색깔이 모스그린이나 코발트블루라고 비난하던 가오루코는 세쓰나의 다정함에 기대 일어나고, 사람들을 도우면서 차츰차츰 자기 중심을 되찾는다. 살다 보면 힘든 일이 있는 법이니 가오루코의 앞날에도 풍파가 있겠지만, 이제는 버틸 힘을 되찾았다. 세쓰나에게 손을 내밀 수 있을 만큼 단단해졌다. 가오루코를 변하게 한 것은 요리다. 세쓰나는 도움이 필요한 사람을 관찰하고 적합한 요리를 만든다. 세쓰나의 요리는 지친 사람들에게 묵묵히 위로를 건넨다. 요리는 먹으면 없어지고 청소해도 금방 더러워진다. 그래도 괜찮다. 그 잠깐으로 오늘을 살고 내일을 기대할 수 있다. 거창하지 않더라도 우리는 서로에게 도움이 될 수 있다.

이런 소소한 연대를 그려낸 《카프네》가 서점대상을 받았다는 것은 지금 일본 사회가 애정과 돌봄을 원한다는 의미 아닐까. 신문사와의 인터뷰에 따르면, 아베 아키코는 유사 가족 이야기를 써보자는 편집자의 제안으로 작품을 구상하기 시작했다고 한다. 집필하는 동안 신종 코로나 유행과 러시아의 우크라이나 침공 같은 사건이 벌어졌고 작가도 불임 치료를 받았다. 그러다 보니 폐색감(답답함이나 무력감을 뜻한다)을 느끼고 비관적인 생각에 빠지기도 했는데, 그 와중에도 작은 빛을 찾을 수 있길 바라는 마음을 작품에 담았다.

긴 노동 시간과 경제 불황, 고물가 등으로 최소한의 생활과 자기 돌봄이 버거운 사람이 많아진 우리나라에도 이런 빛이 필요하지 않을까. 혈연이나 혼인 관계에 얽매이지 않고 남이어도 함께 걷는 삶, 가늘면서 탄탄한 공동체로서의 연대가. 가오루코와 세쓰나의 이야기 《카프네》를 따라가면서 이런 세상을 꿈꿔보았다.

* 세쓰나의 요리 중 세 가지를 일본 출판사의 특설 사이트에서 볼 수 있다. 일본어지만 조리법도 나와 있으니 혹시 흥미가 있으시면 사이트 한번 살펴보시기를. https://cafune.kodansha.co.jp/

이소담

카프네

1판 3쇄 발행 2026년 4월 13일

지은이 · 아베 아키코
옮긴이 · 이소담
펴낸이 · 주연선

(주)은행나무
04035 서울특별시 마포구 양화로11길 54
전화·02)3143-0651~3 | 팩스·02)3143-0654
신고번호·제 1997—000168호(1997. 12. 12)
www.ehbook.co.kr
ehbook@ehbook.co.kr

ISBN 979-11-6737-623-7 (03830)